仲達

塚本青史

角川文庫
17232

曹真《しん》――父秦邵《しんしょう》が曹操を庇《かば》って戦死したため、曹姓を賜る。魏の武将
曹爽《そう》――曹真の息子。皇帝叡と親しく、司馬仲達とともに死後を託される
夏侯尚《かこうしょう》――夏侯淵の甥。武将
夏侯玄《げん》――夏侯尚の息子。駱谷《らくこく》の役《えき》を招く
夏侯覇《は》――夏侯淵の次男。武将として関中で活躍。遼東でも武勇を示す
陳羣《ちんぐん》――魏宮廷内の大臣歴任者
鍾繇《しょうよう》――魏の重鎮。皇帝叡の太傅《たいふ》（養育係）
劉曄《りゅうよう》――劉氏の血を引く、弩弓《どきゅう》部隊の将軍
張郃《ちょうこう》――張遼《ちょうりょう》、楽進《がくしん》、于禁《うきん》、徐晃《じょこう》らと魏の五虎将と言われる武将
満寵《まんちょう》――合肥を中心に、呉と対決していた将軍。呉の侵攻を、大いに阻《はば》む
蔣済《しょうさい》――司馬仲達の古い後輩。武将
郭淮《かくわい》――蜀の北伐を防衛した魏の武将
王淩《おうりょう》――王允《おういん》の甥。満寵と蔣済が推薦する。楚王曹彪や兗州《えんしゅう》刺史令狐愚《れいこぐ》と昵懇
梁幾《りょうき》――司馬仲達の諜報専門の部将
甄皇后《しんこうごう》――曹叡の母。曹植との不倫を疑われ、夫文帝に処刑される。諡は文昭皇后《ぶんしょう》

郭《かく》皇后——父は郭永《かくえい》。甄皇后を文帝に讒言《ざんげん》。明帝を養子とする。諡は文徳皇后
毛《もう》皇后——明帝の最初の皇后。寵愛《ちょうあい》を喪い、余計な穿鑿《せんさく》をして、処刑される
郭《かく》皇后——父は郭満《かくまん》。明帝の危篤時に皇后とされる。司馬仲達の政変を援助
張姱《ちょうか》——張済《ちょうさい》と鄒娧《すうだ》の間に出来た娘。華佗《かだ》の医術を修得している
何晏《かあん》——何進の孫。丁謐《ていひつ》、畢軌《ひつき》、李勝《りしょう》、桓範《かんはん》、鄧颺《とうよう》らと曹爽の側近となる
張当《ちょうとう》——皇帝芳の堕落に拍車をかける宦官《かんがん》
公孫淵《こうそんえん》——遼東太守。燕《えん》国を建てて反乱

【蜀の関係者】
劉備《りゅうび》——蜀の初代皇帝。関羽《かんう》や張飛《ちょうひ》とともに、蜀（四川省）に国を建てる
劉禅《ぜん》——劉備の一粒種。典型的な暗君
諸葛亮《しょかつりょう》——字は孔明。劉備亡き後、蜀の興亡を賭《か》けて外交し、北伐を行う
黄月英《こうげつえい》——諸葛亮の妻。才女で連弩《れんど》や木牛《もくぎゅう》、流馬《りゅうば》を改良発明したとされる
趙雲《ちょううん》——関羽、張飛、黄忠《こうちゅう》、馬超《ばちょう》らと蜀の五虎将と言われる武将
蔣琬《しょうえん》——諸葛亮の後継とされるが、病没

費禕《ひい》――蔣琬の後継。辣腕《らつわん》の文官で武官
孟獲《もうかく》――南中の異民族。諸葛亮を崇敬する
馬良《ばりよう》――白眉と言われる逸材。馬謖《ばしよく》の兄
魏延《ぎえん》――猪突猛進型の武将
徐庶《じよしよ》――鄒娜の夫。諸葛亮の推薦者

【呉の関係者】

孫権《そんけん》――呉の皇帝。治世は永いが、晩年の後継者問題で国内が混乱する
孫登《とう》――孫権の皇太子。早世が惜しまれた
陸遜《りくそん》――劉備の侵攻を撃退して名を馳《は》せる
呂壱《りよいつ》――孫権に諂《へつら》う佞臣《ねいしん》

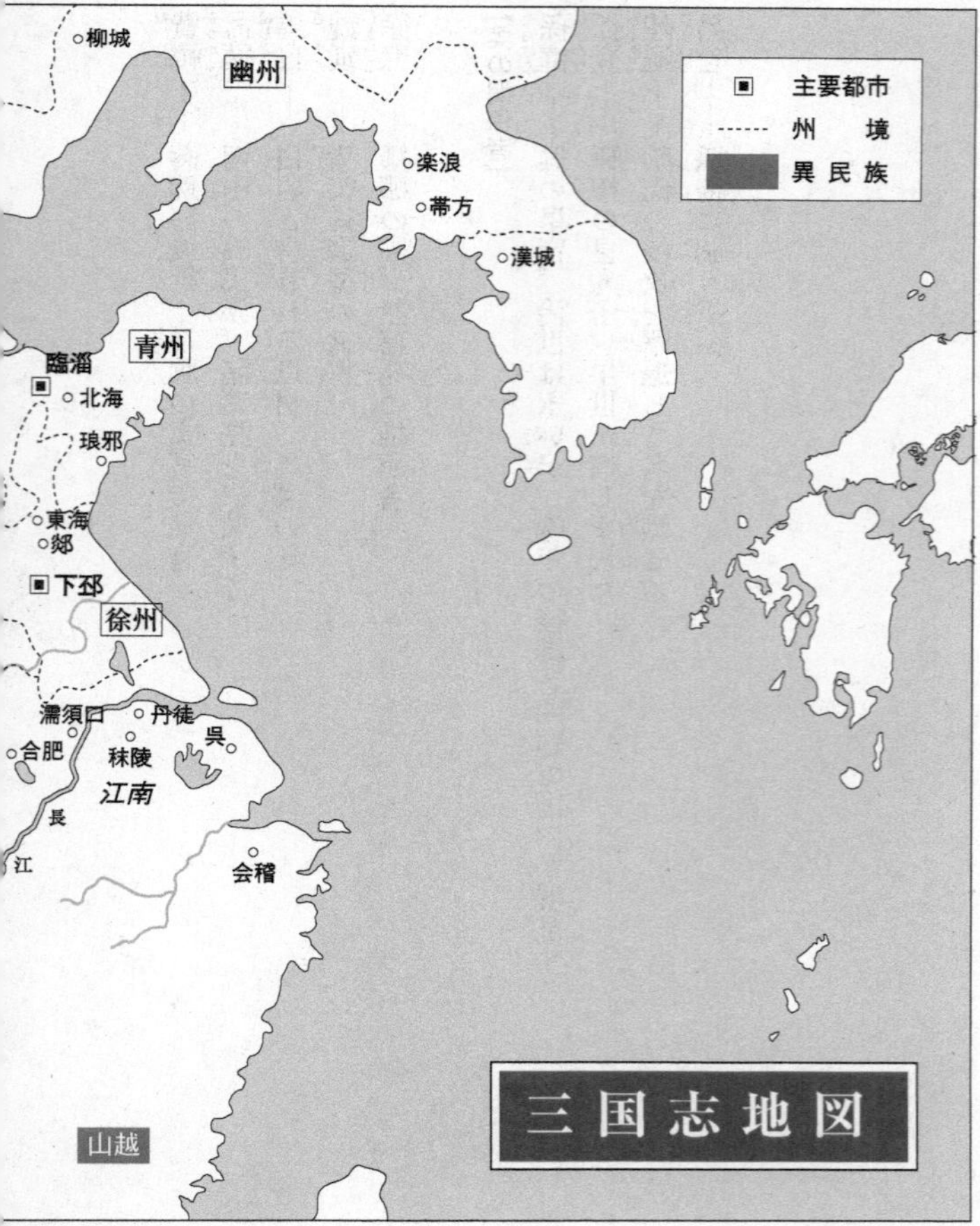

三国志地図
主要都市
州境
異民族
柳城
幽州
楽浪
帯方
漢城
青州
臨淄
北海
琅邪
東海
郯
下邳
徐州
濡須口
丹徒
合肥
秣陵
呉
江南
長
江
会稽
山越

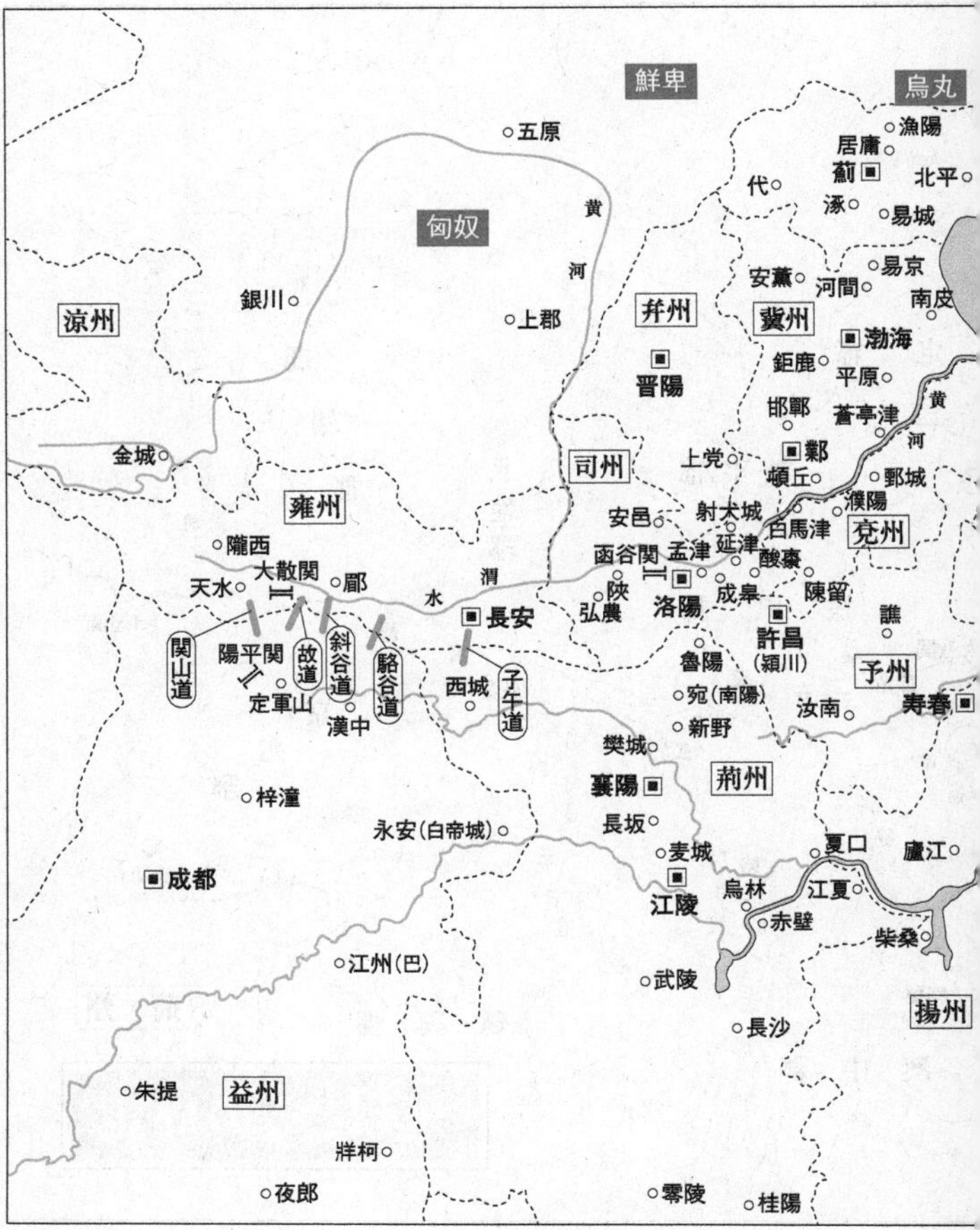
鮮卑
烏丸
五原
匈奴
黄
河
漁陽
居庸
薊
北平
代
涿
易城
易京
安薫
河間
南皮
銀川
涼州
上郡
并州
冀州
渤海
晋陽
鉅鹿
平原
邯鄲
蒼亭津
黄
河
金城
司州
上党
鄴
頓丘
鄄城
雍州
安邑
射犬城
濮陽
白馬津
兗州
隴西
函谷関
孟津
延津
酸棗
大散関
郿
渭
水
天水
陝
洛陽
成皋
陳留
長安
弘農
譙
許昌
(潁川)
関山道
陽平関
故道
斜谷道
駱谷道
魯陽
予州
定軍山
西城
子午道
宛(南陽)
汝南
寿春
漢中
新野
樊城
荊州
襄陽
梓潼
長坂
永安(白帝城)
麦城
夏口
廬江
成都
江陵
烏林
江夏
赤壁
柴桑
江州(巴)
武陵
揚州
長沙
朱提
益州
牂柯
夜郎
零陵
桂陽

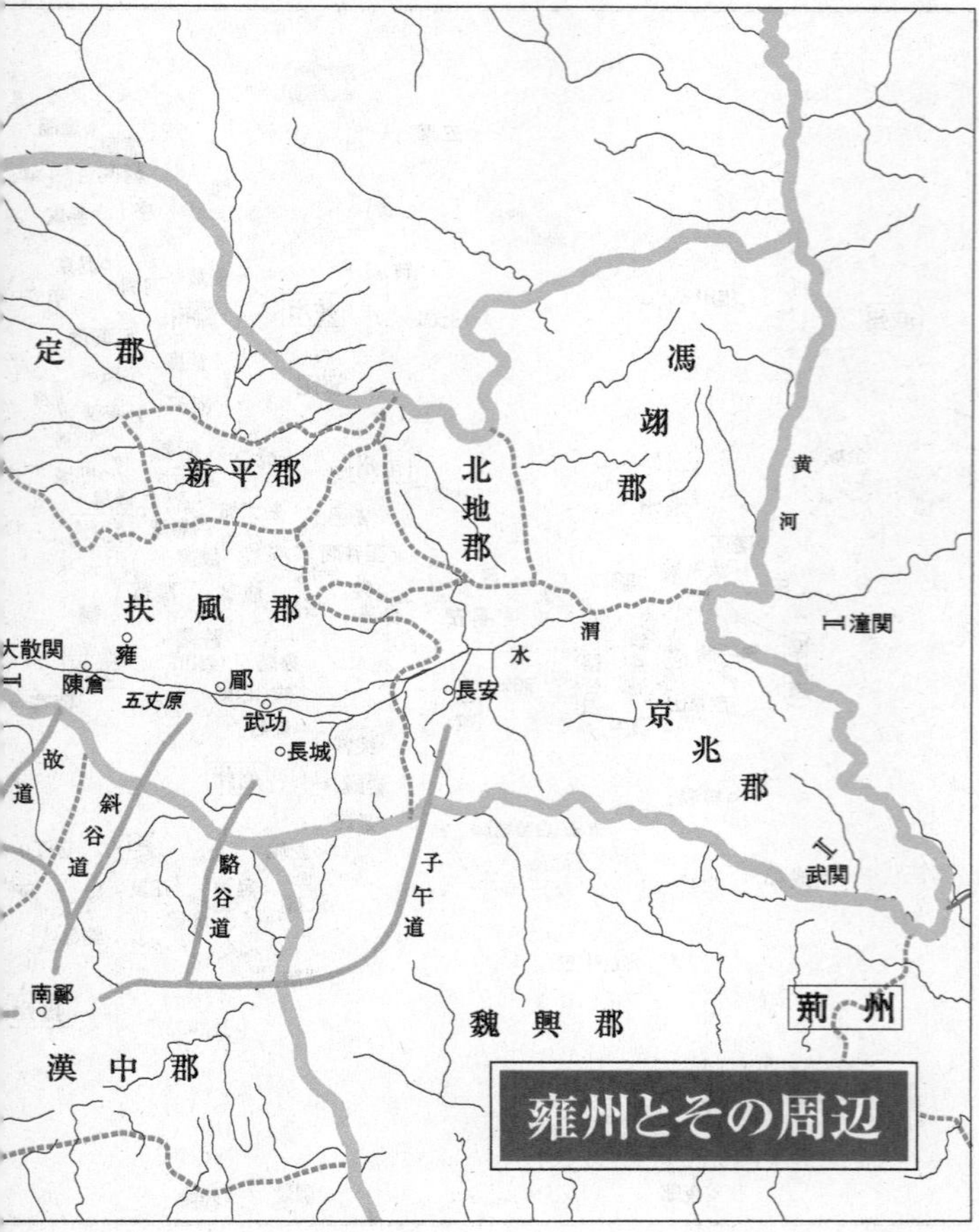

雍州とその周辺
定郡
新平郡
北地郡
馮翊郡
黄河
扶風郡
渭水
潼関
大散関
雍
陳倉
郿
五丈原
武功
長安
長城
京兆郡
故道
斜谷道
駱谷道
子午道
武関
南鄭
荊州
魏興郡
漢中郡

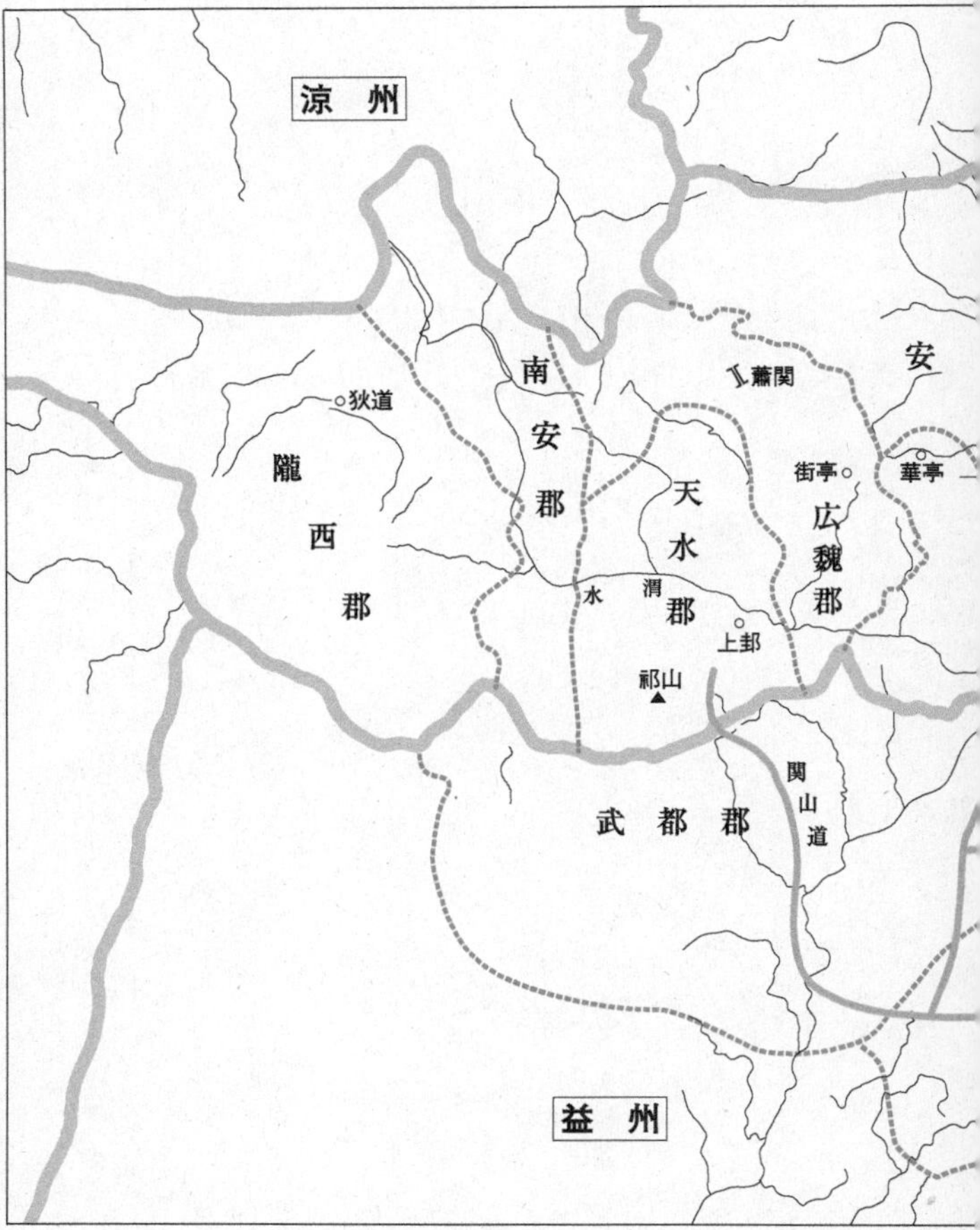

涼州
南安郡
狄道
隴西郡
蕭関
安
街亭
華亭
天水郡
広魏郡
水
渭
上邽
祁山
武都郡
関山道
益州

第一章　魏と蜀帝国二世比べ　(二二〇〜二二三)年

1

「不本意であったろうな？」

　夏侯尚が指揮して運んだ曹操の柩を見ながら、曹丕《そうひ》がぽつりと零《こぼ》す。背後には魏王《ぎ》朝の百官が、真っ白な喪服を着けて居並んでいる。だが、多分聞こえたのは、そばで控えていた司馬懿《しばい》だけだろう。

息子の曹叡《そうえい》にも聞こえていない。

「いかが、なされました？」

彼も小声で訊《き》き返す。だが、曹丕は応《こた》えず、葬儀の型だけ振る舞うと、魏都鄴《ぎょう》にある宮殿銅雀台《どうじゃくだい》の執務室に二人は入った。

「きっと、不本意じゃて」

曹丕は、またも同じ言葉を吐《は》いた。

「そのようなことは、ございますまい」

「ほう、なんのことだか、判って言っているのか。仲達《ちゅうたつ》?」

仲達とは司馬懿の字《あざな》、つまり通称である。この時代、一定以上の身分の者は、実名である諱《いみな》(司馬懿の場合は懿)以外に字があった。司馬懿は八人兄弟で、皆字に達を当てられた。八人とも、出来が良かったので、兄弟全員を指して八達《はったつ》と言われた。

曹丕も、字を子桓《しかん》といった。

ただ、この物語は登場人物が多く、いちいち両方紹介すると複雑になる。それで主人公だけは、人口に膾炙《かいしゃ》している仲達を使い、他は実名で表記する。

「おおそれながら、関羽《かんう》殿の噂のことでしょうか?」

仲達の返事に、曹丕はにっと笑う。

「ふん、おまえは、頭が良いなあ。上手《うま》く、本音を隠しおる」

「いえ、決してそのような」

「まあ、いい。ところで、昨年死んだ関羽がどうしたと言うのだ?」

蜀《しょく》の劉備《りゅうび》の弟分で、立派な頰髯《ほおひげ》ゆえに美髯公《びぜんこう》と尊称された関羽は、前年(二一九年)呉《ご》の将軍呂蒙《りょもう》に討ち取られた。彼は、曹操の魏軍と攻防を繰り返していた。そして、荊州《けいしゅう》の麦城《ばくじょう》(湖北省)で息子の関平《かんぺい》ともども捕らえられ、処刑されたのである。

当時の呉(孫権《そんけん》)軍は、魏と同盟関係にあった。もともと荊州は、長江左岸が魏領で右岸は呉の領土であった。

その右岸地方を、建安《けんあん》十三年（二〇八年）に起こった赤壁《せきへき》の戦い以降、劉備が租借していた。それは、益州《えきしゅう》（蜀地方。現在の四川《しせん》省）を攻略するまでという約束だったらしい。

しかし、益州牧《ぼく》（行政査察官）の劉璋《りゅうしょう》を降伏させて、支配者の地位についても、一向に返却してこなかった。それに怒った呉の孫権が、魏の曹操を兄とする同盟を、秘密裏に申し入れたのだった。

曹操にとっては、願ってもない提案だった。そこで、魏軍と戦っていた関羽が、呉軍に襲撃されて犠牲になったのである。

切断された彼の首は、洛陽《らくよう》にいた曹操のもとへ贈られてきていた。曹操が首実検したとき、閉じていた目がぱっちり開いたと言われている。

「祟《たた》っているそうですが」

司馬仲達は、声を潜めて言う。

「父上は不覚にも、関羽の死霊に取り憑《つ》かれたというのか？」

「関羽を討ち取った呂蒙などは、昨年の内に身罷《みまか》っております」

「あいつは、もともと蛮勇《ばんゆう》が売り物の武将だったが、この十年は勉学に励んだらしいな。だから、関羽に勝つ策戦を立てられたそうだ。だが、その分だけ無理し過ぎて、身体を弱くしたのかもしれぬ」

曹丕は、祟りの噂など一蹴《いっしゅう》する。

「いえ、他にも、怪しいことが起こりそうです」

普段、世間の迷信を笑う司馬仲達が、ことさら関羽の祟りを論《あげつら》うので、曹丕は少し苛《いら》ついた。

「戦役で死んだ者は数知れぬのに、なぜ、あいつだけが祟るのだ？」

曹丕からそのように切り返されては、司馬仲達も分が悪くなる。

「いえ、そのうち蜀でも」

「言うな。孤《こ》（王の一人称）の意味するところは判っておろう？」

必死になって関羽の話題から逸《そ》れまいとする司馬仲達を、曹丕は遮《さえぎ》った。彼が不本意と言ったのは、断じて父曹操が関羽に取り憑かれた噂などではない。

「はい、丁儀《ていぎ》、丁廙《ていよく》を始めとした一族の男どもは捕らえて牢《ろう》に入れてあります」

司馬仲達は意を決したように、ようやく二人の名を挙げた。

丁氏の二人は、父親の丁沖《ていちゅう》が曹操と昵懇《じっこん》だった。そのため、曹丕の弟曹植《そうしょく》に随従《ずいじゅう》し、股肱《ここう》とも言うべき特に親しい部下だった。彼らは詩をよくし、同じく詩に造詣《ぞうけい》の深い曹操にも覚えが愛《め》でたかった。

曹操の生涯には、十三人の女性に産ませた二十五人の息子たちがいた。だが、最初の劉夫人が産んだ長男（曹昂《そうこう》）や次男（曹鑠《そうしやく》）は、若くして戦乱や病で他界していた。したがって、卞《べん》夫人が産んだ丕《ひ》、彰《しよう》、植《しよく》が実質的な長男、次男、三男で、曹操の太子（王位継承者）はこの中から選ばれた。

曹丕は、文武両道総《すべ》てに平均点以上を出して秀でていたが、どの分野においても、圧倒的な能力には欠けていた。曹彰は、馬術や武術は特に優れているが、学問に身を入れなかった。

一方の曹植は、武張ったことは一切不得手だったが、学問は抜群に優れていたのである。殊に詩を創る才覚に恵まれており、曹操を甚《いた》く喜ばせた。

しかし、こうして見た限り、全般の力を万遍なく持っている曹丕が跡継ぎに相応《ふさわ》しいと、だれにでも判る。それゆえ、三年前の建安二二年（二一七年）、曹丕の太子冊《さく》立《りつ》が決定したのであった。

このとき、曹操に命じられて、曹植が祝いの詩を披露した。

薄雲ぞ朧《おぼろ》に月へかかりける
風の流れに雪ひるがへり
軽やかに咽喉《のみど》へむかふその前《まへ》を
赤き唇《くちびる》濡《ぬ》れて輝く

鮮やかに取り巻きてある皓《しろ》き歯の
澄み渡りなほ眸《め》にも明るく
洛水の女神笑窪《えくぼ》も愛らしく
わが兄にこそ位贈らめ

明眸皓歯《めいぼうこうし》という有名な四字熟語が、この『洛神の賦』の一節から（後日杜甫《とほ》の『哀江頭』に四文字並べて詠じられて）生まれた。曹植の詩は、故事の一端をも担っているのだ。

この出来映えを、曹操は絶賛した。ときおり、曹植の有り余る文才を見せつけられるがゆえ、曹操は、兄の曹丕や曹彰を差し置いて、曹植を太子にしようかと考えたことがあったのだ。

無論、曹丕には不愉快の極みだった。父曹操が、弟の文才を愛していたこともさることながら、この詩に隠れた意図を感じ取ったからだ。それは、洛水の女神にこと寄せて、曹植が甄《しん》夫人の気を惹《ひ》こうとしていると思えたのである。

かつて、河北一の美女と謳《うた》われた甄夫人は、建安五年（二〇〇年）に起こった官渡《かんと》の戦《たたか》いで、敗れた袁紹《えんしょう》の次男袁熙《えんき》の妻だった。

袁一族はその後曹操軍に負けつづけ、当時本拠地としていた鄴《ぎょう》が落ちたとき、曹丕が噂を確かめようと、袁煕の屋敷へ一番乗りして彼女を捕らえたらしい。

「今回は、あいつのために戦ってやったようなものだ」

彼女の美貌《びぼう》に驚いた曹操が、思わずそのように漏らしたほどだったという。鄴は、それから曹操の本拠地となり、銅雀台《どうじゃくだい》なる宮殿が建てられた。

甄夫人は銅雀台にあっても、だれもが美しさを頌《たた》え、憧《あこが》れの的だった。だから、曹植が自らの能力に托《たく》して、詩心で甄夫人に恋心を打ち明けたとしても不思議はなかった。またこのとき、彼の朗詠を聞いた甄夫人が、嬉《うれ》しさを隠そうともせず微笑んだ。

それが、曹丕の怒りを助長していた。

後日宮中では、曹植と甄夫人の不倫が噂されるようになった。もっとも、なんら実体のないものである。だが、判っていながら、当然曹丕は不愉快だった。

曹丕の太子冊立から二年経った建安二四年（二一九年）、曹操の魏軍が、劉備の蜀軍に定軍山《ていぐんざん》で大敗を喫した。その知らせが届いた頃、たまたま宮中で、曹植が甄夫人と擦れ違ったことがあった。

常日頃から、昼酒を嗜《たしな》む癖のある曹植は、そのとき多少の酩酊《めいてい》も手伝って、不躾《ぶしつけ》な態度に出た。

「夫人、みどもが至らぬばかりに、いろいろ御迷惑を……」

彼がそのように話しかけたところ、間の悪いことに、曹丕が来てしまった。酔っていても、さすがに兄には遠慮がある。曹植は、反射的に甄夫人から離れた。だが、それがかえって不自然に見える。

曹丕が二人の間に立ったとき、丁儀と丁廙が曹植の前に出て、庇《かば》うような恰好《かっこう》で曹丕と対峙《たいじ》する形になった。

このときの態度も、後日曹丕から憎まれることになったのだ。

「兄上、いえ、太子。日頃から、みどもはいろいろ御迷惑をおかけいたしまして、申しわけございませぬ」

「はて、なんのことやら?」

「それは、甄夫人」

言いかけた曹植は、酔いのため身体を支えきれず、よろよろと傾いた。それを、曹丕の傍で控えていた司馬仲達が受け止めた。

「無礼者。なぜ、(臨淄《りんし》)侯の身体に触れる?」

丁儀が大声を出したが、それには曹植がかえって愕《おどろ》いた。

「部下の失態。曹植、重ねてお詫《わ》び申しあげます」

弟は、再び兄に遜《へりくだ》る。丁儀と丁廙は悔しそうである。曹丕は、彼らを憎々しげに眺め、曹植に意地の悪い言葉をかけた。

「父上（曹操）が蜀で苦戦されているおりから、主人の昼酒を窘《たしな》めぬのは、確かに部下の失態だ」

曹丕は、口を歪《ゆが》めて丁儀と丁廙を睨《にら》む。それに対して、二人は俯《うつむ》いたままだ。

「いえ、それもみどもの不徳でございますが、先ほど申したのは、それにもまして兄上を……」

曹丕には、曹植の言い訳が判っている。だが、意地悪く弟に向き直る。

「なんの詫びか知らぬが、それなら趣向を凝らして、そこもとの得意な詩を使えばどうだ？」

「はっ？　詩で、ですか？」

「そうだ。それも、孤が七歩進む間にいたすのだ」

曹丕は、無論できるわけがないと、高を括《くく》って命じた。だからと言って、処罰しようというのではない。満座で恥を掻《か》かせて、甄夫人に愛想を尽かされたとの噂を流したかったのだ。

しかし、予想は外れた。

「では」

曹丕が歩き出すより早く、曹植は、もう詩を口遊《くちずさ》みはじめる。

豆を煮て、以《もっ》て羹《あつもの》作りなば
味噌《みそ》漉《こ》しそれを、汁とするなり
殻《から》、釜底《かまぞこ》にあつて燃え
豆、釜中にあつて泣く
元、これ同根より生じ
相煮らるるはいかなるや

美事な即興詩で、不毛な兄弟喧嘩《げんか》をも告発しているではないか。曹丕と曹植を、豆の殻と実に譬《たと》えて、殻が燃やされた火で、実が煮られている。実にやるせない情景を詠んで訴えているではないか。しかも、酔っていてこれだけの作品ができるのだ。

この朗詠を聞かされた周囲は、曹植を見直しだした。つまり曹丕の評判が、相対的に落ちたということだ。すると、丁儀と丁廙がそれを材料に、太子の交替などと声高に言い触らした。

当然ながら、誰もそこまでの提案に賛同はしない。曹丕の怒りの火に油を注いだだけだった。

2

「譙県《しょうけん》(曹操の故郷)では黄龍《こうりゅう》が現れ、饒安県《じょうあんけん》には白い雉《きじ》が飛んだそうです」

曹丕が魏王になり、延康《えんこう》元年と改元されて数ヵ月、いや、丁儀、丁廙ら一族を処刑して数ヵ月後、司馬仲達が報告に来た。

「良い噂だな。そのうち、どこかで鳳凰《ほうおう》が舞うだろう。それで……?」

これらは、いわゆる何事かの吉兆と言われる現象である。だから、曹丕は司馬仲達が次になにを言うか期待したのだ。

「蜀の将軍孟達《もうたつ》が、わが方(魏)へ寝返ってまいりました」

「それも、関羽の絡みか?」

暑さを凌《しの》ぐ薄羽織を着た曹丕が、鼻先で嗤《わら》いながら言う。少し、がっかりした表情である。その態度の意味するところを察して、司馬仲達も脣《くちびる》を湿して先を説明した。

「この男は、昨年麦城に立て籠《こ》もっていた関羽の、援軍要請を断ったのです」

「だから、責任追及を逃れて、魏に寝返ったのか? 実に、くだらぬやつだな」

「はい、ですが、そこには関羽を通して、複雑な人間関係があるようです」

司馬仲達は、またしても祟《たた》りに結びつけたいようだ。

「聴いてやろう」

曹丕は、ゆったりと座り直した。そのとき、彼の左胸が少し痛んだ。上司の体調の変化を目敏《めざと》く見つけた司馬仲達は、妾《めかけ》で医術の心得がある張姱《ちょうか》を、近々診《み》に遣《や》ろうと思いながら説明する。

「もともと関羽という男、気位が高くて周辺の武将たちとは、あまり反りが合わなかったそうです」

詰まるところ、劉備を兄として奉《たてまつ》り、張飛《ちょうひ》を弟分として可愛がるだけで、他の武将は見下していたと言える。それゆえ、かつて孟達が援軍を送ろうとしたとき、『余計なことをするな』と、一喝《いっかつ》する始末だった。また、江陵《こうりょう》（長江中流の要衝）を守っていた麋芳《びほう》には、『食糧の補給が遅い。後で処罰してやるから、首を洗って待っておれ！』などと脅《おど》していたらしい。

その結果、樊城《はんじょう》攻めで苦戦しても孟達から援軍要請を断られ、江陵へ退却しようにも、関羽からの処罰を恐れる麋芳が呉に投降して、退路を断たれたのだ。

「それで麦城に籠もって、討たれることになったのか。してみれば、関羽の自業自得ともいうべき状況だな」

曹丕は溜息《ためいき》を吐いて言う。孟達が魏に寝返ったのは、曹丕の読みどおりだ。だが、孟達は、同じ上庸《じょうよう》を守備する劉封《りゅうほう》とも仲が悪かった事情もある。

劉封とは、劉備の養子である。将来、劉備の実子（長男）劉禅《りゅうぜん》と対立するであろう存在だっただけに、同じ蜀の軍師諸葛亮《しょかつりょう》も彼を危険視していた。そのため、蜀軍内では周囲から敬遠されて、劉封はやや浮いていたのだ。

「だから、焦りがあったのでしょう。孟達の軍楽隊を自軍に組み込んだりして、劉備の養子である状況を、権威として巧みに利用していたようです」

当然、関羽とも折り合いが悪く、援軍要請には孟達ともども難色を示した。司馬仲達は、そのように説明を結ぶ。

「孟達に命じて、その劉封を討たせよ」

曹丕の命令は素早かった。

最近、曹彰の遠征に付き従って戦功著しい夏侯尚《かこうしょう》と、前年関羽を攻め立てた徐晃《じょこう》を付けて、孟達に劉封を攻撃させようというのだ。

曹丕の策戦は図に当たり、劉封は堪《たま》らず成都へ逃げ帰った。その不甲斐《ふがい》なさに、劉備は剣を与えた。つまり、自害を言い渡したのである。

「ものは使いようだな。この調子で行けば、許都《きょと》（皇帝がいる後漢の形式的な都）の鳳凰は出てこぬか？」

曹丕は口を歪めて言う。つまり、他にもっと大きなことができるとの暗示だ。

「主上（皇帝の二、三人称）ですな？」

司馬仲達は、曹丕の意向を汲《く》んだ。

そう言えば、皇帝 劉協《りゅうきょう》の伏《ふく》皇后は建安十九年（二一四年）に、謀反《むほん》の廉《かど》で処刑されている。今の夫人は、曹憲《そうけん》、曹節《そうせつ》、曹華《そうか》の三姉妹で、曹操の娘だ。つまり、曹丕の妹である。

「主上、早う御位を、兄上にお渡しなさいませ」

「そうでございますぞ。政《まつりごと》など忘れて、わらわたちと遊んで暮らしましょうぞ」

「その方が気楽で、ゆったりと長生きできましょう」

耳もとで代わる代わる囁《ささや》かれると、皇帝劉協は真綿で首を絞められるような具合になる。もともと皇帝などと言っても、実体はなく名目ばかりなのだ。

「この際、禅譲《ぜんじょう》してもよいがな」

この年、不惑《ふわく》（四十歳）を迎える皇帝は、実力などなにもなく、これまでただの飾りであったことをよく弁《わきま》えている。

董卓《とうたく》が洛陽に火を点《つ》けて遷都した三十年前から、長安では自分を中心に、董卓や呂《りょ》布《ふ》、李傕《りかく》、郭汜《かくし》、樊稠《はんちゅう》らが戦いをつづけた。五年後、ようやく脱出したところで曹操に祭り上げられ、彼の傀儡《かいらい》になって四半世紀が過ぎたのだ。

帝位に未練はないという劉協の意向は、鄴《ぎょう》の銅雀台にいる曹丕に伝《と》えられた。

「ならば正式な使者を立て、禅譲の儀式を執り行おう」

こうして、皇帝の位を劉氏から曹氏へ移す準備作業が、具体的に始められることとなった。そのため、魏王の側と皇帝の側近が、何度も協議を重ねた。

「禅譲の儀式は許都の西南繁陽《はんよう》に、盛り土した受禅台を作るらしい」

「派手な飾り付けをして、諸国から賓客を招くのですな？」

「呉は、招待状を送れば来ましょう」

「蜀からは、いかがでしょう？」

「まさか」

鄴でも百官が噂している中、司馬仲達が、曹丕に蜀のようすを報告する。

「劉封と麋竺《びじく》が、死んだようです」

「結局、関羽絡みか？」

「はい」

劉封は、関羽の要請を無視して援軍を送らず孟達にも敗れた件で詰め腹を切らされ、麋竺は弟の麋芳が呉軍に降伏して、関羽の退路を断ったことに責任を感じ病の床についたまま身罷《みまか》ったらしい。

「ほう、魏にとっては都合の良いことだ。さては、美髯公《びぜんこう》(関羽)殿。孤の、皇帝即位を祝うつもりか？」

3

曹丕が、正式に魏の皇帝に即位した。そこで甄《しん》夫人を皇后に、母の卞嫖《べんひょう》は皇太后に自動昇格する。だが、甄夫人と曹丕の間にできた曹叡《そうえい》は、まだ太子に冊立《さくりつ》されなかった。そして都は、従来の許都《きょと》でも、魏王国時代の鄴《ぎょう》でもない、本来の洛陽《らくよう》とされた。

また許都は、都ではなくなったが、魏の勢いを昌《さか》んにした城邑《じょうゆう》ということで、以後許昌《きょしょう》と呼ばれるようになり、漢皇帝の宮殿は魏皇帝の離宮とされた。

以後、度々皇帝が行幸する所となり、都に準じる格式で調えられる。

そして、再び改元されて、黄初《こうしょ》元年とされた。つまり西紀二二〇年は、建安《けんあん》二五年と延康《えんこう》、黄初の三元号が混在する年となったのだ。

黄初とは、魏が土徳の国家とされたためだ。土の色は黄であるため、正にその初年という意味である。

これにて皇帝だった劉協は、後漢最後の皇帝として、献帝《けんてい》（国を献呈したの意）と生前であるにもかかわらず謚《おくりな》された。無論、正式には彼が薨去《こうきょ》する青龍《せいりょう》二年（二三四年）に贈られたことになっているが、実際にはこのときから決まっていたのだ。

そして、河内郡山陽県《かだいぐんさんようけん》の邑《むら》一万戸を与えられて、山陽公に格下げされたのである。

それは皇帝から、単なる地方王（領主貴族）になったということだ。周囲には涙する者もあったが、本人は解放されたような、至って晴れ晴れした表情であった。

これまで魏は、漢帝国内にあった地方王国だった。言い換えれば、中国全土の一部を、封土として貰《もら》っていたことになる。

だが、曹丕が皇帝に即位するということは、中国全土を漢に代わって魏が支配し、立場が完全に逆転するわけだ。

したがって、魏の中に劉協の封土である河内郡山陽県がある。しかも、地方国より格下の侯国としてである。

「ただ、即位しただけで喜んでいては、あいつ（劉協）と変わらぬ。尚書《しょうしょ》の陳羣《ちんぐん》が提案していた法を制定するか？」

皇帝丕は、今後の帝国運営を司馬仲達に相談していた。

「はい、尚書の提案は、もともと漢が採用していた推薦制度と同じです。地方官が、地元から優秀な人物を見つけ出すのが基本となります。今までとの違いは、官と人を一品から九品に格付けして分けて、評価の五品を、官の九品に充当させるというものです。まあ、いいのではないですか」

「そうか、ならば採用しよう。ところで話は変わるが、曹植が連日連夜深酒で酔《よ》い痴《し》れているらしいな？」

「はい、宦官《かんがん》ども相手に、詩の朗読会をしておられるとか――」

そう聞いた皇帝丕は、苦虫を噛《か》み潰《つぶ》したような、そして快哉《かいさい》を叫ぶような表情をする。恐らく、曹植の作品は抜群に巧《うま》かろうが、聞かせる相手がいないのが痛快なのだ。いや、もっと陰険な考えが、彼には浮かんでいるのかもしれなかった。

もし、甄夫人を頌《たた》える詩であれば捨て置けぬが、皇帝丕自身も最近は彼女から遠ざかっている。それは、根も葉もないと判っていても不快な、彼女と曹植の間に持ちあがっている不倫の噂だけが理由ではない。

最近は、郭姫《かくき》や徐姫《じょき》を寵愛《ちょうあい》している。特に後者との間には、公子礼《れい》ができている。

「それっ……、うっ」

皇帝丕が、曹植の態度を皮肉ろうとしたとき、また胸に痛みを感じた。だから、一瞬唸《うな》ったのである。

「主上（ここでは皇帝丕を指す）、大丈夫ですか？」

「ああ、ちょっと胸が」

皇帝丕はそう言うと、胸を労《いたわ》って撫《な》で下ろしている。

「明日にでも、張媌《ちょうか》を連れて参ります」

「そうか。そこもとの妾《めかけ》は、華佗《かだ》の弟子だったたな」

華佗とは、当時の名医だった。曹操の主治医だったが、麻沸散《まふつさん》という麻酔薬を作って、曹操の頭部を手術しようとした。ところが、十五年ばかり前、暗殺を疑った曹操に処刑されてしまったのだ。

後でその疑いも晴れ、曹操は大いに後悔したという。張姱は、母親の鄒娜《すうだ》ともども華佗の弟子だった。師の逝去《せいきょ》後も医術の修得に精進して、今は司馬仲達の妾に収まっている。

翌日、彼女は司馬仲達と一緒に宮殿へやってきた。そして物怖《ものお》じすることもなく、皇帝丕の瞳《ひとみ》を覗《のぞ》き込んで脈を取った。

「ただ、お疲れになっているだけです。日頃から、強壮にお努めくださいませ」

要は、後宮での房事《ぼうじ》が疲れの元だと、彼女は事務的に言った。

「なにか、よい薬はないのか？」

彼は、精力剤を所望したのである。

「では、お作りいたしますので、旬日ばかり御猶予を賜りたく」

彼女はそう言うと一礼し、夫を残して去っていった。

「なんだ。一緒に帰らぬのか？」

「はい、少々御報告したき儀がございまして……」

「そこもとの妾が作る、強精剤の効能か？」

皇帝丕にからかわれて、さすがに司馬仲達の顔が一瞬赤くなった。だが、次の瞬間には、冷静な表情に戻っている。

「そんな、御冗談を。それより、蜀ではとんでもない誤報に、劉備が踊らされているようです」

「誤報だと？」

「はい、主上の即位を、禅譲であることを知らず、弑逆《しいぎゃく》と間違えて献帝の葬儀をしている由《よし》にございます」

司馬仲達の報告を聞いて、皇帝丕は一瞬言葉を失い、その次に少し間をおいて哄《こう》笑《しょう》し始めた。劉備は、後漢最後の皇帝劉協が、魏王曹丕に殺されたとして、同じ劉氏の誼《よしみ》で、蜀の国を挙げての葬式を敢行したのである。

「あやつの魂胆《こんたん》は判るぞ」

「そうでございましょう」

「ああ、年が明ければ、蜀の皇帝に即位するつもりだ。『漢の血筋を嗣《つ》ぐ』と言ってな。姑息《こそく》千万だ」

だから劉備は、わざと誤報を作ったのかもしれない。曹丕が支配する魏を不実な国として、それを正す自らの蜀があるという幼稚な構図だ。しかし、そのようなまやかしこそ、大衆には効力を発揮するのかもしれない。

「なるほど。さすがに主上は、先を読まれますな」

司馬仲達は、上手《うま》く皇帝丕を持ち上げにかかる。どうやら、持論を披露する機会を探っているようだ。

「それで、魏として朕《ちん》は、どう対応すればいいのじゃ？」

「孔子廟《こうしびよう》を修復し、末裔《まつえい》に祭祀《さいし》を継承させてはと存じます」

司馬仲達が、劉備の皇帝即位と一見なんの脈絡もないことを言い始めたが、皇帝丕にはその真意が読めた。

「父上は、孔子の子孫孔融《こうゆう》を処刑されたが、その償《つぐな》いも兼ねてのことか？」

孔融は、北海郡太守を務め、反董卓《とうたく》軍の一翼を担った文人だったが、曹操と事あるごとに衝突し、ついには処刑されてしまった経緯がある。

「はい、処罰は処罰。敬意は敬意でございますから」

「孔子の偉大さとその血筋は、魏の皇帝が認めるということにするのだな？」

「そうです。孔融同様の末裔に、孔羨《こうせん》なる者がおります」

「孔融のような、頑固一徹でなければいいのだがな？」

「はい、勉学に励むだけの、至って従順な学者です」

「好都合というわけか？」

「そうです。こやつを儒教の継承者に祭り上げ、孔子廟を管理させましょう」

「なるほど。すると、劉備の魂胆も効果を半減させような」

皇帝丕と司馬仲達が考えているのは、劉備が漢朝を正当に継承する者という大義を妨害することである。

「劉備が献帝の葬儀をしているのは、後漢最後の皇帝劉協を悼《いた》んでのことではなく、飽くまでも、漢朝の血筋を周囲に知らしめたいだけだ」

と、つまり、孔羨に言わしめるわけだ。

そのとき、案内も乞《こ》わず、執務室の扉を叩《たた》く者があった。

「だれだ?」

「夏侯尚《かこうしょう》です」

皇帝丕の弟曹彰《そうしょう》に付いて、将として活躍している武人だ。夏侯淵《えん》の甥《おい》にあたり、曹家とは近い血筋になる。それゆえ、曹操の柩《ひつぎ》を洛陽から鄴へ移す大役を仰《おお》せ付かったのである。

「どうした?」

「曹彰様からの伝言を持参しました」

夏侯尚はそう言うが、彼が宮殿に来るときは、別の用事があるとだれもが知っている。戦場で出した檄《げき》や木簡を、宮殿の芥《あくた》と塵《ちり》に混ぜて棄てるのだ。機密事項を、確実に燃やせるからららしい。

皇帝丕はそれを敢《あ》えて言わず、素直に問いかける。

「ほう、どのような？」

「『蜀から寝返った孟達は、なかなか使えます』と、仰せでした」

皇帝丕も、孟達の印象は悪くなかった。一度引見したが、『劉氏に見切りを付け、曹家に仕えて爽快《そうかい》です』などと、弁舌も爽《さわ》やかで好印象を得た。だから、楽毅《がくき》(戦国七雄燕《えん》の名将)の器量があると持ち上げ、蜀に近い新城郡《しんじようぐん》太守にしてやったのだ。

「それだけか？」

旧聞を披露したと思ったか、夏侯尚は慌てて言葉を継ぐ。

「いえ、あと一つ。『また、もうすぐ孫権が動きます』と、いうことです」

応《こた》える夏侯尚の左の指に、包帯が巻かれていた。戦場の怪我にしては、新しい。

「手は、どうした？」

曹丕が訊《き》くと、彼は照れたように言う。

「宮殿に上がろうとしたとき、廻廊《かいろう》で滑って、おり悪《あ》しく出ていた釘《くぎ》に引っ掛けてしまいました。不覚です」

「それにしても、よく包帯を持っておったな？」

「いえ、丁度通りかかった女性の医師に、手当をしていただきました」

彼は応えながら哄笑し、頬は真っ赤になっていた。

4

皇帝丕の読みどおり、翌黄初二年（二二一年）劉備は自ら漢の血筋を宣言し、蜀の皇帝に即位した。皇后は呉氏、そして皇太子には甘夫人《かん》が産んだ劉禅《りゅうぜん》が立てられた。元号も魏とは別にして、「章武《しょうぶ》」と新たに称している。

時を同じくするように、魏の予州《よしゅう》北東部にある魯郡《ろぐん》の曲阜《きょくふ》では、孔子廟が装飾模様も美しく修復された。孔子の末裔孔羨《こうせん》が、宗聖侯《そうせいこう》なる列侯に取り立てられた。

これは魏の皇帝丕が、孔子に敬意を表した証《あかし》である。このような待遇を受けていれば、孔羨にしても、魏が漢を継ぐ正当な朝廷であると言わざるをえない。

これにて魏国外から、曹丕の皇帝即位を簒奪《さんだつ》と悪口する者がいても、国内では真《ま》に受ける者が少なくなった。同様に、劉備を認める者も圧倒的に少ない。

蜀と事を構える呉は、孫権の判断で軍事拠点を建業《けんぎょう》から西へ移した。

「それで、どこなのだ」

知らせを持ってきた夏侯尚に訊くと、彼は要領を得ない応えをする。

「なんでも武昌《ぶしょう》だとか」

「聞かぬ地名ですな」

司馬仲達も、怪訝《けげん》な顔付きをする。夏侯尚は報告に来ながら、内容をあまり把握していないようだ。それは、使いさせた曹彰も、間者からの知らせを詳《くわ》しく調べて地理的に理解せず、そのまま右から左へ流しているからだ。

後日、司馬仲達が武昌を調べると、赤壁下流の長江右岸にある、鄂《がく》を改名した城邑《じょうゆう》だった。魏の水軍拠点夏口《かこう》にも近く、蜀を睨《にら》むには絶好の場所といえる。

「孫権は、朕の即位を、どう評価しているのだ？」

皇帝丕がこのように訊くのは、呉軍の拠点の立地を詳しく睨んでのことだ。ややもすれば、魏に対抗することもできる。

「蜀の劉備が荊州を返さない時点から、呉は魏を兄とする同盟を結んでおります。それゆえ、なんら異を唱えてはおりませぬ。それよりも」

「なんだ？」

「いっそのこと、呉国王の称号を与えればいかがでしょう？」

「ああ、理屈だな。それならば、名実ともに魏の臣下になるわけだ」

つまり呉を、魏帝国内の地方国とするわけだ。そこへ、宦官《かんがん》が走り込んでくる。

「申しあげます」

「どうした？」

「臨淄侯《りんしこう》（曹植《そうしょく》）が参内されましたが、廻廊でお倒れになりました」

普段から飲酒癖の抜けぬ弟は、ときおり宦官どもを相手に、詩の朗読会をしているらしい。皇帝丕は、どうせその最中に深酒が高じたのだろうと思っていた。

だが司馬仲達は、宦官がわざわざ知らせにきたことを奇異に感じた。

「みどもが、見てまいります」

信頼する部下がそう言うので、皇帝丕もゆっくり付いていった。しばらく行くと、廻廊で人集《だか》りがしている。

ところが、皇帝丕の姿を目敏《めざと》く見つけた宮廷人たちは、さっとその場を去っていく。皇帝丕が不思議そうに近づくと、曹植が吐瀉物《としゃぶつ》に塗《まみ》れて倒れていた。だが、あろうことか、彼の背中を親切にさすって介抱していたのが、甄皇后であった。

「どうしたのだ？」

皇帝丕が声をかけても、彼女は一心に手を動かしていて聞こえないようだ。代わって口を利いたのは、曹植であった。

「これは兄上、いや、主上。申しわけございませぬ。このような醜態を曝《さら》し、皇后にまで御迷惑をおかけしました」

曹植が、両手をついた恰好《かっこう》で詫《わ》びると、甄皇后も初めて夫がいることに気づいて立ちあがり、恭《うやうや》しく拱手《きょうしゅ》した。

「いらっしゃったことに気づかず、失礼いたしました」

皇帝丕が黙っていると、酢の腐ったような異臭が漂い、周囲では時間が止まった。

その夕刻、司馬仲達が屋敷へ戻ってくると、張婍が熱心に調薬をしていた。

「それで、主上の疲れが取れるのか？」

「はい、ものの旬日もすれば、潑剌《はつらつ》となさいましょう」

司馬仲達は、彼女の自信が大したものに思えた。そこで、宮殿内での出来事を話し、曹植に効く薬はないか訊いてみた。

「どうかな？」

すると彼女は、眉根《まゆね》に皺《しわ》を寄せる。

「ただの宿酔《ふつかよ》いならば、それなりの薬はございます」

「ならば、できるか？」

「でも、殿様。臨淄侯のようすでは、そのような薬では役に立ちませぬ」

「どうしてだ？」

「あれは、酒毒に冒《おか》されておいでです」

「それは、どういうことだ？」

「身体が酒を要求して、切れると手足が痺《しび》れてくる病です。薬よりもなによりも、自ら酒を断たなければ、決して薬では治りませぬ」

そう聞いて、司馬仲達はなるほどと思った。無論、曹植に薬を作って持参するつもりなど、さらさらなかった。付ける薬などないという、確信を得たかっただけだ。

だが、翌日宮廷へ参内すると、もっと驚くべきことが待っていた。それは、監国謁《かんこくえつ》者《しゃ》(諸侯の行状を監視する高官)灌均《かんきん》からの告発状である。

『臨淄侯、酒乱《しゅらん》の気配あり、酩酊状態《めいていじょうたい》での粗暴傲慢《そぼうごうまん》は数知れず、帝の使者を脅迫する始末でございます』

察するに、甄皇后に介抱されていたときのことを、灌均が調査するため出向いたのを、酒の勢いで追い返したらしい。

だが、これなどまだ驚くに足りない。自分の使者に対する非礼に関し、皇帝丕の処置は迅速だった。それは、彼を安郷侯《あんごうこう》に格下げするというものである。

臨淄侯も安郷侯も列侯であることに変わりはないが、封邑としての付加価値が違うのだ。大都市臨淄《りんし》と、鉅鹿郡《きょろくぐん》の田舎安郷《あんごう》から運ばれてくる物では、実質的な違いは明らかだ。

また、聞こえ方も違う。同じ会社でも、大都市圏を担当する部長と、僻地《へきち》の御同役のようなものだ。加えて言えば、所有する面積まで狭められている。しかし数日後、司馬仲達はもっと驚かされることになる。

「皇后が、自害されたとか」

告げられれば、だれもがあっと言う。それは「まさか」という驚愕《きょうがく》と、「やはり」という納得に分かれる。

曹植との間に不倫があるというのは、『洛水の女神』の詩以来の取り沙汰《ざた》だ。だが、司馬仲達には真相が判った。それは、詩を聞いたときの甄皇后の表情だった。

彼女は美し過ぎた。だから、だれもが憧《あこが》れながらも、高嶺《たかね》の花と諦《あきら》めて世辞一つ言わなかった。いや、権力者の子息の囲い者になっていたので、なおさらだ。

だが、曹植だけが、女神にこと寄せて恋心を打ち明けてくれた。だから、詩を聞いて微笑むことができたのだ。その彼と、たまたま廻廊《かいろう》ですれ違った。一度目は、横恋慕を誤解されていると謝られた。それも、実は嬉《うれ》しかった。

そして二度目が、あの泥酔事件のときである。曹植の醜態も、彼女には愛《いと》おしかったに違いない。そのようすは、夫である皇帝丕の声が聞こえなかったことでも判る。

それが、皇帝の沽券《こけん》にかかわったのだろう。だから、内心激怒していた曹丕から、短剣が贈られたのだ。つまり、自害の強要である。

「張飛《ちょうひ》が、部下に寝首を掻《か》かれたそうだ」

そんな知らせも、洛陽を駆け巡った。劉備や関羽には一歩引いていた豪傑も、部下には辛《つら》く当たることが多かった。関羽亡き後、それが高じたのだろう。

それにしても黄泉《よみ》の国での死の床とはいえ、甄皇后が枕を並べるには、余りにも不似合いな取り合わせであった。

5

甄《しん》夫人の葬儀が終わった後、曹植が鄄城王《けんじょうおう》に移封された。甄と鄄の偏《へん》が共通しているのは、明らかに皇帝丕の嫌味であろう。それに、肩書きは王であっても、内容は明らかに更なる格下げである。実質的な実入りが、半分以下になるからだ。

「主上はこうして、曹植様を辱《はずかし》めて、自害するのを待っておられるようだ」

魏の宮廷人はいつものとおり、口さがない噂をしている。

だが、無論もっと切羽詰まった問題もあるのだ。

「一昨年は関羽、昨年は黄忠《こうちゅう》、そして今年は張飛《ちょうひ》が逝《い》きました」

「これで、いわゆる劉備配下の五虎将《ごこしょう》で、残っているのは趙雲《ちょううん》と馬超《ばちょう》だけです」

「そこに、劉備の焦りが出ましたか？」

宮廷人が取り沙汰しているのは、劉備が荊州に出兵し始めたという噂だ。無論ただの風聞ではなく、実際に兵が動き出しているのである。しかも、皇帝劉備自ら陣頭指揮を執《と》る親征《しんせい》なのだ。

国家間に緊張が走ると、甄皇后の艶聞《えんぶん》めいた死の真相など、もうどこかへ飛び去ってしまっている。もっとも劉備の矛先は、関羽を討ち取った呉である。

司馬仲達は、間者の見聞したところを細かく分析して皇帝丕へ報告する。

「張飛を暗殺した張達《ちょうたつ》と范彊《はんきょう》も、その首を抱えて呉へ奔《はし》ったそうです」

「ならば二重の意味で、劉備は呉を目の敵にしような？」

「はい、しかし諸葛亮などは、必死に諌言《かんげん》したということです」

「そうであろう。朕《ちん》にも、劉備は感情に走り過ぎているように見える。周囲の者なら、なおさら策戦が二の次になっていると思うはずだ」

「はい、趙雲などは、討つなら相手は呉ではなく魏ではないかと言う始末です」

「なるほど。『漢帝は弑逆《しいぎゃく》され、献帝と諡《おくりな》された。簒奪《さんだつ》者曹丕の即位は無効』と言って蜀の皇帝になったのなら、趙雲の意見に筋が通っているぞ」

「はい、ですから伝え聞くところでは、呉の諸葛瑾《しょかつきん》らも『蜀と同盟して、魏を討つべし』などと息巻いているとか」

「そいつは、諸葛亮の兄だろう。ただ、兄弟の誼《よしみ》だけで、ものを言っておるのではないのか？」

「いいえ、諸葛瑾は公私のけじめをしっかり持っていると、孫権にも信頼されておる家臣だとか」

つまり、呉には親蜀派の意見が、伏流水のようにあるということだ。それと対抗するように、魏でも、もと揚州《ようしゅう》兵部隊長で侍中《じちゅう》の劉曄《りゅうよう》などは、征呉論を唱える。

「今こそ蜀殿（劉備）と同盟して、呉を討つべきです」

しかし、曹丕は採用しない。同盟を結んでいる国を攻撃すれば、皇帝の権威に傷が付くからだ。また、劉曄は、故甄皇后との間に出来た曹叡に信頼されている経緯もあった。

「とにかく、早う孫権に呉王の称号を贈らねばならぬ」

曹丕がこのように思っていると、阿吽《あうん》の呼吸と言うべきか、孫権はかつての対立時代に捕虜とした于禁《うきん》ら将兵たちを送り返してきた。そして挨拶《あいさつ》状の最後に、『臣権』と署名している。つまり、皇帝曹丕の家臣である孫権という意味だ。

ならば、懸案の魏帝国内における呉王国とする件は、使節が返書とともに任命書を携えて武昌にいる孫権のもとへ行けばいいのだ。そうすれば、ついでに武昌の建設状況も視察できる寸法になる。

武昌の大都督《だいととく》（総指揮官）には、陸遜《りくそん》が抜擢《ばってき》された。任務は城邑《じょうゆう》内の治安維持などではなく、正に蜀軍の迎撃である。

陸遜は、呂蒙《りょもう》と一緒に荊州攻略の先鋒《せんぽう》として活躍し、関羽を追い詰めた一人だ。また、彼の妻は孫策《そんさく》の娘である。若いときから頭脳明晰《めいせき》で、孫一族に将来を嘱望された男であるようだ。

さて、白帝城《はくていじょう》に本拠を置いた劉備は、迎撃らしい迎撃も受けぬまま荊州へ進撃していった。夷陵《いりょう》でこれを迎え撃つはずの陸遜の軍は、なぜかじりじりと後退している状況らしい。

「陸遜は、孫権の期待に全く応《こた》えておらぬ。その程度の男なのか？」

皇帝丕は呉を支援するため、将軍の文聘《ぶんぺい》、曹休《そうきゅう》らに命じて、魏軍を荊州北方に集めて圧力をかけている。だが、蜀軍では鎮北将軍（北方の脅威を鎮圧する将軍の意）黄《こう》権《けん》が逆に睨《にら》みを利かせて、互いに動きが取りにくい状態らしい。

皇帝丕と司馬仲達が話し合っていると、快活な声を上げて執務室へ入ってくる武将がいた。曹真《そうしん》である。

「河西《かせい》を平定しましたぞ」

なかなか、頼もしい言葉であった。河西とは、現在の甘粛省《かんしゅく》北西部で、西域への渡り廊下のような土地柄だ。シルクロードとも重なり、古来異民族が跳梁跋扈《ちょうりょうばっこ》することで知られている。

支配権が目まぐるしく変わる地域を平定した曹真は、もともと秦真《しんしん》といった。父親の秦邵《しんしょう》が袁術《えんじゅつ》軍と戦闘の最中、曹操を庇《かば》って死んだ。それを悼《いた》んで曹操が曹姓を贈ったため、息子も曹真と名告《なの》ったわけだ。

ちなみに、曹真の長男は曹爽《そうそう》といい、そろそろ元服の年頃である。

皇帝丕と曹真は一緒に育ったも同然で、兄弟同然に、いや、実の兄弟以上に仲が良かった。そして皇帝丕と兄弟同然に育った男なら、もう一人いる。曹休だ。

彼は曹一族で父を早くに亡くしたが、曹操の挙兵に駆けつけた。だからその後、皇帝丕の兄貴格として、寝起きを一緒にした。それは、曹真に対しても同じであった。また、曹真自身も曹休を慕っており、曹操亡き後も、二人は曹氏の固い結束の象徴的存在だった。

ただ、司馬仲達に対しては、やはり距離を保っていた。それは、戦場を知らぬ者への蔑《さげす》みと、聡明《そうめい》さへの気後れだったのかもしれない。

「異民族が、暴れておりましたな。さすが、曹真将軍に任せておけば心丈夫です」

司馬仲達は、実行力のある曹真に、一目置く態度を示していた。それは、不要な摩擦を避けるためである。

「儂《わし》は今回、涼州刺史《りょうしゅうしし》の張既《ちょうき》に指示を与えただけだ。それよりも、主上」

曹真は、ここで言葉に力を入れる。

「武陵《ぶりょう》(湖南省常徳府《じょうとくふ》)の異民族が、蜀軍に付いたそうです」

皇帝丕は、そのようなところにまで、注意が及ばなかった。だが、山岳地方などの地の利は、彼らが詳しく知っている。したがって、味方にすれば、それなりの戦力にはなるはずだ。

曹真は、西に遠征していながら、異民族を通じて南の異民族の情報を仕入れていたようだ。

「蜀軍で、そこまで気が回るのは、やはり諸葛亮でしょうな」

司馬仲達は、彼の才能を少なからず恐れている。いや、正当に評価したのだ。

「話を付けに行ったのは、馬良《ばりょう》という男だそうな」

「あっ、あいつか」

司馬仲達は、彼の噂を聞いていた。馬良は五人兄弟で、皆字《あざな》に常が付いていて優秀なため、馬氏の五常と呼ばれていた。司馬仲達の八人兄弟を八達と呼んだのと、どこか似ている。

中でも馬良は特に優秀で、彼の眉毛《まゆげ》には白髪《しらが》が一本交じっていた。それゆえ、特に優秀なものを『白眉《はくび》』と言うようになったのである。

「やつの説得に応じた異民族の長は、沙摩柯《しゃまか》という男です。しかし、こいつも蜀の建国理念に賛同したのではなく、たまたま蜀が快進撃しているので、勝ち馬に乗っているだけでしょう」

曹真は、馬良の成果をそれほど高くは買っていないようだ。

「ということは、劉備の化けの皮を剝《は》げるかどうかが、陸遜の腕の見せどころというわけですか？」

司馬仲達にも、曹真の言わんとする先が見えた。そう思ったとき、曹真は意外な情報を入れる。

「ところで、これも河西の異民族からの話ですが、馬超《ばちょう》が死んだそうです」

蜀の五虎将の一角が、またも崩れた。馬超は、もともと涼州出身なので、今回の荊州進撃には加わっていない。それは、北へ睨みを利かせるというよりも、重篤な状態だったからだろう。

「この知らせは、当然、劉備にも行っていような？」

皇帝丕が念を押した。

「はい、おそらくは、今日あたりに」

曹真は応えて、にやっと笑う。それならば、陸遜にも伝わっているはずだ。

「呉軍が、反撃を開始しました」

その知らせは、五日後にきた《き》。

蜀軍が、馬超に黙禱《もくとう》を捧げて沈んでいたところ、呉軍が軍船に火攻めをかけたらしい。連戦連勝で呉軍を見くびっていた蜀兵は、突然の火の粉を見ても、追悼の一環としか思っていなかったようだ。

6

「出かけていたのか？」

司馬仲達が屋敷へ帰ると、張婍も門を潜《くぐ》るところだった。

「はい、夏侯尚様の奥方が熱を出されたので、診て欲しいと馬車を廻《まわ》されて」

そう言えば、かつて夏侯尚は宮中の廊下で、釘《くぎ》で怪我をした。それを、偶然通りかかった張婍に、手当《てあて》してもらったことがあった。

彼女は皇帝の主治医ではないが、専属に近い。だから、普通は治療をうけるのを、遠慮するものだ。

「まあ、夏侯尚であれば」

司馬仲達は、さして問題はなかろうと思った。それよりも、劉備が呉の陸遜《りくそん》にしてやられたという、敗戦《まけいくさ》の情報が実に痛快だった。

「劉備は夷陵《いりょう》から巫《ふ》、馬鞍《ばあん》、そして白帝城《はくていじょう》へ逃げ帰ったそうです」

皇帝丕のもとへ報告に来たのは、曹彰《そうしょう》だった。そのとき、背後に夏侯尚は控えていなかった。代わりにでもなかろうが、曹真と征呉論者の劉曄がいた。

曹真が連れてきたようだ。

「陸遜めは、なかなかやりますな」

司馬仲達が言うのは、夷陵まで劉備の快進撃を誘ったことだ。いや、今一つ感心するのは、火攻めの前に夜襲をかけて、わざと負けた振りをしたことだった。

だから、追悼の最中に火攻めを喰《く》らうと予想できなかったようだ。そのうえ、呉軍の朱然《しゅぜん》と潘璋《はんしょう》、両将軍の追撃はさらに執拗《しつよう》だった。

逃げる蜀側は、馮習《ふうしゅう》と張南《ちょうなん》の両武将、それに侍中の馬良、異民族の長沙摩柯《しゃまか》らも討ち取られた。

「杜路《とろ》、劉寧《りゅうねい》それに黄権《こうけん》らの将軍が、捕虜になって、劉備には大打撃だろう」

曹彰は痛快そうに言う。だが、曹真が奇妙なことを報告する。

「呉がここまで大勝すると、孫権は、かえって蜀との接近を図るかもしれませぬぞ」

その意味が即座に判ったのは、司馬仲達と劉曄だった。

「なぜじゃ。大勝利には、朕《ちん》から褒美を用意しようと思っていたが」

皇帝丕も暢気《のんき》に、そのような冗談を言っていた。

「主上。曹将軍（真）の読みどおりと存じます。呉と蜀の軍事力は、合わせても魏の四割止まり。一方が大負けすると、さらに均衡が崩れて、魏が全国制覇に乗り出すと懸念いたしましょう」

劉曄から解説されて、皇帝丕もようやく理解を示した。だから劉曄は、蜀が行動を起こしたとき、一緒に呉を討とうと主張したのだ。また、劉曄の意見を裏付けるように、呉の将軍は蜀を叩《たた》いても荊州内だけに留《とど》め、決して深追いはしていない。

正に、荊州の領土へは、決して入れないという態度を示したのだ。

「圧倒的な勝ちを印象づければ、完膚無きまでに蜀軍を虐《いじ》めることはない。そういうわけだな？」

「それと、わが魏軍に留守を襲わせぬための、配慮《はいりょ》もございましょう」

劉曄は、持論の一端を匂わせる。

「なるほど、そういうものか？」

皇帝丕はまた頷《うなず》いた。ここで、初めて曹真が劉曄を連れてきた意味が判った。そこで司馬仲達は、別の提案をする。

「呉に、太子の孫登《そんとう》を人質に寄越すよう、打診なさいませ」

それはつまり、関羽を斬った荊州での戦い以来、呉が弟分の同盟を行っているが、どこまで本気かを試すことだ。

使者が立てられたが、孫権はあっさりこれを拒否した。つまり、孫権が皇帝丕に示した臣下の礼は、蜀の攻撃に魏が乗らぬようにする策だったのだ。

「よし、これを機に、出兵して圧力をかけるぞ」

皇帝丕は良い口実ができたとばかり、洞口《どうこう》へ曹休《そうきゅう》、濡須口《じゅしゅこう》に曹仁《そうじん》、南郡に曹真と妻の身を気遣っているらしく浮かぬ顔の夏侯尚を、それぞれ出動させた。今回も、曹植は洛陽で待機らしい。

旬日経つと、案の定の報告がくる。

「呉も動きました」

洞口に呂範《りよはん》、濡須口には朱桓《しゆかん》、南郡には諸葛瑾《しよかつきん》が、それぞれの軍を率いて配置に就いた。これは、陸遜の指揮である。

そうしながらも孫権は、魏（皇帝丕）への臣従を誓うという、態度と腹の内が明らかに違う行動を示してきた。

「孫権のやつ、口では臣従などと言いながら、今度は劉備に使いを出したそうです」

司馬仲達が、間者の報告を伝える。それによると鄭泉《ていせん》なる男が、白帝城の劉備のもとへ同盟の復活を申し入れて受理されたらしい。

「少し前、苦汁を嘗《な》めさせられた相手の提案を、受ける劉備も劉備だぞ」

「それが……」

「どうした？」

司馬仲達が、さらに間者からの報告を伝える。

「劉備が敗戦の後から、ずっと白帝城、いえ今は永安《えいあん》と呼ぶそうですが、そこで寝込んでいるとのことです」

地名を変えたのは、病気治癒の祈願だろう。そこに、気持の萎《な》えが見て取れる。

「思わぬ負けに、こんなはずではなかったと、打ち沈んでいるのか？」

関羽や張飛の仇討《あだうち》に失敗したことで、義兄弟の契りを結んだ相手に、合わせる顔がないということだ。

それに、先日は馬超も他界している。

「気持が、切れたのかもしれませぬ」

「ならば孫権は、そこを突いたのだ。こちらにも臣従するなどと言いながら、全く油断できぬやつだぞ」

つまり、魏と蜀のそれぞれに平和条約を結んで停戦しながら、ちゃっかり軍備の増強を図っていることになる。

「とんだ、二心です。それに、元号も新たに制定したとか」

司馬仲達が、さらなる素っ破抜きを披露する。

「なんという元号だ？」

「黄武《こうぶ》だそうです」

聞いた皇帝丕は、それだけでぷっと噴き出した。魏の黄初と蜀の章武の、上下をそれぞれ拝借しただけだからだ。

「先が見えたな。やつも皇帝に即位するつもりだろう」

皇帝丕はそれだけ言うと、後宮へ入っていった。まだ、陽が沈んだばかりだが、呉の元号に呆《あき》れて、今日はそれ以上話す力が抜けたらしい。

見送りながら、司馬仲達には、曹丕が懐から丸薬を取り出すのが見えた。張娉が調合したものだ。それは、曹丕の胸の発作を抑えるものだが、本人は精力剤にもなると信じている節がある。

そう言えば、皇帝丕は皇后を立てた。以前から寵愛《ちょうあい》していた郭氏である。彼女は、甄《しん》前皇后が産んだ曹叡《そうえい》を養子にしている。それだから、吉と出たのかどうかは判らない。それは皇帝丕が、頑《かたく》なに曹叡を太子に冊立《さくりつ》しないからだ。

もう一人寵愛している徐姫に、遠慮しているからとも噂されているが、真意は司馬仲達にも判らない。

彼は宮廷を辞する。門を出ると、専用の馬車が廻ってくる。司馬仲達は一日を頭で反芻《はんすう》しようと、ゆっくりと屋敷へ向かわせた。そうして戻ってくると、屋敷の手前半里(約二一七メートル)ばかりの所から、門前に馬車が横付けされているのが見えた。中から、だれかが降りる。医療用の函《はこ》を持っているから、張娉らしい。

以前と同じような時刻である。ならば夏侯尚の妻が、まだ具合が悪く臥《ふ》せっているのだろうか？ そうかもしれない。符合するのは、今回の呉に対する軍の編制時から、彼もあまり元気がなかったことだ。

司馬仲達の馬車がだんだん近づくと、張媌を運んできた馬車は、慌てたように笞《むち》を当てて去っていった。

「どうしたのだ？」

「はい、あのう、ちょっと」

張媌が函を持って待っていたので、司馬仲達は訊《き》いてみた。なんとなく、しどろもどろした台詞《せりふ》だった。

「奥方の容態は、思わしくないのか？」

「いっ、いえ、そうでもありませぬ」

司馬仲達はそれ以上訊かず、屋敷へ入った。姫妾《きしょう》の行動を根掘り葉掘り訊くのも、恥だと思ったからだ。

「仲達。朕は、自ら陣頭指揮に立ちたくなってな」

翌朝、宮殿へ行った司馬仲達は、皇帝丕の思わぬ言葉を聞いた。どうした風の吹き回しかと思っていると、控えていた侍女たちが赤い顔でもじもじしている。

「張媌の作ってくれた丸薬は、確かに良く効くぞ！」

それで判った。

曹丕は、昨夜の房事が満足だったと言いたいらしい。だが、司馬仲達としては、祝辞をいうわけにもいかなかった。

「主上自らなど以《もっ》ての外《ほか》、それならば、曹彰様に托《たく》されてはいかがでしょう?」

「朕の陣頭指揮などでは、頼りないということか?」

7

皇帝丕の剣幕に押されて、司馬仲達も親征を認めざるをえなかった。だが、一国の皇帝が矢石《しせき》の間《かん》へ身を置くなど、感心されることではない。

陣地に皇帝がいれば、確かに兵は奮いたつ。だが、万一のことがあれば、国家が混乱して戦闘どころではない。それでも皇帝丕が行くのは、武において曹彰に劣ると言われることへの反発も手伝っている。

「騎馬で行くから、鞍《くら》も付けよ」

大した気合の入り方だった。

皇帝丕は、少しはしゃいでいるような態度である。しかし司馬仲達は、そこまで考えてはいなかった。

「朕が行くまでに攻撃態勢を作っておくよう、曹仁に申し伝えよ」

曹仁は、父曹操の従弟《いとこ》で、旗揚げ当時からの武将である。皇帝丕から見れば一世代上の人物だ。それでも命令できるのは、皇帝という地位である。

洛陽から濡須口《じゅしゅこう》までは、およそ千二百里（約五〇〇キロメートル）ある。それを、慣れぬ皇帝丕が騎馬で行けるのかと、司馬仲達は一人気を揉《も》んだ。

「すぐに、早馬の伝令を立てて、檄《げき》を飛ばします」

それなら、ものの二日もあれば、曹仁に届くはずだ。しかし、強行軍でも十日はかかろうという長旅である。

　皇帝がいない間は、司馬仲達が事務を取り仕切ることになる。

さすがに皇帝が宮中を留守にすると、行事が滞《とどこお》るので静かである。司馬仲達は宮中に残されて、璽書《じしょ》、つまり皇帝が決裁した書類を片付けていた。

彼は関係部署に通達が行くよう、それを区分けしていた。無論、皇帝の執務室ではない。専用の箱が並べられている小部屋があるのだ。そこへ行くと、司空府《しくうふ》、司徒府《しとふ》、太常府《たいじょうふ》、大司農府《だいしのうふ》などと分けられている。司馬仲達は、それぞれの名を記した箱に書類を区分けしていたのである。

　壁の一ヵ所には、太い竹の節を刳《く》り抜いた物が斜めに付いていた。塵屑《ごみくず》を直接屋外の、芥《あくた》専門の籠《かご》へ捨てるための仕掛けだ。司馬仲達は、そこへ不要な用紙を捨てようとした。すると、どこからか、人の話し声がする。耳を澄ますと、竹筒を伝って聞こえてくるのが判った。

「あの医師はどうだ？」

「はい、なかなか可愛いやつです」

声に聞き覚えがある。ぞんざいに問いかけているのが曹彰で、応《こた》えているのは夏侯尚らしい。だが、確か曹真と一緒に南郡へ出陣したはずだ。

声に交じって、木を折るような乾いた音も聞こえる。

彼らが塵《ちり》や芥の溜《た》まり場にいるのは、檄や木簡を捨てるためである。部下や奴僕《ぬぼく》にさせてもよさそうなものだが、彼らは戦場での機密事項として、自ら折って棄てるのである。

穿《うが》った見方をすれば、それで彼らの策戦的な過失も闇に葬れるのだ。おそらくは、そのために自ら木簡を破棄していると見て差し支《つか》えなかろう。

「薬は効くのか？」

「はい、それは覿面《てきめん》です」

「そうか。後日、儂《わし》にも分けてくれ」

「はい、お楽しみに」

そこまで聞いて、司馬仲達は背筋が震える悪寒を感じ、同時に怒りも湧いた。夏侯尚の、笑い顔が見えるようだった。

「ところで、主上も同じ薬をお飲みになっているのか？」

「それで奮い立って親征に行かれたという件ならば、違います。あいつは動悸《どうき》を抑える薬を、強精剤にもなると言って渡しているのです。畏《おそ》れ多くも、主上相手に悪戯《いたずら》をしています」

「悪い女だな。相手もあろうに、主上を騙《だま》すとは」

「そのような度胸の良さも、みどもは堪《たま》りませぬ。戦陣にあっても顔が思い出され、武器を取るどころではありませなんだ」

「こいつ、惚気《のろけ》よって。しかも、宮中で引っ掛けるとは、主上に知れたら処刑の憂き目だぞ」

「一目見て惹《ひ》かれたので、以前木簡を折って木の角で突いたとき、廊下の釘《くぎ》で怪我をしたと言って、治療してもらったのです」

そうであろう。宮殿の廊下に、釘が出ているはずがないのだ。彼は今回、仮病を使って、恋しい張嫮に逢《あ》うため戻ってきたようだ。

「そのような真似は、きっと、おぬしにしかできぬな」

彼らの会話を聞きながら、司馬仲達はその部屋をそっと出た。かといって、彼らに斬りかかる度胸もないのが悔しい。

それから一月《ひとつき》して、魏軍が大敗したとの一報が入った。無論、呉軍の反撃を受けたのである。

「主上に、大事はございませんか?」

司馬仲達は、曹休に訊いた。彼は皇帝丕の露払いとして、宮殿の寝所を整えさせるため、先に帰ってきたのである。

「お怪我などはない。だが、長丁場が祟《たた》って、かなりお疲れだ」

曹休は、主治医を呼ぶように指示した。馬車で休みながら帰ってくる皇帝丕が洛陽に着けば、すぐに診察させるためだ。

司馬仲達は早速使いを走らせて、張under宮殿へ来るように知らせた。

「戦況は、どのようなものでしたか？」

曹休は、訊かれると少し渋い顔をした。将軍として前線にいた者に、敗戦《まけいくさ》を語らせるのは酷である。文官の司馬仲達は、そのあたりの機微が判らないのだ。

だが、曹休は敢《あ》えて応える。

「敵将の朱桓を騙したつもりが、かえって策略に乗ってしまったのだ」

彼の話によると、洞口の曹休、濡須口の曹仁、南郡の曹真が、三方向から一気に江南の呉軍を攻める予定だったという。

曹丕は濡須口に出向いていたが、この方面での将軍曹仁は、軍勢を東へ寄せると見せかけ、呉軍を誘《おび》き出すのに成功した。

ここで、曹仁の息子曹泰《そうたい》が、先鋒《せんぽう》隊長となって濡須口の砦《とりで》へ進軍した。

「守備兵は、ほとんど出払っていないはずだ。雲梯《うんてい》（折りたたみ式の長い梯子《はしご》）で城壁を突破すれば、後は城門を開けて占領するまでだ」

彼は用心深く、斥候を立てて砦内のようすまで探らせた。

「物音一つしません」

「ならば、残っている者が肩を寄せ合って震えているのだろう。さあ、突撃だ！」

曹泰の命令のもと、雲梯が何ヵ所も掛けられた。そして兵たちが殺到すると、先陣を切っていた兵が、悲鳴を上げて落ちてきた。連挺《れんてい》（ヌンチャクの一方が長柄になっている武器）で頭を割られたのだ。

「残っている守備隊が、必死に暴れているんだな」

曹泰は、楽観的に城壁の上を見た。すると、突然無数の旗が立ち並び、雲梯はことごとく指叉《さすまた》で外されていく。途中まで登っていた兵は、木の葉のように落とされ、そこへ矢が雨霰《あめあられ》と降り注ぐ。

これでは曹泰の先鋒隊など、敵の景気づけにしかならず、退却するしかなかった。

ところが、そこへ出払っていた守備兵が戻ってきたのだ。

「一気に乗り込めず、時間を喰《く》ったのが不覚だ」

曹泰の先鋒は、こうして這々《ほうほう》の体で戻ったのだ。しかし、ここからの呉軍は夷陵での行動とは違い、国境を侵してさらに、しつこく魏軍を追ってきた。

「いかん。主上を護《まも》るのだ」

濡須口での大敗を知った南郡の曹真は、すぐに殿軍《しんがり》となるべく寿春《じゅしゅん》方面へ兵を回した。しかし、彼らの行く手には、軽装備の呉兵が昼夜を問わず現れて、どこからともなく矢を射かけてくる。それで曹真は、かなり進軍を阻まれていた。

同じ事が他の魏の殿軍にも起こり、軽装備の呉兵は魏軍を散々悩ました。彼らは、韓当《かんとう》に率いられた遊撃隊で、致死軍《ちしぐん》あるいは解煩軍《かいはんぐん》と呼ばれる一隊だった。

曹休は自軍を殿軍として残し、洛陽に皇帝を迎える準備をさせに帰ったのである。

無論、援軍も要請せねばならない。

手短な応えで総《すべ》てが判り、司馬仲達は曹休を犒《ねぎら》った。その反動で夏侯尚への憎悪が募った。

「それは、大変なことでした」

「儂は、曹彰様に迎えの軍を出すよう要請してくる」

曹休は、そのまま曹彰の館《やかた》へ向かった。そのようすを眺めながら、夏侯尚が再度出陣するのかどうかが気になった。

曹彰が軍を掻《か》き集めて、洛陽城を出発していく。司馬仲達も、それに見合う書類を整える準備を始めた。

「さあ、床を整えねばならぬ」

後宮の侍女たちが、忙しそうに廻廊《かいろう》を小走りに行き来しているのが、皇帝の執務室にも伝わっている。だが、なにかが足りないと思う。

それは、張姱が一向に宮殿へ出仕しないことだった。

「なぜ、来ないのだ？」

司馬仲達は催促の使いを送ったが、驚くべき返事がきた。

「しばらく、屋敷へ戻っておりませぬ」

第二章　劉備と曹丕崩御　(二二三〜二二六)年

8

「朕《ちん》の代わりに、曹仁《そうじん》が逝《い》ったか」

濡須口《じゅしゅこう》の戦いで、息子の曹泰が先鋒《せんぽう》として失策を犯した。それを補塡《ほてん》しようと、曹仁も殿軍《しんがり》の一翼《いちよく》を担って負傷した。

結局、そのときの傷が悪化して没したのである。曹丕は、彼のお蔭《かげ》で命拾いをしたのだ。その引け目があって、のうのうと床につけないでいる。

「まあ、二、三日ゆっくりしたので、調子は戻《もど》ったがな」

「はい、でも大事をお取りになっては」

「まあ、そう邪険《じゃけん》にするな」

「いえ、決して」

司馬仲達は、皇帝丕が身体の異常を訴えなくてほっとしていた。だが、親征が失敗したことで、精神的にやや落ち着きをなくしている。

今も、彼が行くところへ、なぜか皇帝が付いて来たがるのだ。

「璽書《じしょ》を置きにまいります」

そう言って配布専用の箱がある小部屋へ行くと、皇帝丕はそこにまでもくっ付いてやってくる。

「このような面白い所があったのか？」

普段行き付けぬ場なので、皇帝丕は珍しそうに眺める。だが、皇帝に入ってこられた側の宮廷の役人や宦官《かんがん》は、皆遠慮して小部屋から出て行く。

皇帝丕は構わず嬉《うれ》しそうに、司空府、司徒府、太常府、大司農府などと書かれた箱を眺めていた。その間にも、司馬仲達は書類を区分けしていく。

皇帝丕はその作業を飽かず眺めていた。

「確か、張済《ちょうさい》の娘だったな？」

どこからか、木を割る音と、そんな声が聞こえてくる。それは、塵屑《ごみくず》を屋外へ直接棄《す》てるための、竹筒を通してだ。

そのような所で、木簡を折りながら雑談するような者は、だれだか決まっている。

「はい、涼州組《りょうしゅうぐみ》と呼ばれた董卓《とうたく》（献帝を擁《よう》して、洛陽から長安へ強引な遷都をした軍閥。後、養子の呂布《りょふ》に暗殺される）の重臣の一人でしたが、李傕《りかく》や郭汜《かくし》と内紛した挙句、群盗化して荊州へ侵入したところを、牧《ぼく》（州全体を監査し取り締まる長官）だった劉表《りゅうひょう》の軍に討たれた男の娘です」

「わが父武帝《ぶてい》（曹操の諡《おくりな》）が、献帝を長安から迎えられた頃の話だな」

「興平《こうへい》二年（一九五年）から建安《けんあん》元年（一九六年）頃の話で、二十年以上も前です」

「張済という男は好男子、母親の鄒娜《すうだ》も美女で通っていた。双方の血を引いたと見えて、さすがになかなか器量もいいな」

「母親の鄒娜は……」

夏侯尚が、言葉を濁している。

無論、皇帝丕にも、その二人がだれかは判っている。

「武帝（曹操）が手を出して、張繡《ちょうしゅう》（張済の甥《おい》）の怒りを買ったのだったな。宛《えん》の宴会場で反乱を起こされて、手酷《てひど》い火傷《やけど》をしたそうではないか」

この戦いで、本来の長男曹昂《そうこう》が討死《うちじに》し、丁《てい》夫人が一切口を利かなくなったと言われている。

彼女は、生みの親劉夫人が早逝したため、育ての親となっていたのだ。

「みどもは鄒《すう》夫人を覚えておりますが、あの器量なら、多少の火傷も本望と言うものでしょう」

「ほう、ならばそこもとも、張娉《ちょうか》のためなら、火傷を覚悟しているのだな？」

「無論です。だから、屋敷に留め置いて、外へは出しませぬ」

「それは、剛毅《ごうき》だな。しかし、主上の治療にも赴《おもむ》かぬとはな？」

「どうせ強精剤ではなく、滋養を旨とした気休めの薬剤です。旬日ばかり飲まなくとも、本来は健康には関係ないと、彼女も申しておりました」

そこまで聞くと、皇帝丕の血相が見る見る変わった。彼は小部屋を出ると、廻廊を巡って、芥《あくた》の籠《かご》が置かれている場所へ向かった。普段行き付けぬ所なので、何度か永《えい》巷《こう》(宮殿外の露地)を迷った。

「主上。お待ちを」

司馬仲達が止めようとしたが、目を据えた皇帝丕はどんどん進んだ。そして、ようやく曹彰と夏侯尚が、木簡を折ったり割ったりしながら雑談している場所へきた。

「こっ、これは、主上」

二人とも愕《おどろ》いて、恭しく拱手《きょうしゅ》する。

「夏侯尚。そこもとの屋敷へ向かう。同道せい！」

「そっ、それは、いったいどういうことでしょう？」

「問答無用じゃ。これは、勅命である」

勅命は、皇帝が出す絶対的な命令だ。何人《なんぴと》も逆らうことはおろか、理由を問うこともできない。

皇帝丕は黄屋車《こうおくしゃ》を調え、夏侯尚を馭者《ぎょしゃ》にして、司馬仲達を陪乗者とする恰好《かっこう》で、供回りもそこそこに宮殿を出た。

「主上。これは……」

まさか、自分と曹彰の会話を聞かれていたとは知らず、夏侯尚には皇帝丕の勅命がなぜ出たか要領を得なかった。だが、なにを問おうと、相手は無言である。

これは、異様な光景であった。皇帝の外出であるから、取り敢《あ》えずの供が後ろを付いて走っていたからだ。洛陽の大路は、都人士《とじんし》が道の両脇に寄って、あれこれ取り沙汰《ざた》しながら行列を眺めていた。

屋敷の前で皇帝丕は降り立つ。

「開門！」

皇帝丕が呼ばわると、いつもと違う声に門衛が武器を向けかける。だが、主人が平身低頭しているので、相手がだれか判らずとも、とにかく門を開けた。

皇帝丕は、そこをずかずかと一人入って行った。無論、その後を、夏侯尚と司馬仲達が追う。

「張姱は、屋敷の、どこにつながれておるのだ？」

言われて、このとき夏侯尚は初めて総《すべ》てを悟った。

「それは、あれが帰りたくないと言いましたので……」

「仲達の内諾は、得たのか？」

「いえ、そのう……」

なにを問われても、夏侯尚はしどろもどろだった。

「では、張婍のいる場所に案内しろ」

命じられて、彼は自らの離屋敷へ皇帝を案内した。宮殿ならば、さしずめ後宮である。その玄関先から、夏侯尚は張婍の名を呼んだ。

「おかえりあそばせ」

何気なく彼女が顔を出したが、夏侯尚だけでなく、皇帝丕や司馬仲達までいたので声を出して驚いた。

「はっ！　なっ、なぜ……？」

「そう言いたいのは、朕の方だ。おこと、偽りの薬をくれたそうだな？」

唐突に悪事を指摘されたように、張婍の顔面から血の気が引いていった。

「いいえ、そのようなことは……。信じて飲めば、薬は効きまする。それゆえ主上は、親征されるほどお元気に」

張婍が言うのは、今日プラシーボ効果という現象だ。人間の思い込みは、それだけで身体に良くも悪くも影響を与えるものである。だが、当時は一般的ではない。

「言うな。偽物だからこそ、呉に後れを取ったのじゃ」

普通は、皇帝丕のような見解になる。

「いえ、効果の例はいくらでも」

張婣が説明しようとしたとき、皇帝丕は夏侯尚が佩《は》いていた剣を、脇から抜き取って斬りつけた。剣を取られた夏侯尚も司馬仲達も、止める隙がなかった。

白刃が二度ばかり旋回すると、張婣の首筋から鮮血が迸《ほとばし》った。そのまま倒れ込むと、結った髪が解《ほつ》れて、血溜《ちだ》まりで真っ赤に染まっていく。

傍《かたわら》で一部始終を眺めていた夏侯尚は、そのまま腰を抜かして脣《くちびる》を震わせ、しばらくは口が利けなかった。

「これ以上の沙汰は、保留してやる。以後は、この程度ではすまぬぞ」

皇帝丕は切れ上がった眥《まなじり》を向けて、夏侯尚に厳しく言い渡した。

「さあ、帰るぞ」

そう言われ、司馬仲達は手綱を取った。自分の妾《めかけ》が、いつの間にか他人の離屋敷へ行っていたのは恥だが、それを皇帝が咎《とが》めて、なんとか恰好がついた。しかし、まだまだ問題は先に火を噴くことになる。

9

皇帝丕は曹植の封土を、鄄城《けんじょう》から雍丘《ようきゅう》に替えた。理由は判らないが、張婣を斬った八つ当たりのようにも見えた。

同じ頃、蜀の重大な情報が入った。

「皇帝の劉備が、死んだそうだ」

荊州の夷陵《いりょう》へ侵入して後、陸遜《りくそん》に撃退されて白帝城へ戻った劉備は、病気治癒を祈念して、その地を永安《えいあん》と改名している。

やはり、それは彼の弱気の表れだったのだ。とにかく、戦いの傷が悪化したのではなく、精神の過労で臥《ふ》せっていたようだ。

「関羽や張飛の仇《あだ》を討てなかったという責任感に苛《さいな》まされて、それが身体をも蝕《むしば》んだのでしょう」

「他の原因は、ないのか?」

「敢《あ》えて、もう一つの要素を挙げれば、若い陸遜に負けたことでしょう」

劉備は、関羽や張飛のような膂力《りょりょく》はないに等しい。だが、千軍万馬を率いる将帥《しょうすい》の才覚だけはあると信じていた。それを脆《もろ》くも、陸遜にしてやられたことで、心に張り詰めていた糸が、ぷつんと切れたようになったのかもしれない。

「それも、考えられるな」

皇帝丕は、司馬仲達の説明に納得する。

「はい、これで蜀に残っているめぼしい人材は、諸葛亮と趙雲《ちょううん》ぐらいでしょう」

実際には五虎将《ごこしょう》の息子たちもいるが、名だたる者は確かに少なくなった。

「なるほど。皇帝を継ぐのは、息子か？」

「はい、養子の劉封《りゅうほう》が関羽に援軍を送らず、また孟達が魏へ奔《はし》ったことで自害させられたので、太子の劉禅《りゅうぜん》が次期皇帝です。まだ、十七歳だと存じます」

曹操が荊州へ侵入した建安十三年（二〇八年）、張飛が仁王立ちになって魏軍の侵攻を阻んだ長坂坡《ちょうはんは》の戦いがあった。その際、劉禅（当時は阿斗《あと》と呼ばれていた）と甘《かん》夫人が行方不明になった事件がある。

その二人を救い出したのが、趙雲であった。傷だらけになって帰ってきた趙雲を見て、劉備は、まだ二歳の劉禅を高々と持ち上げ、地面に叩《たた》き落とそうとした。

『こんな小倅《こせがれ》のために、大事な将を喪《うしな》うところだった』と、言ったらしい。無論、周囲が止めて事なきを得た。

つまりは、それほど趙雲を買っていたという逸話だ。

「それで、劉禅は、あのときよくぞ助けたと、思えるほどの人材か？」

同じ二代目で、相手の器量が気になるのか、皇帝丕はそんなことを訊《き》いた。

「はっきり言って、皇帝の器どころか、官僚の端くれにも連なれますまい」

慎重に文言を考える司馬仲達が、にべもない言い方だった。

「それは、手厳しい意見だな」

おく美事な方針転換だ。

「弔問の使節を派遣しながら、同時に山岳少数民族を出汁《だし》に使って揺さぶりをかけているのは、条約を有利に進めようという魂胆に他なりません」

司馬仲達の解説は、なかなか当を得ている。その裏付けをするように、蜀から呉に向けて、正式な使節が派遣された。当然ながら、劉備の弔問への感謝を伝えるものである。

使者に立ったのは、蜀の中郎将鄧芝《とうし》という男である。馬二百頭、錦千疋《にしきせんびき》や蜀の特産物を手土産に、武昌にいる孫権に面会を求めた。

それらを差配しているのは、当然ながら劉禅ではなく諸葛亮であろう。ならば、この天才軍師が、孫権の手法に気づいていないはずはなかろう。

にもかかわらず、相手の罠《わな》に嵌《はま》るがごとく、同盟関係に入ろうとしているのはなぜだろう？

司馬仲達は、それを自ら問いつづけた。普通に考えれば、呉と同盟して魏の侵攻を防ぐことである。つまり、赤壁の戦いと同じ発想だ。

しかし、あの諸葛亮が、十五年も前と同じ策戦で政をするだろうか？　そのように思うと、もう一歩踏み込んだ考えがあるような気がしてならない。

この段階で司馬仲達は、まだ諸葛亮の真意を量れなかった。だが、単なる蜀呉の同盟になるわけはないと直観していた。

年が明けると（二二四年）、呉から蜀へ答礼の使節が訪れた。輔義中郎将の張温《ちょうおん》だった。彼は鄧芝とは違い、土産品の数々を持参していない。だとすれば、呉の意向ともいうべき話の内容で、相手を満足させようとするはずだ。

無論、魏の宮廷内でも、それは憶測を呼んでいた。皇帝丕は、執務室に司馬仲達だけでなく、曹休、曹真、それに劉曄《りゅうよう》をも呼んで意見を訊いた。

実は、この少し前に曹彰が薨去《こうきょ》した。将軍として鳴らした皇族だけに、惜しまれたが、曹真や曹休、それに曹洪らがいれば、その穴は充分に埋められる。

「曹真はどう思う？」

皇帝丕の問いに、彼はおもむろに脣《くちびる》を湿して応《こた》える。

「まず、魏と呉の間では、まだ同盟が破棄されておりませぬ。それゆえ呉としては、まずもって蜀に対し、そのことに触れねばなりますまい」

「なるほど。それで、どのように説明しような？」

「おそらくは、呉の西南にある山岳地帯に住まう山越族なる異民族の討伐までの、暫定策とでも言いましょう」

曹真が言うのは、先頃呉との捕虜交換で戻った于禁《うきん》から聞いた情報である。呉にあるとき、于禁自身が、山越族討伐隊の隊長として働いていたのだ。

魏と対峙《たいじ》させないよう、呉(孫権)が気を遣ったのだ。それを揚州出身の劉曄は、早くから見抜いていた。

山岳民族の問題ならば、蜀にも南中の少数異民族の件があり、理解を得られよう。

「他に、なにを言うか想像がつくか?」

皇帝丕は、曹休に訊く。

「蜀の政を褒《ほ》め千切りましょう」

その応えに司馬仲達も頷《うなず》く。

「ところで、夏侯尚のようすはどうだ?」

皇帝丕は、亡くなった弟の腹心を思い遣《や》ったが、近況を知るものはいない。沈黙がつづいた後、劉曄が進言する。

「于禁殿を、将来山岳戦で活用しては」

言われた皇帝丕には、そのとき複雑な表情が宿る。

「そのためには、父武帝(曹操)に挨拶《あいさつ》してもらわねばならぬ」

彼は意味あり気に言い、その後、画工に命じて関羽へ投降する于禁のようすを描かせた。それを、于禁が廟《びょう》に詣《もう》でるときに掲げておいたのである。

反省を促し、次には身命を賭《と》して励む決意を誓わせるためだったろうが、逆効果だった。于禁は、敵方に付いて働いたことを羞《は》じて自害してしまった。

10

皇帝丕には、これと似た逸話がもう一つある。張娉《ちょうか》の従兄《いとこ》に当たる張繡《ちょうしゅう》をも、自害に追い込んでいるからだ。

張娉の父張済《ちょうさい》が死んで、張繡らが投降すると、鄒娍《すうだ》（張済の妻で張娉の母）が曹操の姫妾にされた。それを怒った張繡は、建安二年（一九七年）宛へやってきた曹操に、不意討ちを喰《く》らわせた。

曹操はなんとか助かったが、長男（劉夫人の息子）の曹昂が戦死した。また、鄒娍も大火傷《おおやけど》を負って華佗の介抱でようやく助かっている。その後、張娉ともども華佗の弟子になったが、ここでは詳細を省く。

曹操が袁紹と官渡で戦う直前の建安五年（二〇〇年）春、張繡は再度曹操麾下《きか》に付いた。そして曹操が勝つと、袁紹の次男袁熙、三男袁尚《えんしょう》を追うのに力を発揮した。

このとき、曹丕は「わが兄を殺しおって」と、彼の活躍を揶揄《やゆ》したため、張繡はわざと敵の大軍に単身突撃していった。曹丕の言葉を気にして、自責の念に駆られた自害と言われている。

司馬仲達は、劉曄にそれを教えられた。そして、張繡を偲《しの》んでいると、その縁《えにし》に連なる者の訃報《ふほう》に接した。

魏にあって、程昱《ていいく》や荀彧《じゅんいく》、荀攸《じゅんゆう》とならんで謀略家と言われた賈詡《かく》である。彼はかつて、張済や張繡と行動をともにしていたのだ。

「葬儀には、朕《ちん》も出席しよう」

皇帝丕がそのように言ったのも、張繡に悪態を吐いたことを、忸怩《じくじ》と思い起こしたからかもしれない。

「主上のお出ましとあれば、家族も喜びましょう」

司馬仲達は、皇帝丕の申し出を、賈詡の功績を高く評価したからと遺族に伝えた。

賈詡はもともと、董卓陣営の、涼州組と呼ばれた一団の一人だった。つまり初平三年（一九二年）、暴君と化した董卓が呂布に暗殺されたとき、逃亡しようとする李傕《りかく》や樊稠《はんちゅう》、郭汜《かくし》、張済らと、長安を奪回した一人である。

いや、彼らに「逃げるなら、逆襲が失敗してからでも遅くない」と、勇気を鼓舞したことで知られている。そして、呂布の追い落としにも成功した。

その後の内紛では、張済や張繡と行動をともにしている。

「朕も、まだ幼少の頃だったので、当時のことは話に聞くだけだ」

皇帝丕はそのように言いながら、墓地に埋葬する所まで付き合った。

そして、いよいよ柩《ひつぎ》を穴に降ろして埋葬しようとしたとき、周囲で女たちの悲鳴が起こった。

「曝《あば》いています」

賈詡未亡人やお付きの侍女が、震えながら指さす先に、掘り返した土の盛り上がりがあった。

「あの場所は」

別に愕《おどろ》きの声をあげたのは、司馬仲達であった。それは、司馬氏ゆかりの墓地であったからだ。

しかし、問題はその先にあった。明らかに、掘り出した死骸《しがい》を抱いている者がいたからだ。可愛い盛りの幼児を亡くした母親なら、ありそうなことである。だが、当人は髭面《ひげづら》も厳《いか》めしい壮年であった。

「今も、おまえが夢に出る。生き返ってくれないか」

彼はそう言って涙を流し、掘り出した遺骸に頬ずりしていた。

「夏侯尚ではないか……」

曹丕も司馬仲達も、おぞましい光景を見て、ぶるっと背筋を寒くした。最愛の張娉と、終生の上司と崇《あが》めていた曹彰に先立たれ、ついに頭の捩子《ねじ》が飛び散ったようだ。

「まさか、仮病でもあるまい。だれぞ、引っ捕らえて、屋敷へ連れ帰ってやれ。ただし、事情を話して座敷牢《ざしきろう》へ閉じ込めろとな」

それ以後、絶えて夏侯尚の噂はされなくなった。それは、尚書の陳羣《ちんぐん》がある触れを出したからである。

大逆罪と反乱の陰謀以外、他人を密告してはならない。

他人を誣告《ぶこく》した者は、訴えた内容の罪に落とす。

苛酷《かこく》な政治は虎よりも猛々《たけだけ》しい。役人は民を慈しむこと。

民を教化するため、文教行政に力を入れて太学も設置する。

迷信を布教して、民を混乱させることを禁じる。

以上のような内容であった。

これを見るに付け、夏侯尚の醜聞を揉《も》み消すことの裏返しであることが判る。皇帝丕が陳羣をして、そこまで夏侯氏への配慮をさせしめるのは、曹家の血が夏侯家から来たものだからだ。

曹家の先祖は、前漢建国時の功臣で平陽侯《へいようこう》の曹参《そうしん》である。その家系は連綿とつづいたが、曹操の祖父曹騰《そうとう》が罪を得て宦官《かんがん》に落とされた。

当時の宦官は出世すれば、列侯（領主貴族）にもなれて、養子に財産を相続させることができた。だから、曹騰は費亭侯《ひていこう》という列侯に昇進し、夏侯氏から養子をもらったのである。

それが、曹操の父親の曹嵩《そうすう》（夏侯嵩）だった。それゆえに、曹氏は夏侯氏を親族扱いしているのだ。夏侯氏の先祖も、劉邦《りゅうほう》の馭者《ぎょしゃ》を務めていた功臣夏侯嬰《かこうえい》である。

夏侯尚の奇行が世間で持ち切りにならなかったのも、そのような経緯からだ。それにしても、人の噂など、すぐに関心が他へ向くものである。

「呉の張温が、失脚したそうです」

「張温とは、蜀へ使いした功臣ではありませぬか？」

「そうです。でも、そのときに失態があったとか」

呉の人事が、魏の宮廷で取り沙汰《ざた》されるようになった。無論、公式発表を鵜呑《うの》みにするのではなく、間者の報告と摺《す》り合《あ》わせねばならない。

「部下が、賄賂《わいろ》を受け取っていたことに気づかなかったことで、責任を取らされたらしい」

「ああ、確かにそのようなことがあって、そいつは自害したと言うがな」

「しかし、それだけのことで張温が失脚したなら、賄賂の上前をかなりな額撥《は》ねていたことになりましょう？」

「それならば、張温とて自害を強要されるはずで、腑《ふ》に落ちませぬ。理由は案外、他にあるのかも知れませんぞ」

「他とは？」

宮廷人の憶測も、裏を読むようになっている。しかし、間者の報告を聞ける者は限られるのだ。

「蜀が催《もよお》した歓迎の晩餐会《ばんさんかい》で、言わずもがなの一言を吐いたそうです」

司馬仲達は、皇帝丕に報告している。間者が成都の王宮近くへ行き、接待係を買収して聞き出してきたらしい。

「それは、どのようなことだ？」

「『蜀は、荊州を足場に、益州を我が物とされた。これは、もとの土地を有効に利用した手本となる快挙でございます』などと言ったそうです」

聞いた皇帝丕が、顔を崩して思わず噴き出した。

「それでは、荊州奪還に苦労した孫権が、怒るのも無理はない」

かといって、外交交渉に臨席したわけでもなく、伝聞だけを理由に張温を左遷するわけにも行かず、部下の監督不行届に託《かこつ》けたようだ。

そのようなことを理由に、本気で役人を告発していれば、七割方は処罰されよう。「朕は、この機を逃さず親征しようと思うが、どうだ?」

皇帝丕の言葉に、さすがの司馬仲達も耳を疑った。昨年濡須口《じゅしゅこう》で煮え湯を飲まされたばかりではないか。だが、なぜ懲《こ》りもせずに親征にこだわるのか? 彼は、そのことの方が不思議だった。

それに、呉を討つからと言って、征呉論を唱えている劉曄を重んじてもいない。

司馬仲達が返事をするまでもなく、皇帝丕は曹休や曹真に勅命を出して、以前にも増した軍を徐州《じょしゅう》(山東省東南部から江蘇省《こうそ》)の南へ召集させることに決めた。そこは、長江下流左岸に当たり、呉北東部への防衛拠点ではある。

司馬仲達は、皇帝丕の突然の思いつきがさっぱり判らず、仕方なく屋敷へ帰った。そして、以前のことを思い起こしていた。かつては、後宮で満足の行く房事があった後に、機嫌良く親征を言い出した。

心臓薬を強精剤と錯覚して、必要以上にやる気になったことが、武力の行使につながったらしい。そう思ったとき、彼は張婍の部屋が気になった。

それは離屋敷の一角にある。つまりは、司馬仲達の後宮の一部だ。しかし、彼女は医師も兼ねていたので、単なる寝所ではなく薬剤の調合室でもあった。

張婍が夏侯尚の屋敷で斬られた後も、その部屋には薬が多くあった。使い勝手が判らず、だれも寄りつかなかった。司馬仲達の本妻も、しかりである。

そこで彼は、思い切って張崞の部屋へ入ってみた。そこには、乾いた薬草が天井から吊《つる》され、薬研《やげん》の傍にはいくつもの壺《つぼ》が並べられて、文字が書き付けてある。『大黄《だいおう》』は下剤で、『酸棗仁《さんそうにん》』は鎮静剤である。『陳皮《ちんぴ》』は鎮咳《ちんがい》、去痰《きょたん》の薬であることは、以前から聞かされていた。

だが、知らぬとどのような作用があるか判らず、かえって気持が悪い。他の女たちが入室を敬遠していたのは、毒の不気味さからだ。それを逆手に取って、張崞は一切戸締まりをしていない。

薬の粉は、下手に吸っても危ないと言い募《つの》っていた節がある。

司馬仲達が、それらの瓶をなおも眺めていると、『麻沸散丸《まふっさんがん》』と書き付けたものがあった。麻沸散だけなら、華佗が作った麻酔薬である。神経を麻痺《まひ》させて、悪性腫瘍《しゅよう》の除去手術ができたのだ。

それをさらに精製し、丸薬から粉状態にすれば、他の薬にも混ぜることができるではないか。

麻を使った薬は、覚醒《かくせい》作用ももたらす。それを飲めば、潑剌《はつらつ》とした気分にもなるかもしれない。司馬仲達は、親征の結果が気になった。

11

「一杯、喰《く》わされたようだ」

皇帝丕が司馬仲達に言うのは、徐州南部からの攻撃である。彼は、長江左岸から船を押し立てて馬を運び、一気に建業などの城邑《じょうゆう》を踏み潰《つぶ》そうとしていた。だが、長江の対岸では壁が延々と連なり、騎馬では突破できそうにない。

「まるで、南に長城ができたようだな」

皇帝丕自身も、思わずそのように呟《つぶや》いたらしい。加えて対岸には呉軍の軍船が控えており、とても対岸目指して進める状況ではなかった。

「引き返すしかあるまい」

皇帝丕は、不本意な決断をしても、なお意気軒昂《いきけんこう》だった。それを、騙《だま》されていたと気づいたのは、年が改まった黄初六年（二二五年）になってからだ。

「徐盛《じょせい》という将軍が、考えついたそうです」

「張りぼての壁だったとは、想像だにできなかったぞ」

司馬仲達の報告に応《こた》えながら、彼は哄笑《こうしょう》した。そしてその瞬間、胸を押さえ始めていた。苦しそうな表情が見て取れる。

「このようなことも、ここしばらくなかったのだが……」

胸の発作らしい。以前なら張姱の投薬で治まったのだが、彼女を斬って以来薬には頼っていない。

「さすりましょうか？」

咄嗟《とっさ》にどうすれば良いのか判らず、司馬仲達は皇帝丕の背に手を置こうとした。しかし、それも不要だった。

「いや、もう、良い」

皇帝丕が、なにごともなかったように、しゃきっと背筋を伸ばしたからだ。

「大丈夫でございますか？」

司馬仲達は、狐に抓《つま》まれたようだった。そんな彼を尻目《しりめ》に、皇帝丕は親征で相手の策に翻弄《ほんろう》されたのを羞《は》じたのか、黙って後宮の方へ歩いていく。

胸に異常を感じながらも、それは一瞬のことで、次には房事を望む昂揚《こうよう》感が湧いてくるらしい。

後姿《うしろすがた》を見送りながら、司馬仲達は眉間《みけん》に皺《しわ》を寄せていた。皇帝丕の肉体は、躁《そう》と鬱《うつ》とを間歇的《かんけってき》に繰り返すようだ。世間で言われる心の病に、よく似ていると思った。もし、それを張姱が作り出したのであれば、どうだろう。しかし、その理由が判らない。

彼は、あれこれと考えてみた。そう言えば、張婍が夏侯尚の館《やかた》で斬られたことで、司馬仲達にはなんら咎《とが》めはない。医師とはいえ、妾《めかけ》の監督不行届と言えなくもない。だが、皇帝丕はそのようなことに言及しなかった。飽くまでも、嘘の精力剤を飲ませつづけたことを怒ったのだ。

それでも、彼の肉体的な昂揚は起こるのである。ならば、それは彼の潜在能力が、発揮されているだけなのだろうか？

皇帝丕は、薬に頼らなくとも、絶倫である自らが嬉《うれ》しいらしい。だから、司馬仲達の責任問題を不問に付し、その余力を親征に向けているのだ。

それにもかかわらず、残念ながら軍事的成功は見ない。

彼は、それを肉体的な力が漲《みなぎ》り過ぎているからと、一人で思っている。だから親征の失敗は、自身のやる気の空回りと苦笑しているのだろう。

しかし司馬仲達は、別の角度から考えてみた。つまり、張婍のことだ。

彼女は、張済《ちょうさい》の娘である。

張済は、董卓が献帝を連れて無理やり長安へ遷都した一九〇年、付き従っている。つまり、董卓子飼いの部下なのだ。そのうえで、呂布が董卓を暗殺した際、李傕《りかく》、樊《はん》稠《ちゅう》、郭汜《かくし》、賈詡《かく》らと一緒に反撃して、都を奪還した。

彼らを一括《ひとくく》りに、涼州組《りょうしゅうぐみ》と呼んでいる。

だが、その後は献帝を形式的に擁《よう》して、長安で内戦状態を繰り広げた。張済は賈詡とともに彼らと離れ、陝《きょう》で曹操軍の侵攻に備えていた。すると、献帝が長安から逃げ出して、曹操に保護されてしまった。

そこから、涼州組の没落が始まった。彼らは、群盗同然に落ちぶれて死んだ。張済も、食糧不足から荊州へ侵入したところ、州軍と交戦して斃《たお》れた。

そこで張婍らは、従兄《いとこ》の張繡とともに曹操に保護を願い出た。それは、あっさり受け入れられる。曹操は、敵の降服を拒まず、すぐに自軍に引き入れたものだ。

しかし、母の鄒娜までが姫妾《きしょう》にされた。無論、張婍は良い気分にはなれなかった。

それにもまして、張繡が屈辱を感じて怒っていた。

彼は、曹操が宛へ視察に来るのを、いや、鄒娜に逢《あ》うためやってくるのを狙って、火矢で襲撃した。曹操は這々《ほうほう》の体で逃げ帰ったが、鄒娜も大火傷《おおやけど》を負った。

彼女は、荊州で刺史《しし》(太守の査察官)劉表《りゅうひょう》の主治医をしていた名医華佗《かだ》に救われたが、記憶を失ってしまった。だが、逆境にめげず、華佗の助手として製薬と医術を修得した。張婍も傍にいて、同じことを手伝って成長したのだ。

劉表が薨去《こうきょ》して、曹操が侵攻をかけてくると、華佗は無理やり曹操の主治医にされてしまう。しかし、曹操の頭痛を麻酔薬の麻沸散を使って手術しようと提案し、彼は謀反《むほん》を疑われて処刑される。

また同じ頃、諸葛亮を劉備に紹介した徐庶が、曹操に捕らえられた。彼は、龐統《ほうとう》に欺《あざむ》かれ、母親を人質にされて荊州へ戻ってきていたのだった。

この龐統という男は、諸葛亮に勝るとも劣らない才があるとされていた。だが、徐庶が自分を差し置いて、諸葛亮を推薦したことを怨《うら》んだらしい。

母が処刑されたと聞いて怒った徐庶は、そのまま蜀へ奔《はし》って劉備に忠誠を誓う。そして、毒矢で龐統を暗殺し、素早く曹操のもとへ戻ってきた。出直しを覚悟していた彼は、親孝行のつもりで鄒娜から医術を教わったのだ。

気の合った二人は、何年かして夫婦になって曹操によく仕えた。

徐庶は、張娉から見れば、義理の父である。だが当時、医術に真剣な眼差《まなざ》しの徐庶へ、張娉が恋心を抱いているとの噂が流れたものだった。

ある日、そんな二人が森へ薬草を採りに出かけたまま、失踪《しっそう》したことがあった。

「すわっ、夜奔《かけおち》か？」

世間は、そのように沸《わ》きたったものだ。しかし、事の真相は誘拐《ゆうかい》だった。それも、目的は徐庶一人らしかった。それは、下手人の潜伏先が割り出され、そこから気を失った張娉が発見されたからだ。

彼女の話から、徐庶は蜀へ連れて行かれたと判った。それは、蜀の龐統を徐庶が暗殺した仇討《あだうち》だと見られた。

後日、蜀からの使いの話では、徐庶は蜀で医術を生かしているという。きっと技術を惜しんだ諸葛亮が、特別な計らいをしたのだと、だれもが理解した。

もともと、諸葛亮が劉備(蜀)に仕える糸口は、徐庶の高配だったことを考え合わせれば、その措置も無理からぬわけだ。

しかし、事はそれだけで収まらなかったのだ。長安で話を漏れ聞いた鄒娜が、曹操が息を引き取った混乱に乗じて、そのまま秦嶺《しんれい》山脈に入ったまま帰ってこなくなっている。

その地にしか自生しない薬草を採りに行って遭難したとも、蜀の兵士に捕らわれたとも、自ら恋しい夫の元へ行ったとも囁《ささや》かれている。

その中にあって、張婍の心境はどのようなものだったのだろう?

司馬仲達はようやく今頃になって、自分の妾の気分や思考を思い遣《や》るのがもどかしかった。

そう言えば、彼女がどのような気持で夫に接していたかなど、考えたこともなかったのだ。いや、普通夫などというものは、その程度だろう。しかし、なぜ夏侯尚のもとに入り浸りだったのか?

それだけは、いまだに謎である。

一つだけ思い当たるのは、華佗にも劣らぬ名医としての評判だ。それには、曹氏や夏侯氏を籠絡《ろうらく》するのが一番だった。それゆえ、夏侯尚の要望に応《こた》えたのだろうが、相手が悪かったのかもしれない。

12

「司馬仲達を、撫軍《ぶぐん》大将軍に任ずる」

皇帝丕から、このような沙汰《さた》があり、司馬仲達は良い気持ではなかった。同時に陳羣が鎮軍《ちんぐん》大将軍を拝命しているが、それが面白くないのではない。撫軍大将軍も、鎮軍大将軍も、洛陽を預かる留守番なのだ。いや、司馬仲達はもともと文官であるから、それを厭《いや》がっているのではない。

要は、また皇帝丕が、それゆえ、彼は気が気ではない。

「蜀から、使節がおいでになりました」

宦官《かんがん》が、小声で告げに来る。

最近、蜀はよく使いを送ってくる。それは、諸葛亮が南中の異民族を平定しかけているからのようだ。

『国力が充実してきたので、魏も簡単には侵攻できない国になりましたぞ』

そう、言いたいのだろう。

だが、司馬仲達の思いとは裏腹に、蜀の使いは、執拗《しつよう》と思えるほど皇帝丕の安否を尋ねるばかりだった。

「魏の皇帝陛下は、御機嫌麗《うるわ》しゅうございますか？」

「ああ、至ってお元気である」

このように応えると、彼らは恐悦至極と這《は》い蹲《つくば》るばかりであった。

「ところで、徐庶と鄒娜は、いかがいたしておる？」

司馬仲達は、あるとき思い切って逆に訊《き》いてみた。すると、なぜか使節が互いに顔を見合わせ、口籠《くちご》もり出す。

「いえ、みどもらは、そのようなお方たちとは……」

妙に意識するところを見ると、当然ながら存在は知っているのだ。

「では、親しい方々があれば、こう伝えていただきたい」

「はい、なんと？」

「『娘の張婍は、一昨年、主上に処刑されました』と」

司馬仲達が冷静に言うと、使節の顔がみるみる蒼白《そうはく》になっていった。彼らは挨拶《あいさつ》がすむと、そそくさと蜀へ帰っていく。

南中の異民族討伐が、滞りなく進んでいるにしては、落ち着きのない使節であった。

司馬仲達は、ここまでのことを皇帝丕に報告する。

「それは、妙な使いだな。諸葛亮の反乱軍鎮圧は、本当に上手《うま》く進んでいるのか？」

「はい、間者の報告でも、それは確認できております」

劉備が関羽の仇《かたき》を取るため、夷陵《いりよう》へ侵攻してきたとき、南中の異民族は、馬良《ばりよう》らの交渉で蜀の味方をした。しかし、呉の陸遜《りくそん》に逆捩《さかね》じを喰《く》わされると、今度は、蜀に対して反旗を翻《ひるがえ》しだした。無論、背後に呉（孫権）の利益誘導と煽動《せんどう》があったことは、論を俟《ま》たない。

かといって、呉は必要以上に蜀を叩《たた》かなかった。蜀を温存しておかなければ、双方共倒れになって、魏が漁夫の利を占めると判っているからだ。

「諸葛亮のやつ、そこまで読んで、今回は満を持して南中平定を断行したのです」

実際、呉の攻撃がなければ、蜀軍は矛先を鋭くして異民族討伐にかかれる。諸葛亮の策戦は総《すべ》て図に当たり、反乱軍の首領孟獲《もうかく》を捕らえたらしい。

「諸葛亮はこの男を、七度も捕らえては逃がしてやったそうです」

つまり、何度逃げて反乱を繰り返そうとも、蜀の敵ではないと、身をもって体験させたということだ。いかにも、諸葛亮らしい大人を装った大見得の切り方だ。

「しかも、南中を蜀の直轄とせず、彼らの自治を認めるそうです」

司馬仲達は、そのように解説して皇帝丕へ報告した。だが、言いながらも、諸葛亮が、なぜ南の地に必要以上に肩入れするのかが謎だった。南中を平定しても、軍事物資（米などの穀物や布、鉄など）が得られるわけでもないのだ。

これは今後、司馬仲達の課題となった。

「蜀が、南中を平定して蜜月《みつげつ》に浸《ひた》っているのも結構だ。その間に魏としては、今度こそ呉を討つか？」

宮廷人の懸念を他所《よそ》に、皇帝丕は平然と親征を言い募る。その戦熱心《いくさねっしん》を、司馬仲達はある愕《おどろ》きで見つめていた。ここまで来れば、蜀の使節らが執拗に安否を訊いたことが、妙に暗合してくる。

そして、あることに通底すると初めて気づいた。だが、声に出すのが畏《おそ》れ多いと同時に、怖くなったのだ。

徐庶は、攫《さら》われて蜀へ連れて行かれた。だが、昔馴染《なじ》みの諸葛亮に一命を助けられた。だれもが、そのように思っている。しかし、もともと諸葛亮との間で密約があったと考えられないだろうか？

龐統を仕留めたのも、彼と仲がしっくりいかない諸葛亮の頼みだったと仮定して、話は総て符合する。なおも魏へ戻ったことは、曹操に対して、ゆっくりと仇なすためだ。彼はそのつもりで、曹操の主治医である鄒娜《すうだ》に近づいたはずだ。

薬を、もっと巧《うま》く使う技術を修得したいからである。

ところが、二人は共同で薬を作っている内に、期せずして恋を芽生えさせた。彼らは、曹操の苦笑《にがわら》いに祝福され、晴れて一緒になったのである。

なおも、夫婦の契りを交わしているうちに、鄒娜にかつての記憶が甦《よみがえ》ってきたのだろう。彼女は、張済の妻だったことや、曹操の姫妾《きしょう》になっていたことを思い出し、徐庶と一緒に魏王への憎悪を募らせたのかもしれない。

そこから、夫婦の共同戦線が始まったと考える方が妥当だ。薬に関しては、鄒娜が一枚も二枚も技術が上手《うわて》だった。すると、徐庶が攫われたことになっているのは、曹操暗殺後の逃げ場所の確保だったと考える以外にない。

それならば、張妗の役目は判然としている。曹操につづいて、親子二代に亘《わた》る曹丕の暗殺以外に考えられない。だが、志《こころざし》半《なか》ばで先に処刑され、残念ながら挫折《ざせつ》したことになる。

いや、もし曹操が鄒娜に暗殺されたのであれば、どのような方法を使ったのであろう?

司馬仲達は、それをじっくり考えた。そして、麻沸散の純度を高め、少量で毒性を薄めた遅効性の薬を使ったはずだとの結論に達した。

「毎日少しずつお飲みになれば、精力も付きます」

きっと、そのように言ったのだろう。そして、曹操が喜ぶような効果もあったはずだ。いや、あるような薬に作り変えたに違いない。だから、曹操は十三人の姫妾に二十五人の息子を産ませているのだ。

薄めた毒を連日摂取すれば、致死量は上がるが、身体は確実に蝕《むしば》まれるのだ。

曹操が息を引き取ったとき、鄒娜が関与しているなどと、だれも疑わなかった。いや、今も夫を誘拐され、それを捜しに行ったまま行方不明の、健気《けなげ》な妻になっているではないか。

身寄りもなく、後を継いだ張娉は、母に言いつかったことをつづけたのだ。だから曹丕も、曹操と似たような状態になっているのだ。母と娘では、同じように調合した薬でも、それぞれの個性で効き方に違いが出てきている。

精力が付くのは同じでも、曹丕は露骨に苦しんで胸を押さえている。そのような事態になるのは、張娉の未熟さゆえだ。しかし、彼女が曹丕に斬られた理由は、飽くまでも『精力剤を偽った』からだ。その上、夏侯尚を相手にして。

だが、なぜあの男に付いて行ったのだろうか？　司馬仲達は、彼女を寝取られたことになる。しかし、一方的な屈辱感など湧かなかった。それは、あの墓場での一件があったからだ。

死体愛好者に成り下がった夏侯尚は、それほど張娉に惚《ほ》れ込んでいたのか？

司馬仲達は今になって、張娉が彼に思いを寄せたのではないと、確信できた。

夏侯尚が、張婍を誘惑したのは確かだ。それは、一度閨《ねや》を共にしたかった程度だったろう。だが、そこで張婍に精力剤を飲まされ、病みつきになった。いや、もっと端的に言えば、中毒にされたのだ。

彼女は、皇帝丕の発作を抑えるためか、あるいは一気に殺すため、薬を調整する実験をしたかった。その絶好の対象として、夏侯尚が現れたと思《おぼ》しい。

しかし、思わぬ効果が現れた。それは、彼の口が軽くなり、ついには薬が効き過ぎて張婍に思いを寄せるだけの軽薄な男に成り下がってしまったことだ。

そのため図らずも、彼が曹彰にした世間話から、張婍は皇帝丕の勅勘《ちょくかん》を蒙《こうむ》ることになってしまった。

13

それに付けてもと、司馬仲達はずっと思い悩みつづけていた。

わざわざ、夏侯尚などを実験台にせずとも、夫である自分を使えば、充分だったはずではないかと。

にもかかわらず、敢《あ》えて外の男を相手にしたのは、夫を犠牲にしたくないとの気遣いだろうが、世間には不倫にしか見えないのだ。つまり、社会的な体裁は悪くなる。

いや、事によっては、失脚の憂き目を見た可能性だってあった。

今自分があるのは、飽くまでも皇帝丕が目をかけて、彼女を姦婦《かんぷ》として自ら処刑してくれたからに他ならない。

「妃《きさき》ではなく、姫妾でよかったたな」

「まったくだ。本妻以外なら、婢《はしため》に至るまで、不心得者ですむからな」

周囲には、司馬仲達を蹴落《けお》とそうとする勢力が、少なからずある。彼らの声が噂話程度で収まっているのは、総て皇帝丕の寵《ちょう》のお蔭《かげ》である。

それとは別に、司馬仲達は張姱の心延《こころば》えも考えた。彼女が、夫を理不尽に薬の実験台にしなかったのは、これまで慈《いっく》しんでもらった愛情への、ささやかな恩返しだったのかもしれない。

敢えて、立場をなくさせるつもりはなかったろう。しかし、そこまで思い至らないのは、恥に対する感覚の男女差だ。

司馬仲達と張姱は、決して仲が悪かったわけではない。いや、彼女が製薬に没頭しているとき以外は、むしろ二人の愛情は細やかだった。

だから彼女は、夫を薬の犠牲にしたくなかったのだろう。

最近彼は考え過ぎて、宮中ででも、自分が入るべき部屋を素通りしてしまうことがあった。その日も、皇帝丕の執務室に気が付かずに、廻廊《かいろう》をとぼとぼと、いつの間にか広間へ抜けていた。

するとと、征東大将軍の曹休と中軍大将軍の曹真の二人が、呉への侵攻について話をしているのに出会《でくわ》した。

「主上は、冬を狙って呉に一泡吹かせるおつもりのようだ」

「秋では、いかんのか？」

「うん、南国の連中は、暑さより寒さを嫌うだろうとお考えでな」

そこで、初めてうっかり廻廊を進み過ぎたと判ったのだ。

それにしても、心臓が発作を起こしかけているときに、寒さを押して親征するなど自殺行為に等しい。

「これは、撫軍大将軍。異な所で出会うのう？」

突然声をかけてきたのは、曹叡《そうえい》だった。美貌《びぼう》の誉れ高かった甄《しん》夫人が産んだ一子である。彼女は、曹植との不倫を疑われ、皇帝丕から自殺を迫られ他界していた。

それゆえ不遇な公子であるが、現在の郭《かく》皇后の養子になれたのは、少なからず幸運だった。それというのも、郭皇后には、子供がなかったからだ。

「平原王《へいげんおう》（曹叡）。御機嫌、麗《うるわ》しゅうあらせられますな」

「いや、そうでもない」

曹叡は、はっきり言った。少し顔をしかめて言っても、甄夫人の面影を宿して、ぞっとするほどの美男子振りだった。

彼の傍《かたわら》には、曹真の長男曹爽《そうそう》が扈従《こしょう》していた。劉曄が知的な相談相手なら、曹爽は付き人というところだろう。

「いかが、なさいました？」

「父上、いや、主上は、戦いにばかり心血を注いでおられますが、そのようなことでいいのでしょうか？」

「はい、みどもも、それを心配していたところです」

曹叡は、今年二十二歳になる。だが、郭皇后の養子であるのに、いまだ太子として冊立《さくりつ》されていない。今、彼が心に掛けているのは、皇帝丕に万一のことがあったときの身の振り方のはずだ。

宮廷内の至近距離で、父（曹丕）に虐《いじ》められている曹植の不遇を見ているだけに、曹叡自身も気が気ではなかろう。彼の対抗者は、徐姫の息子で京兆《けいちょう》（長安近辺）王の曹礼《そうれい》である。

「そちと劉曄、それにここにいる曹爽が、頼りぞ！」

曹叡は、そう言うと足早に立ち去った。

彼が今声をかけてきたのは、先日行われた狩猟の一件を気にしているかららしい。もう、旬日ばかり前だが、皇帝丕と曹叡、曹礼が轡《くつわ》を並べて、弓矢を手にしていた。

そこへ親子の鹿が通りかかったので、皇帝丕が母鹿を仕留めた。

「さあ、もう一頭を射ろ！」

　皇帝丕は曹叡に命じたが、彼は弓矢を捨てた。

「今、主上は母親を殺されました。みどもは、その子を射《う》てませぬ」

　まるで、甄皇后と自分だと言わぬばかりの態度に、皇帝丕は不快感を隠さずにその場を去った。だから、太子の冊立が、またまた微妙な状況になっているのだ。

　宮廷人というものは、皇帝の位を睨《にら》んで動く。そしていつの時代も、太子（次期皇帝）が決まれば、そちらを取り巻くように流れていくものだ。

　だが、まだそれが決まっていなければ、だれが指名されるか戦々兢々《せんせんきようきよう》として耳を欹《そばだ》てて注視している。

　しかし曹叡のように、太子候補でありながら、なかなか指名されない場合、周囲は欠陥があるのかと訝《いぶか》り、擦り寄っていかない。だから、司馬仲達も頼りにされて、心中戸惑ったのである。

　そういえば、曹叡は祖父曹操に可愛がられていた。それは、読書好きで聡明《そうめい》さがあったからだ。それゆえに、曹操は宴会などでは、常に傍へ座らせていたのだ。

　当然ながら、司馬仲達が曹操や皇帝丕に気に入られていたことも、彼らの傍にいた曹叡はよく知っている。

だが、皇帝丕は曹叡の中に、曹植の影を見ていたのかもしれなかった。まさか、甄夫人と曹植の間に出来た子とは思っていまいが、頭脳の切れは、酒浸りになる前の曹植と似ていた。

司馬仲達は、それをも含めて張婷の思いを再度考えた。すると、ある道筋が見えてくる。つまり、皇帝丕亡き後に曹叡を立てて、司馬仲達に曹家を乗っ取れと導いていたようだ。

偶然とはいえ、夏侯尚が廃人になったのも、大きな意味で張婷の謎掛けと見れば、総《すべ》てはつながる。

「目指すは、広陵《こうりょう》ぞ」

皇帝丕は命令を下すと、徐州《じょしゅう》（山東省東南部から江蘇省）の南部へ十余万の兵を繰り出していった。そこは、長江下流左岸である。大河を挟んで、呉と対峙《たいじ》する要衝といえる。

つまり、二度目の親征と同じ所だ。有り体に言えば、張りぼての長城に騙《だま》されたのが悔しいわけだ。それゆえ寒風に弱い呉兵へ、軍船を何隻も押し立てて借りを返そうとしたらしい。

ところが、冬季を有利と読んだ皇帝丕へは、美事な裏目が出た。寒波の到来で長江の河面が凍結し、魏軍は船を漕《こ》ぎ出すことさえ適《かな》わなくなった。

「くそ、退却しかないか」

皇帝丕はそう呟《つぶや》くと、一句捻《ひね》った。

「長江を望む林のごとき矛《ほこ》」

兵は満を持し、士気も十二分に上がっていた。それを収めるのは辛《つら》い。

「黒き甲《よろひ》に陽は滲《にじ》むのみ」

皇帝丕は自嘲《じちよう》的に付け句して、翌朝の全軍撤退を決めた。その後も、一人で言葉を弄《いじ》くる。それは、曹植ほどではないにしても、彼の詩人としての素養である。

「猛将は暴《はげ》しき怒り懐《いだ》きつつ」

皇帝丕は、曹休を見ながらまたも捻る。

「太い肝より厚き氷よ」

駄洒落《だじやれ》のような曹休の下手な付け句に、皇帝丕は呆《あき》れる。そして、今度は曹真を見ながらつづけた。

「長江の広さを問へば小舟以《も》て」

「航《い》くより先に戦はんかな」

このように返ってきた。武人一辺倒の二人には、やはり作詩の素養が全くないようだった。

「大変です」

皇帝丕が暢気《のんき》に言葉遊びをしていると、親衛隊が大声で駆けてきた。

「どうした？」

聞き返すより早く、鬨《とき》の声が響き渡ってきた。

「奇襲部隊が、攻撃をかけてきました」

そう言えば、韓当が統括している致死軍《ちしぐん》や解煩軍《かいはんぐん》と呼ばれる軽装の遊撃部隊があった。今回も、その類《たぐい》が不意を突いてきたのかもしれない。

「武将は、だれだ？」

「高寿《こうじゅ》だとか」

聞かぬ名である。だが、皇帝丕は逃げねばならなかった。もう、彼の百歩先まで、矢頃が迫っていたのだ。

馬車で逃げていては、呉軍に追いつかれてしまう。

「この馬を」

皇帝丕は、狩猟の要領で勧められた一頭に打ち跨《またが》ると、もう決して長江を振り返らなかった。

14

「天帝は、長江によって、中国を南北に二分されるおつもりか？」

広陵から撤収した皇帝丕は、自らの不甲斐《ふがい》なさを誤魔化そうとするかのように、同じ台詞《せりふ》を何度も吐いた。ただ、大きな声が出なくなり、力なく周囲へ囁《ささや》くようにであった。

そしてなにを思ったのか、洛陽への途中、曹植を封じた雍丘に立ち寄った。宮殿で兄皇帝を迎えた曹植の方が、なにごとかとどぎまぎしていた。だが、皇帝丕は、弟にも同じことを言った。

その後、夕食を終えると曹植に五百戸を加増して、そそくさと退散した。皇帝丕に嫌われていると、心中恐れていた曹植は、狐に抓《つま》まれたような感触で兄を見送った。

呉に進軍して、三度とも失敗するのは、彼に軍事的才能がないのだろう。だが、皇帝として、無能をあからさまに宣言するわけにはいかない事情もある。その分、精神的な衝撃が、奇行となって現れたようだ。

司馬仲達は、皇帝丕の気持が手に取るように判った。案の定、洛陽へ帰還してからは鬱《ふさ》ぎ込んでいるのか、あまり後宮から出てこない。

当然、宮廷人はそれを陰で喧《かまびす》しい限りに噂する。

「このようなことなら、劉曄《りゅうよう》殿の言うように、蜀の劉備が関羽の弔い合戦で呉の孫権を攻めたとき、魏としても一緒に呉を攻めておくべきでしたな？」

「軍事面だけ見れば、確かにそうかもしれませぬが、道義的にはいかがなものかと」

呉が関羽を討ったのは、荊州南部の租借権を放棄せぬ劉備（蜀）に、孫権（呉）が業《ごう》を煮やしたからだ。彼は、曹操（魏）と同盟関係を結び、蜀を懲らしめにかかったわけだ。

宮廷人の談義の根底には、呉への遠征に三度失敗したことで、皇帝丕の軍事能力に対する不安があるのだ。しかし、それを正面切って言う者など、無論一人もいない。

「そうは言っても、呉は臆面《おくめん》もなく、蜀との同盟関係を復活させておりますぞ」

宮廷の噂は、他国の態度にも手厳しい。

それがなおも烈《はげ》しくなると、皇帝丕が陳羣あたりに命じて、百家争鳴を規制するのが常だ。ところが、今回はあまり周囲の騒音を気にしていないようだ。

いや、聞こえるような状態でないと言った方がよかろう。つまり、身体的な不具合が顕著になったことになる。

かつて、精力が漲《みなぎ》っていた男の筋肉に、潜在的にあった力が空気のように抜けていったらしい。皇帝丕は、積極的な働きかけをしなくなった。

なおも、それを助長するような事件まであった。

気分の転換を図った皇帝丕が、許昌《きょしょう》の離宮で静養しようとしたところ、南門が崩れ落ちたという。当然凶事《きょうじ》の兆《きざ》しとして、行幸は取り止められた。

「瓦《かわら》なら、突然滑り落ちるようなこともあろうが、門とは……」

司馬仲達は、許昌の役人から届いた報告に対して、大いなる疑問を持った。それゆえ、参軍の梁幾《りょうき》に調べさせた。

これまでは、彼が使いを寄越して司馬仲達に間者が集めた情報を知らせに来た。それは、他の高官と同様の扱いだった。しかし、これからは、司馬仲達が彼に情報収集を命じる立場になる。それが、撫軍大将軍になるということだ。

一方、皇帝丕はさらに臥《ふ》せりがちになり、曹真や陳羣ら三公九卿《さんこうきゅうけい》を、順次傍《そば》へ呼びだした。

「宮殿の寝所へ、直ぐに来るようにとのことです」

皇帝丕の使いが司馬仲達の所へ来たのは、それから数日後だった。

「主上。御機嫌麗《うるわ》しゅう」

「挨拶《あいさつ》は良い。それよりも、これから先々のことじゃ」

司馬仲達は顔を上げて、面倒くさそうに言う皇帝丕の顔を見た。今までの血色の良さが嘘のように消えて、蒼白《そうはく》と言わないまでも赤味が少なかった。

「呉を抑えて蜀を封じ込めるには、曹洪、曹真、曹休らの将軍を活用すべきです」

司馬仲達は、通り一遍の応《こた》えを述べた。すると、皇帝丕は自嘲的な表情で、苦しそうな顔を向ける。

「それは判っておる。だが、朕《ちん》が今日問うのは、太子に関してじゃ」

言われて、司馬仲達は、ついに来るべき時がきたと感じた。この問題は、随分久しく水面下で燻《くすぶ》りつづけているのだ。

だが答《こたえ》は、ほぼ二者択一しかない。

つまり、甄皇后との間にできた曹叡か、最近寵愛《ちょうあい》している徐姫との間にできた曹礼か、この二人に絞られているのである。

「そちは、だれが適当と思うか？」

そう訊《き》かれると、司馬仲達としても率直に応えざるをえない。

「平原王《へいげんおう》（曹叡）が、妥当と存じます」

「なぜじゃ？」

「聡明《そうめい》であらせられ、万事に控えめでございます。それは人として、誠に思慮深き証左でございましょう」

この評価は、司馬仲達独自のものではない。かつて曹操が存命の頃、宴会場には、必ず曹叡の席が設《しつら》えてあった。それは、曹操の隣である。

「三代目は、聡明な叡に決まりじゃ」

曹操は、だれにでもそう言っていた。だが、彼が他界して、皇帝丕が甄皇后を自害に追い込んでから事態が変わった。

母の死に方が問題視され、周囲の百官は曹叡を敬遠した。そして、徐姫の息子曹礼に近づこうとした。徐姫もそれを悟って、宮廷人に愛想が良かった。

「曹礼では、いかんか？」

皇帝丕は、未練がましく言い募った。彼は心中で、曹礼を推したいのかもしれない。しかし司馬仲達は、決して曲げなかった。

どこか、試されているような気がしたからだ。

皇帝丕がここまで言うからには、曹真や陳羣らも『曹叡』を推したに違いない。

「失礼ながら、平原王とは比べるべくもないかと」

司馬仲達がきっぱり言うと、皇帝丕は惚《ほう》けたような表情で天を仰いだ。

「少し前、狩をしたことがあってな」

皇帝丕が感慨深げに言うので、司馬仲達は黙って聴いた。

「朕が、親子連れの母鹿を射た」

司馬仲達は、無論そのようなことがあったと、聞いている。曹叡が気にしていたことも。だが彼自身、父子のようすを至近距離で眺めたことはなかった。

皇帝丕はつづける。

「そこで叡に、『子を射よ』と申しつけたが、やつは『忍びませぬ』と拒《こば》みよった」

それゆえ皇帝丕は、弓を捨てて狩猟は中止になったという。

「それは、平原王の心優しさでございましょう？」

曹叡には、その母鹿が甄夫人に思えたのだ。だから、子鹿を自分に見立てて、矢を放てなかったのだろう。司馬仲達は判っていながら、曹叡の人となりと言い繕《つくろ》って取りなした。

「だが、それだけでは……」

皇帝丕は、冷徹さがなければ皇帝は務まらぬと言いたいらしい。

「優しさと冷たさを、判っていて併せ持たねばなりますまい」

ならば一方の曹礼が、その条件を満たしているのかと言えば、そうでもない。

徐姫が三公九卿や百官に対し、やたらと愛嬌《あいきょう》を振りまいて我が子の印象を良くしているに過ぎない。このまま皇帝にすれば、彼女が掌《てのひら》を返したような態度で、権力を恣《ほしいまま》にするのが目に浮かぶ。

そうなれば、曹叡を養子にした郭《かく》皇后にも、なんらかの危害が及びそうだ。

「やはりな」

皇帝丕は力弱く言うと、司馬仲達の意見に賛同したようだった。それにしても、随分な弱気である。

しかし、どのような事態になろうとも、皇太子は立てねばならないのだ。だから、魏朝廷としては、一つ問題が解決することになる。

司馬仲達は、今日の状態を導き出したのが、鄒娜と張娉の練り上げた薬だと、はっきり確信できた。以前、蜀の使節が盛んに皇帝丕の安否を尋《たず》ねたのも、鄒娜と徐庶が薬の効果を確かめようとしたからだ。

そして、彼らが最後にした念押しが、許昌の南門を焼くことだったと悟った。行幸直前に失火すれば、たとえ放火であっても管轄する役人の首が飛ぶ。だから、これといった原因もないのに崩壊したと報告がなされたのだ。

梁幾の報告は、そのようになっていた。

蜀の間者としては、してやったりの事態である。つまり彼らは、皇帝丕が不安がればいいのである。それで、魏皇帝の精神状態を不安定にして、薬で蝕《むしば》まれた肉体を城門のように瓦解《がかい》させて、最期を迎えさせるわけなのだ。

皇帝丕は、原因が判らぬまま、本能的に死期を悟ったらしい。だから、皇太子を決めに掛かったのである。

「曹叡を、皇太子として冊立《さくりつ》する」

発表があったのは、それから旬日後であった。そうなると、徐姫の周囲は俄《にわか》に人が引いた。そして、だれもが曹叡を取り巻こうとしたが、新皇太子が身近に呼び寄せるのは、劉曄と曹爽だけであった。そして、次には精々《せいぜい》が司馬仲達である。

五月になって、とうとう皇帝丕が血を吐いて崩御した。

享年は四十と、まだまだ若かった。

第三章　諸葛亮北伐（二二六〜二三一）年

15

「山陽公《さんようこう》（劉協）も雍丘王《ようきゆうおう》（曹植）も、大人しくしておいでで、担ぎ出そうなど言う不届き者はおりませぬ」

司馬仲達は、そのようなことを再度梁幾《りょうき》に調べさせて、新しい魏皇帝（曹叡）に報告していた。

漢朝最後の皇帝と先代の弟は、魏や文帝（曹丕）に対する不満分子が、象徴的な盟主として担ぎたがる人物だからだ。ただ、幸運にも魏国内では、特に不穏な動きはなさそうだった。

曹叡は皇帝に即位すると、これまで心を許していた劉曄とばかり重要な話をして、なかなか百官の前に姿を現さなかった。それゆえ、官僚たちは人事の行方を気にしていて、二人の話し合う部屋を取り囲むような始末であった。

そのような状況は、当然ながら呉や蜀の間者に流れる。それでなくとも、皇族の葬儀や政権交代時は、内乱の懸念もさることながら、侵略の対象になりやすいのだ。司馬仲達は備えを怠らぬよう、呉や蜀国境の要衝に檄《げき》を飛ばしていた。

すると、呉が動き出した。

「孫権が呉軍を指揮して、江夏郡へ進めてきた由《よし》にございます。また、襄陽《じょうよう》へは諸葛瑾《しょかつきん》と張覇《ちょうは》が進軍しております。それと、彭蠡沢《ほうれいたく》の北方にある尋陽《じんよう》にも、致死軍と思しき一隊が集結しているもようです」

司馬仲達の報告を聞いて、劉曄がにやりとする。

「江夏へは、孫権が自ら軍を率いてきた、いわば親征ですか？」

「はい、そのように報告がまいりました。なんでも呉王は、歩兵部隊で石陽《せきよう》を包囲しているとか。その城邑《じょうゆう》では、文聘《ぶんぺい》がよく防いで奮戦しています」

文聘は、荊州出身の武将である。

したがって、周辺の地理には詳しい。また、彼の拠《よ》る石陽は、長江中流域の左岸に当たる。魏が領有する荊州の最南である。それを頭に描いて、曹叡が聡明《そうめい》な目を輝かした。

「石陽は湿地帯であるが、呉軍が得意の軍船を操ることはできまい？」

「さようでございます」

「ならば孫権は、魏を侮《あなど》って喪中の不備を突こうとしているに過ぎぬ。脅せば、退却しよう」

劉曄はこの言葉を、並み居る百官にはっきりと伝えた。

「主上は、攻撃は守備の二倍以上の兵力が必要と仰せである。ここは、応援部隊を派遣すれば事足りようとな」

こうして曹叡の判断を、百官は感心して聴くことになる。

まず、石陽へは治書侍御史の荀禹《じゅんう》が、翌日派遣されることになった。騎兵千騎と歩兵五千人程度の軍で、皇帝の親書を携えて石陽を慰問する役である。

「尋陽へは、曹休を当てる」

「それで、襄陽へは？」

相手が致死軍であれば、大軍で抑え込むに限るとの考えらしい。

報告の順序が前後して、司馬仲達はやや気になったのだ。

「そこもとに任せる」

言われて、司馬仲達は耳を疑った。彼はこれまで、実戦に立ったことがない撫軍《ぶぐん》大将軍、つまり帰還兵の癒《いや》し係としての将軍である。

「しかし、みどもは……」

それを突然、実戦将軍を仰せつかるのは、死刑宣告にも等しいと思った。

「いや、そこもとのような人物こそ、将軍に相応《ふさわ》しいのだ。刃《やいば》を握る将軍としてではなく、それを至近距離から指揮して、呉や蜀を震え上がらせてくれ」

実際の軍兵を率いるためには、虎符《こふ》が必要になる。それは、虎の形をあしらった札である。普段は真半分に分かれていて、将軍の執務室と、皇帝が分けて持っている。そして、皇帝の命があればそれをいただいて、将軍のと合わせて軍を率いることができるのである。その瞬間から、こと軍事に関しては、将軍の一存で決まるのだ。

「それでは、腹心はみどもが決めますが、よろしゅうございますか？」

「無論だ」

「ならば、曹真様と張郃《ちょうこう》殿を前後の将軍といたしたく」

司馬仲達が希望を述べると、曹叡は笑ったままでいた。

こうして襄陽へは、司馬仲達が向かうことになった。彼は、進軍の前に二人を呼んで、襄陽戦での気構えを話し合った。

曹真は、司馬仲達よりも五、六歳若い。彼は曹休と同じく、曹操の計らいで曹丕と兄弟同様にして育てられた経緯がある。

曹丕は、曹植をはじめ兄弟以下の曹一族を冷遇していた。それは戦場を知らぬくせに、持って生まれた立場だけで口達者な傲慢《ごうまん》無礼な輩《やから》が多いからだ。それだけに、曹真と曹休、それから将軍として実績のある曹洪は別格扱いしていた。そのため、この三人も魏朝（曹家）への忠誠心は、夏侯氏のごとく人並み外れてあった。

その分、司馬仲達は曹真を指名したものの、言葉をかけ辛《づら》かった。

「後将軍に任命して、失礼いたしました。このとおりです」

司馬仲達は、曹真を呼び出すだけでも気が引けた。そのうえ、将軍に『後』を冠したことを詫《わ》びたのだ。それを態度にも表して、上半身肌脱ぎ（日本の土下座）になった。

「それほどまでにされては、かえって話が聞きにくい。さあ、忌憚《きたん》なく、お考えを述べられよ」

曹真は、もともと司馬仲達と仲が良いわけではない。だが、毛嫌いもしていないようだ。それを感じながらも、司馬仲達は用心したのである。

彼にとっての汚点は、やはり張姱の一件であった。無論、麻沸散丸を盛ったことは露見していまいが、不貞な姫妾《きしょう》を囲ったという侮りがないかを懸念したのだ。

もし、曹真に司馬仲達を軽んじる気持があれば、彼が全権を振るって襄陽には兵を送るのが難しくなる。つまり、曹真が司馬仲達を応援するかどうかが、これからの曹叡政権に、彼自身が喰《く》い込めるか否かの試金石なのだ。

「では、失礼を顧みず申します」

「みどもは、後将軍として、どのようにいたそう？」

「はい、洛陽にて、周囲を睨《にら》んでいただけませぬか？」

司馬仲達は、恐る恐る言ってみた。それは、相手が『留守番せよと言うのか！』と怒りを覚えるかもしれぬからだ。

「相判った。曹洪様とみどもで、美事主上を護《まも》ってみせよう」

司馬仲達にとって幸せなことは、曹真が『一を聞いて十を知る』ほど聡明だったことである。彼は後将軍の意味を解すると、そのまま帰って行った。

早速、洛陽防衛の軍を編制するということである。すると、参謀本部に残ったのが張郃で、当然彼は今回の戦闘部隊を指揮することになる。

「お任せください」

張郃も、気合の入った返事をしてくれた。俗に、蜀の五虎将（関羽、張飛、趙雲、黄忠、馬超）に対抗して、魏（曹操）の五虎将を並べることがある。

これには曹洪や夏侯淵《かこうえん》、夏侯惇《とん》など曹と夏侯姓の血縁者は入らない。また、典韋《てんい》や許褚《きょちょ》のような曹操の親衛隊も入れない。

戦いにおいて、常に最前線を掻《か》い潜《くぐ》っていた張遼《ちょうりょう》、楽進《がくしん》、于禁《うきん》と徐晃《じょこう》がそれに当たり、もう一人がこの張郃である。この時代、前の三人は物故しており、徐晃は病気で臥《ふ》せっていた。

彼らに比肩して、還暦を迎えようとする張郃は、健康そのもので矍鑠《かくしゃく》としていた。

「まだまだ、みどもが働けるところをお目に掛けましょう。それこそ、武帝（曹操）

の恩顧にお応《こた》えできる道ですからな」

そう言えば、彼はもともと冀州《きしゆう》刺史韓馥《かんぷく》の部下だったが、その支配地が張部のような武将ごと袁紹に譲渡されてしまった。そして、公孫瓚《こうそんさん》との戦いに活躍し、その存在感を示していった。

ところが、建安五年（二〇〇年）の官渡《かんと》の戦いでは、同僚からの讒言《ざんげん》を恐れて、曹操方に寝返ったのである。

降将を巧《うま》く生かすのは、曹操の十八番《おはこ》だった。呂布の部下だった張遼や、楊奉《ようほう》の部下だった徐晃も、降服後に曹操のもとで能力を開花させたのは周知である。

司馬仲達が、ここで老練な張部を将に据えたのは、五虎将の矜持《きようじ》を呼び覚まそうとしたからだ。

「襄陽での兵の展開は、将軍にお任せいたします。宜《よろ》しく、みどもをお引き回しくだされ」

16

江夏郡の石陽《せきよう》を包囲していた孫権（呉軍）に対して、派遣された荀禹は、石陽周辺の山や丘へ騎馬部隊や歩兵を登らせ、頂上で烽火《ほうか》を上げさせた。

それも一度にではなく、石陽から遠い所から半刻の間を置いて、規則正しくつなげていった。

「ちぇっ、援軍が来たか。曹叡も、手回しが良いことだ」

孫権は一言毒突いて、兵を撤収させた。荀禹は戦わずして、文聘の奮戦を応援したことになる。

また尋陽でも、曹休が大軍を差し向けると、致死軍は遊撃するには勝手が違うと、散らばって退却した。

「最近、致死軍を編制した韓当が死んだらしい。だから、指揮系統が乱れておる」

曹休は、致死軍の解散も近いと睨んだ。

残るは襄陽だが、ここは打ち合わせどおり、張郃が軍を率いて一気に呉軍に襲いかかった。

考えてみれば、呉将として出陣した諸葛瑾《しょかっきん》も武人ではない。司馬仲達のごとく、張郃を前面に立てているのだ。してみれば襄陽での攻防は、策戦を別にすれば張郃と張郃の戦いである。

呉軍は、単に魏の皇帝崩御と即位の混乱に付け込んだに過ぎず、戦術よりも、所を変えての陽動策戦しかなかった。

老獪《ろうかい》な張郃はそこを見切って、呉軍の正面突破を図ったのだ。すると、策謀好きの諸葛瑾などは、かえって知恵の出しどころに困った。そして、兵の収拾を考えている間に、魏軍に攻め込まれてしまったのだ。

「退却だ！」

後衛にいた彼は、張覇が敗れていくのを目の当たりにしながら、踵《きびす》を返した。

「故なく魏領に侵攻した将軍張覇を、斬首《ざんしゅ》の刑に処する！」

司馬仲達は、張郃が捕らえてきた敵将を処刑した。それは、新しい魏皇帝の権威を示すための儀式でもあった。

こうして、魏の混乱に乗じた呉の軍事的な介入は、逆に魏の磐石《ばんじゃく》さを天下に示しただけに終わった。

「孫権め。今頃は、臍《ほぞ》を噬《か》んでおるであろうな」

「余計な揶揄《からかい》をするからです。これでは、主上の即位祝いをしたも同じです」

劉曄と司馬仲達の報告を受けて、皇帝叡も上機嫌だった。だが、彼の明るさは、呉を撃退したからだけではなかった。

「母上は罪を得て、父上、いや先帝から処刑されたことになっているが、讒言《ざんげん》のうえ誣告《ぶこく》されたことが判ったのだ」

皇帝叡の話では、甄《しん》皇后と仲の良かった元の姫妾が遺言を伝えたと言う。それによると、かつて甄皇后と曹植の不倫が噂になったとき、郭皇太后の侍女が二人の密会を目撃したと訴えたらしい。

だが、無論嘘である。穿《うが》った見方をすれば、総《すべ》ては郭皇太后の作り話だったろう。

これゆえ、罪滅ぼしの意味と、徐姫に対抗するため、曹叡を養子にしたのであった。

しかし、策謀が露見した後、郭皇太后は蟄居《ちっきょ》状態にされた。

母親（甄皇后）の名誉が回復できて、皇帝叡の心は弾んでいたのだ。彼は母に諡《おくりな》を追贈し、文昭《ぶんしょう》皇后とした。

「ところで、蜀の諸葛亮が、軍事演習を始めたとのことです」

司馬仲達は、梁幾が調べてきたことを告げた。

「最近、南中の平定を終えたばかりだというに、次はどこを狙うつもりだ？」

皇帝叡が不安そうに訊《き》く。

「魏を、漢中から関中へ、窺《うかが》うつもりではございますまいか？」

それが、劉曄の読みである。

「みどもも、そう推察いたします。都護の李厳《りげん》が永安より成都に戻り、今度は江州に派遣されて、石で城壁を築いているそうですから」

劉曄の意見に、司馬仲達も賛同する。ちなみに江州とは、現在の重慶である。

「しかし、江州は長江の湊《みなと》で、成都への入り口だ。ならば、呉を相手にするつもりではないのか？」

皇帝叡も、地理には詳しいようだ。

「はい、確かにそうですが、李厳が行っている普請は、防備であって攻撃用の湊の拡充ではございませぬ。万一を慮《おもんぱか》る工事にて、これは孫権（呉）へ不可侵を示す意思表示でもございます」

最近、呉が手もなく魏に撃退されたことを、蜀も知っているはずだ。それを曖《おく》びにも出さず、防備を固めるのは、かえって相手への敬意ともなる。

皇帝叡は、司馬仲達の説明を聴いて即座に理解を示した。

「なるほど。呉には長江を間にして魏を牽制《けんせい》させるわけか。そうして、蜀が漢中から関中を攻めれば、わが魏は挟み撃ちになる恰好《かっこう》だな？」

「さようです」

司馬仲達は応えながら、かつて蜀が呉の陸遜《りくそん》にしてやられ、劉備が崩御した直後、孫権（呉）の呼びかけに応じていたのを、思い出した。当時は、諸葛亮（蜀）が憎い呉と同盟したわけが判らなかったが、このような深謀遠慮をようやく悟って、自らの不明を羞《は》じた。

総ては、魏へ攻め入る下準備をするためだったのだ。

方角が全く逆だった南中への侵攻も、背後の敵をなくすためだと考えれば納得がいく。しかし、それにしても、時間をかけすぎのきらいはある。

「蜀が漢中から関中へ攻めてくれば、当然彼《か》の地で戦うのであろうな？」

「無論です」

皇帝叡の問いにすぐ応えたのは、劉曄であった。司馬仲達は頷《うなず》きながら、彼が次の陣頭指揮を執るつもりなのかと思った。

曹操の武将を務めていたときは、弩弓《どきゅう》部隊の将軍だった。無論、それなりの戦果もあげている。だから、腕が鳴るのだと思っていた。

司馬仲達は屋敷に帰ると、これから先の相談をするため梁幾を呼んだ。

「諸葛亮が関中へ攻め込むには、まずどのような策戦に打って出るかな？」

訊かれた梁幾は、額の皺《しわ》を深くして考える。いろいろあるようだ。

「漢中に拠点を置くのはたやすいことですが、そこから桟道を通って関中へ入るのは難業《なんぎょう》です」

漢中と関中は、秦嶺《しんれい》山脈を挟んで南北に位置する。行き来するには、蜀の桟道と呼ばれる崖《がけ》に打ち込んだ杭《くい》に渡した橋を、用心深く通るしかない。

そこを大軍で渡るには、時間がかかる。

桟道の道筋は、東から子午《しご》道《どう》、駱谷道《らくこくどう》(旧名は黨駱道《とうらくどう》)、斜谷道《しゃこくどう》(旧名は褒斜道《ほうしゃどう》)、故《こ》道《どう》、関山道《かんざんどう》の五ヵ所しかないので、出口を押さえれば蜀軍が動けない道理となる。

だが、桟道も途中で途切れ途切れになるため、抜け道が多く存在する。それら総てを押さえるには、かえって厖大《ぼうだい》な人手が要るのだ。

それではと桟道を破壊すれば、物資の流れが滞《とどこお》る。荒療治にはそれなりの成果もあろうが、周辺豪族の死活問題になって、魏に敵対する勢力が増えることになる。

つまり桟道周辺は、案外触りにくい。それゆえ今の段階では、使う蜀軍の失敗を待つしかない。しかし、諸葛亮はそれを見越した上で、さらなる手を打つはずだ。

「やつは、まず関中か荊州北部の太守や豪族を取り込みにかかるでしょう」

「なるほど。魏軍の一部が暴走して桟道を潰《つぶ》させぬようにするのと、周辺で揺さぶりをかけるには、それが最善の策だろうな。それで、最初に目を付けられるのは？」

「孟達でしょう。すでに、帰順を促す書簡を送っているもようです」

梁幾の応《こた》えは、司馬仲達と同じ読みで、さらに調べている。もっとも、孟達は誘いに乗っていないらしい。

孟達は、もともと蜀軍の将軍であった。だが、関羽に援軍を送らなかったことで処刑されそうになった。そこで魏に寝返った経緯がある。

当初は、曹彰、夏侯尚らに可愛がられた。いや、皇帝丕の覚えも愛《め》でたかった。

だが、彼らが立てつづけに死んだので、内心不安がっているはずだ。彼は今、荊州北部にある新城郡《しんじょうぐん》の上庸で太守をしている。いわば、蜀との前線基地で、魏と蜀のどちらからも攻撃を受けやすい所だ。

17

即位後の皇帝叡が、初めて大幅な人事異動を発表した。

やや遅れていたのは、許昌で母文昭《ぶんしょう》皇后（甄皇后の諡《おくりな》）の霊廟《れいびょう》を建設していたからである。母親の名誉回復を満天下に知らしめて、ようやく皇帝叡の胸の内が晴れたのだ。

だから、周辺人事を刷新する気になったらしい。

それによると、太傅《たいふ》（皇帝の養育係）に鍾繇《しょうよう》、曹休を大司馬（事務的な軍事の最高責任者で名誉職）、曹真を大将軍（非常設で軍事策戦の最高責任者）、華歆《かきん》を太尉（軍事の最高指揮官だが名誉職）、王朗《おうろう》を司徒（皇帝の補佐。陰陽の調和を図る。総理大臣）、陳羣《ちんぐん》を司空（司徒の補佐で副総理。土木、利水などの建設事業の司《つかさ》）とした。

「政《まつりごと》の詳細は、すべからく朕《ちん》に知らしめるべし！」

このような勅命のもと、司馬仲達は驃騎《ひょうき》大将軍に任命された。

それは、実質的な軍事の最高指揮官である。考えてみれば、先の呉軍撃退の論功行賞ということであろう。

すると今後は、蜀軍や呉軍が侵攻する度に、最前線での指揮官を仰《おお》せつかることになりそうだ。それは、皇帝叡が司馬仲達を葬《ほうむ》り去ろうとしていることなのか、それとも重要視していることなのか、よく見定めないと真意が判りにくい。

もう一つ気になるのは、即位直後に呉軍が攻めてきて、それを司馬仲達らが撃退している最中、皇帝叡は母親の文昭皇后の名誉回復を行っていたことだ。

武張った男どもが出払っているときだからこそ、もとの姫妾《きしょう》も皇帝に話し易かったのかもしれない。だが、司馬仲達は、なにかしら引っ掛かりを覚える。

劉曄を洛陽で休養させていたのは、文昭皇后の無実を、曹爽あたりを使って、それとなく調べさせたのではなかろうか？

即位当初、彼とだけ話していたのも、三公九卿の配置ではなく、いかに母親の無実の罪を晴らすかだったのだ。それは、呉との戦乱の陰で、劉曄に巧《うま》く偽装されたようだ。

人事において、宮廷人が奇妙だと噂するのは、重要視されているはずの劉曄が、なんら役職につかず侍中（皇帝の相談係）のままでいることだ。

無論なんら詳しい説明がなされるわけではない。司馬仲達はその理由を、文昭皇后の名誉回復に尽力した結果だと、朧気《おぼろげ》に判っていた。表立たせたくないため、地位を据え置いたのである。

人事刷新で一言あった『知らしめるべし』なる言葉も、劉曄と相談するためではなかろうか？　司馬仲達は、そこまで勘繰った。

好意的に思えば、今一つある。

劉曄は、曹操の時代に弩弓部隊の隊長だった。彼の、策戦指揮は堂に入って美事だったが、兵士とは個人的な付き合いは少なかった。

戦地で食事をすることはあっても、凱旋《がいせん》後に、酒肴《しゅこう》をともにすることはなかった。

また、宮廷人の末端に連なっても、周囲と解けあうことはなく、敢《あ》えて交際を避けていた節がある。いや、皇帝丕の御代になって以降は、周囲から避けられていたとも言えたろう。

それは、彼が苗字《みょうじ》の示すとおり、漢帝室（劉家）の血を引いていたかららしい。彼が親交すると、漢朝を支持する者と疑われかねない。劉曄自身も、相手に迷惑をかけたくないので、自粛していた節がある。

ただ、控えめな劉曄の人となりを、まだ皇太子になる前の曹叡が認めたのだ。それは、曹叡の眼力という他ない。それゆえ偏《ひとえ》に相談役として、さまざまな悩みを聴いてもらったのであった。

今回、彼を三公九卿の役職に入れなかったのも、劉曄からの頼みであろう。また、皇帝叡も彼の真意がよく判り、公的な地位を与えない方が自らにも都合が良かったのだと言えた。

蜀との戦いが烈しくなれば、意を決して前線へいき、そこを死に場所と決めて、最後の奮戦の末に壮烈な戦死を遂げるはずだ。司馬仲達は劉曄を、漠然とそのように思っていた。

だが、劉曄がたまたま広間へ行き合わせて、蜀との戦いに関し侃々諤々《かんかんがくがく》の議論をしていた宮廷人らに意見を求められたとき、彼はあっさりと否定した。

「蜀とは、開戦すべきではございませぬ」

皇帝叡に応えたのとは、まったく正反対の意見を述べている。それは、節操の問題なのだろうか。それとも、責任ある将軍となって先陣に立つことに、怖《お》じ気《け》づいたのであろうか？

ようすを伝え聞いた司馬仲達は、彼の言動が不可解だった。しかし、一つだけ理由を見つけた。劉氏の末裔《まつえい》たる彼は、同じく劉氏の血統を誇る蜀（劉禅）の軍勢と、戦場で相見《あいまみ》えたくないということだ。

それは、大きな意味で同族との争いになり、また、魏軍からは、信頼を勝ち得ることができない。それゆえに劉曄は、宮廷人の前で敢えて開戦を言い募らないのだ。

司馬仲達は、そのように読んだ。

しかし、劉曄の意見はともかく、事態は蜀との戦いへと進んでいく。

「諸葛亮が、七万の軍勢を連れて、漢中に入ったもようです」

つまり、秦嶺山脈を挟んで、長安（関中）の反対側へ来たのだ。将軍としては、五虎将《ごこしょう》でただ一人残っている趙雲《ちょううん》、それに魏延《ぎえん》らを引き連れているらしい。

この動きは、梁幾によって司馬仲達に伝えられていた。

「それで、やつはどうしている？」

つまり、諸葛亮の動きである。

「劉禅宛《あて》に、文章を認《したた》めて、大きな決意を示しました」

「まさか、遺書でも書いて決死の攻撃をかける気でもあるまい？」

「それが……」

「どうした？」

まるで、司馬仲達の推測が図星であるかのような、梁幾の口籠《くちご》もり方である。

「自らの後継者であり、呉との外交を任せられる人物は費禕《ひい》だといった内容であるといいます」

つまりは、将来中原《ちゅうげん》を目指して中華の皇帝となるべき劉備が、志半ばで斃《たお》れた。それゆえ劉禅に、後継の心構えを説いたものである。

特筆すべきは蜀の現状をつぶさに分析し、このままでは魏はおろか、呉にも後れを取る最も弱小な国と、注意を喚起している点にある。

後日、『出師《すいし》の表』と呼ばれる諸葛亮の上書文であった。それを諸葛亮は、全軍の前で朗読したらしい。

「そっ、そんな……？」

司馬仲達は呆《あき》れた。

これでは正に遺言である。そう思いながらも、一方で彼は笑いだした。

「嘘だ！」

看破したように言ったとき、司馬仲達はさらに声を出して笑っていた。

「あの諸葛亮が、たった一度の戦いで、華々しく討死《うちじに》するような真似などするものか」

呉の孫権はやや直情径行なところはあるが、人となりが王族らしく大らかさに溢《あふ》れている。だが、諸葛亮は、どこまでいっても策士だ。やることに、必ず裏がある。

「では、どのような考えで？」

「蜀の力は弱いと言い、それを正直に蜀軍に告げることで、悲壮感を伴《ともな》った結束を図るつもりと見た」

言いながらも司馬仲達には、蜀（諸葛亮）の思惑が総《すべ》てつながって見えた。呉との同盟を図って、南中を平定した後に中原進出を果たそうとするには、蜀の軍が一枚岩になることだ。だから輔弼《ほひつ》の臣というべき張裔《ちょうえい》や蔣琬《しょうえん》の名をわざと外《はず》しているのである。

それならば、諸葛亮の次なる一手は、関中（長安）を睨《にら》みながら、孟達の籠絡《ろうらく》しかないのだ。

「もう一度」

言われて、梁幾は顔を上げる。孟達周辺の動向を見張れということだ。

「みどもは、魏興郡《ぎこうぐん》太守申儀《しんぎ》あたりに、諸葛亮が仕掛けると存じます」

魏興郡は、新城郡と境を接して北西に位置する。ただ、太守の申儀は、常日頃から孟達と仲が悪かったと言う。

18

夏侯楙《かこうぼう》は、隻眼《せきがん》の将軍として鳴らした夏侯惇《とん》の次男である。

彼は先帝丕と仲が良く、長安を守備する役目を負って当地へ赴任させてもらった。つまり、表向きの肩書きは都督関中《ととくかんちゅう》で、関中全域から涼州《りょうしゅう》（甘粛省）を睨《にら》む役目にあったのだ。

最近、この辺りの情勢は、比較的穏やかであった。だが、諸葛亮が蜀軍を集中させるとあれば、七光りだけの守備隊長では荷が勝ちすぎる。

そこで皇帝叡は、曹真を新たに長安へ援軍として行かせた。

ここで油断がならないのは、呉の孫権である。それゆえ睨みを利かせるため、皇帝叡は曹休を徐州（山東省東南部から江蘇省）の広陵郡《こうりょうぐん》に置くことを忘れなかった。

一方司馬仲達は、諸葛亮が当面打ってくる策に対していた。

「読みが当たりました」

数ヵ月後、梁幾がそう言いながら報告に来た。このとき司馬仲達は、密《ひそ》かに荊州《けいしゅう》（湖北省から湖南省）宛《えん》へ兵を進めていた。

『すべからく、朕《ちん》に知らしめるべし』

司馬仲達の行動は、人事刷新時に皇帝叡が発した勅命に反するではないか？　そのような声も聞こえたが、彼は兵を進めた。

宛は、荊州の北部にある南陽郡の中心地である。つまり洛陽にも近く、孟達らの荊州北西部をも睨める。また、その気になれば、関中へも動ける位置にある。

三十年前（一九七年）、曹操が鄒《すう》夫人（娜《だ》）を姫妾《きしょう》にしたため、怒った張繡《ちょうしゅう》（張竧の従兄《いとこ》）に不意討ちを喰《く》らった城邑《じょうゆう》でもあるのだ。

司馬仲達は、少し張竧を思い起こしながら、梁幾の顔を見る。

「孟達が動いたのか？」

「いえ、彼が諸葛亮の誘いを逡巡《しゅんじゅん》しているので、さすがの諸葛亮も痺《しび》れを切らせ、申儀の所へ投降者を仕立てました」

つまり、孟達の裏切り話を手土産に、蜀から脱走者を捏《でっ》ちあげて密告に行かせたということだ。そこに、諸葛亮の焦りが見て取れる。

「それは、申儀が喜ぼうな？」

「はい、早速洛陽へ、早馬を飛ばした由ですが」

「しかし、おそらく主上は、孟達追討の勅を下されまい」

劉曄がきっと、諸葛亮の仕掛けを見抜くからである。もし、諸葛亮が孟達を切り崩すのであれば、ずっと秘密裏に事を運ぶはずだ。わざわざ孟達と仲の悪い、隣の魏興郡太守申儀の所へ、逃亡者をやって秘密が露見するような失敗をするはずがない。

「それでは、放っておきますか？」

「いや、新城郡の上庸へ、一日で行けるところまで兵を移動させる」

それは、諸葛亮が再度動くと思えるからだ。つまり、孟達に『申儀がおまえの謀反《むほん》を訴えたぞ』と迫れば、孟達は寝返らざるをえないはずだ。

『知らしめるべし』の通達は、孟達にも届いていよう。だから、彼はそれを計算に入れるはずだ。

「孟達が反旗を翻《ひるがえ》してから、儂《わし》が主上の沙汰《さた》を待てば、早くとも旬日はかかる。そのようなことでは、諸葛亮の思う壺《つぼ》だ」

ここで司馬仲達は、皇帝叡が、なぜ自分を驃騎大将軍に任命したか、判ったような気がした。

古来、戦場においては、将軍の判断は王命を凌《しの》ぐと言われてきた。それは、皇帝でも同じである。ただ、今回のような場合、どこからを戦場と呼ぶべきか、判断が難《むずか》しい。

それを躊躇《ちゅうちょ》している間に、戦機を逃しては、なんのための皇帝と将軍の関係か判らない。皇帝叡は、それについても劉曄と相談したのだろう。

そして、臨機応変の行動が取れて、諸葛亮と対等に頭を働かせられる将軍の器として、司馬仲達を選んだのだ。そう思わねば、武人でない自分が戦場へ赴く意味が、さっぱり判らなかった。

もし、勅命を受けることなく行動して咎《とが》められるならば、そこまでの君主だったということで諦《あきら》めがつく。理不尽に処刑されそうになれば、隙を見て蜀へ亡命するのも一興だ。

その程度に腹を括《くく》らねば、将軍職など全うできるものではない。

「鉦《かね》も太鼓《たいこ》も叩《たた》くな。このまま、上庸へ向けて動くぞ」

司馬仲達は上庸まで一日の所へ行くと、梁幾に書状を持たせた。

「孟太守（達）殿に、お渡し下さい」

彼は、いかにも洛陽から来たような風情で朱塗《しゅぬ》りの筐《はこ》を役人に渡すと、さっさと引き揚げてきた。これは、蜂の巣を突《つつ》いて逃げるのと同じである。

差出人こそ司馬仲達だが、内容は『主上から、即日都へ参内されるようにと、召還がございました』としてある。つまり、謀反が露見したという意味である。彼は、司馬仲達が直ぐ近くで待機しているとは、まだ知らないのだ。

そこで暢気《のんき》にも諸葛亮に手紙を認《したた》め、ようやく古巣の蜀と軍事同盟を決意した。そして、皇帝叡の勅命を帯びて討伐に来る司馬仲達も、上庸まで旬日はかかる。だから、その間に周辺へ出兵して、大いに混乱させると豪語していたのだ。

だが、彼の思惑を根底から覆《くつがえ》すように、司馬仲達は翌日上庸を包囲した。ここからは地理に詳しい梁幾の指揮のもと、雲梯《うんてい》(折りたたみ式の長い梯子《はしご》)などの攻城兵器を使って城壁を越えて侵入した。こうして、あっという間に城邑は陥落し、孟達は首を刎《は》ねられたのである。

司馬仲達と諸葛亮の、一回目の知恵比べは、こうして終わった。

諸葛亮(蜀側)の北伐は、出鼻を挫《くじ》かれた恰好《かっこう》となった。だが、諸葛亮の漢中での決意は、この程度で萎《しぼ》むものではない。

司馬仲達と諸葛亮の知恵比べは、正にここから始まるのである。そして普通なら、蜀側としては再度策戦を練り直すものであろう。だが、諸葛亮は間髪を容《い》れず、蜀の桟道づたいに行軍して秦嶺山脈を越え、大軍を繰り出してきた。

ここに、彼の非凡さが表れている。

この行動は、さすがに魏軍も予期していなかった。趙雲《ちょううん》と鄧芝《とうし》は、それぞれ駱谷道《らくこくどう》と斜谷道《しゃこくどう》を通って、箕谷《きこく》に陣取った。

「郿《び》を攻略するぞ！」

兵士たちは、口々に合い言葉を発して魏軍と対峙《たいじ》した。曹真の軍は数に物を言わせて蜀軍を阻《はば》んだが、相手の士気が高く押し戻せなかった。

そのような中で、諸葛亮の指揮する一隊は、故道を通って方向を変えて、西方の祁《き》山《ざん》を攻撃した。ここは、長安から涼州へ出るための前進基地で倉庫が並び、魏軍の食糧を貯蔵して武器を備えてあった。蜀軍は、それをあっさり鹵獲《ろかく》し、施設を占領したのである。

また、周辺の南安《なんあん》、天水《てんすい》、安定《あんてい》の三郡にいる豪族は蜀軍の勢いに気圧《けお》され、次々に帰順していった。

「さすがは諸葛亮だ。矛先の変更と行動が素早いな。これへ対抗するには、朕が出張るしかあるまい」

洛陽の皇帝叡は、曹真が善戦しているものの、老将趙雲と鄧芝に手こずっているのを見て、親征を決意した。

「それは、ちと気がお早いのでは」

左右の宮廷人は、皇帝叡の出陣を思い留《とど》まらせようとした。無論、彼は肯《き》かない。

「そこもとも、お止め下さいますよう」

彼らは、劉曄にも加勢するよう頼む。だが、彼は意外な応《こた》えをする。

「蜀は仇敵《きゅうてき》ゆえ、戦うのは当然のこと。そして主上が自ら戦陣に臨まれるなら、将兵も奮い立ちましょう」

これには、周囲も色めき立った。

「おてまえ、先だっては蜀と開戦すべきでないと豪語しながら、主上が望まれればとて掌《てのひら》を返されるか？」

「みどもは、当初から主上に開戦を進言しております。しかし、国の意志を軽々しく吹聴《ふいちょう》すべきでないので、おてまえらにはあべこべを申したまで」

「そうだ。劉曄は、当初から戦うべきと言っておった」

皇帝叡が劉曄の本心を明かして、親征が決定した。

19

「張郃《ちょうこう》が、直々《じきじき》に露払いを仰せつかったそうです」

「相手が、老練の趙雲を出してきたのだから、丁度良い人選だ。先だって、諸葛瑾《しょかっきん》を撃退した実績もあるしな」

司馬仲達は、このときまだ荊州の宛にいた。そして、諸葛亮が関中に進軍したとの報に接し、後れを取ったと思った。

彼が張郃を温存しておいたのは、上庸では闘将の力を借りるまでもないと思ったからだ。それと、将来関中で活躍させようと、英気を養わせたつもりだった。

だが、それを皇帝叡はいち早く見つけて先遣隊にするところは、劉曄の助言があるにしろ、さすがに人事が判っている。

無論、司馬仲達の孟達処刑についても、一切論《あげつら》うことはなかった。いや、それどころか、孟達の謀反及び諸葛亮の先制攻撃を防いだ事への犒《ねぎら》いに、宛の陣中へ勅使が来たほどだ。そして勅使は、思いもかけぬことを言い出した。

「主上が親征に当たられるに際しての、勅命の文章をお願いいたしたし」

これは、諸葛亮の『出師の表』に対抗する文言が欲しいのだ。それならば司馬仲達は、甲冑《かっちゅう》を着用しての陣頭指揮よりも、数倍得意である。

彼は早速執筆し、ものの半日勅使を待たせただけで原稿を渡した。それは、皇帝叡を痛く感嘆させ、そのまま言葉にして発していた。

「全軍に告ぐ。故劉備は、前漢景帝《けいてい》（劉啓《りゅうけい》）の系統と言い募っているが、『史記・五《ご》宗世家《そうせいか》』に載っている中山靖王《ちゅうざんせいおう》（景帝の息子　劉勝《りゅうしょう》のこと。異母兄弟に武帝と諡《おくりな》された劉徹《りゅうてつ》がいる）は百二十余人も子があった。無論のこと、一人一人の詳しい系図などどこにもない。ところが、劉備が簒奪《さんだつ》した益州は、漢の末裔《まつえい》が治めていたのである。当地の牧《ぼく》だった劉焉《りゅうえん》、劉璋《しょう》父子こそ、歴とした景帝の公子、魯《ろ》の恭王《きょうおう》（劉余《りゅうよ》）の血筋ではないか。それにもかかわらず、どこの馬の骨とも判らぬ者が帝室の血脈を誇るのは、おこがましくも恥知らずの一語である。彼の息子（劉禅）が皇位にあるは、皇帝を僭称《せんしょう》（根拠なく勝手に即位すること）しつづけることであり、天帝を冒瀆《ぼうとく》する行為である。それを、背後から操《あやつ》る丞相《じょうしょう》を気取った諸葛亮も、大罪人の汚名を免《まぬが》れまい。彼は、劉備だけでは魏に対抗できぬと知り、呉を引き込んで赤壁での戦いを行った。また、呉から荊州を租借して、益州を侵略するという、吝嗇《けち》な戦略しか思いつかぬ策士である。劉備が天下人に成れなかったのは、このような姑息《こそく》な人材をありがたがったためだ。そして、その諸葛亮が、魏に戦いを挑もうとしている。それも、魏の奥座敷たる関中の西を狙って、狗盗《こそどろ》同様の所業だ。さあ魏の兵士たちよ。このような輩《やから》には、決して我が領地を一尺たりとも侵させるではないぞ！」

皇帝叡の演説は、宮廷人や兵卒の別を問わず絶賛され、兵士たちは喜んで関中へ進軍していった。そして張郃は、援軍の将軍として、曹真の奮戦に駆けつけた。

情勢が不利と悟った趙雲と鄧芝は、箕谷から退却を始めた。それも整然としたもので、趙雲が殿軍《しんがり》を承《うけたまわ》っていた。彼はさすがに、魏軍が付け入る隙を一切与えなかったという。

こうして、長安の喉元《のどもと》に突きつけられた匕首《あいくち》は、なんとか収まった。

「しかし、少し気になるな」

「と言いますと？」

司馬仲達は宛にいながら、梁幾の話の隅々に気づいたことがあったらしい。

「当初、諸葛亮は漢中へ進出した際、趙雲と魏延《ぎえん》を連れて行ったはずだ。しかし、本格的な軍事行動になってからは、魏延の名前がないぞ。腹に謀《はかりごと》を持って、隠密《おんみつ》行動するような武将でもなかろう？」

確かに、五虎将が趙雲だけになった今では、将軍の中でも周囲にかなりの信頼がある存在だ。その武将の名がないのは、急病か策戦かを探らねばならない。

指示されて、梁幾は調べた。そして数日後に答《こたえ》を持ってくる。

「諸葛亮と、策戦面で衝突があったとか、聞きつけました」

「ほう、どのような？」

司馬仲達はまず、衝突すら偽装ではないかと疑っているのだ。

「将軍（司馬仲達）が孟達の謀反を潰《つぶ》された直後に、魏延は、諸葛亮よりももっと過激な策として、長安急襲を言い募ったのです。支持する武将も多々いたとか」

そう聞いて、司馬仲達は身震いした。多分、本当だと思ったからだ。

そのときの守備隊長は、夏侯楙《かこうほう》である。戦闘のせの字も知らぬ武将だから、攻めのぼる蜀軍に敵《かな》う道理がない。

「それは、思い切った決断だ。決行されていたら、こちらは困ったろう。敵ながら天晴《あっぱ》れな策だ」

巧《うま》く行けば魏延のお蔭《かげ》で、蜀軍は前進基地と食糧などの輜重《しちょう》をたらふく入手できたかもしれない。

「しかし、諸葛亮は危険が多すぎると、却下したそうです」

全権を掌握しているのが諸葛亮ならば、その決断は絶対と言える。武人ではない策士は、できるだけ乾坤一擲《けんこんいってき》の不確実な行動を避けようとする。

一方武人で上がってきた者は、その逆の冒険をしたがる。それは、武官と文官の根本的な違いで、その対立は世界中で現代までもつづいている。

「これだから、策士などという輩は、さっぱり相手にできぬのだ。あの臆病《おくびょう》で策のない夏侯楙など、あっという間に蹴《け》散《ち》らせると言うに」

魏延は策を引っ込めたものの、諸葛亮の策戦からは一歩退いた。

「実は、その後自棄酒《やけざけ》を飲み過ぎ、そのまま騎馬姿になって突撃訓練を繰り返し、落馬の末に大怪我《けが》をしたそうです」

複雑骨折になったそうだが、無論箝口令《かんこうれい》付きの国家機密である。

「だから、箕谷へは進出してこなかった。いや、こられなかったわけだ」

諸葛亮は馬車を手配して、彼を丁重に成都へ送り帰したという。きっと、内心ほっとしていたことだろう。

「諸葛亮の手堅さは判るが、もし、魏延の策を採用していたならば、十中八九成功していたろう」

司馬仲達は、意外な憶測をする。つまりは、かなりの確率で勝機があったということだ。

「諸葛亮には、勝戦《かちいくさ》が見えなかったのでしょうか？」

「いや、おそらくは見えていたからこそ、却下したのだ」

「えっ、見えていたのに……？」

司馬仲達の理屈が、梁幾には判りにくかった。

「諸葛亮は、今後の魏攻略に際して、常に主導権を持っていたいのだ。それを、魏延に戦果を上げられては、かえって腕が振るいにくかろう」

「そのような理由で、諸葛亮は勝てる策戦を取らなかったのですか？」

「そうだ」

「しかし、狭量なことです」

「だがな」

「はい」

司馬仲達は、さらに複雑な説明をするようだ。梁幾は、それを興味深そうに聴く。

「短期では魏延の策戦は成功したろうが、時間が長引くと、結局我らに攻め込まれて追い出されよう」

「では、諸葛亮は？」

「ああ、多分、単なる意地だけではなく、そこまで読んで却下したろう」

「では、他に勝算が？」

「それは判らぬが、あいつのことだ。無策のはずはない」

司馬仲達は、諸葛亮の不気味さを思っていた。その頃、祁山周辺では蜀軍が渭水《いすい》を越えて軍を展開していた。周辺の豪族の協力を得て、関中盆地西部を版図に入れるつもりのようだ。

「なんでも街亭《がいてい》の守備隊長に、馬謖《ばしょく》って校尉が抜擢《ばってき》されたそうだ」

街亭は、扶風《ふふう》(長安北西方郊外)を睨《にら》む好位置にある。司馬仲達は、その名に聞き覚えがあった。白眉《はくび》として名高かった馬良の末弟である。

兵学を学んだ論客で、整然とした理論に諸葛亮が期待しているという。だが、司馬仲達は、口を歪《ゆが》めた。

「無謀な。これで蜀の進出は、当面抑えられることになる」

「馬謖なら、魏は有利でしょうか？」

「多分な」

司馬仲達は打って変わって、一言で諸葛亮の判断の甘さを貶《けな》した。これは、魏延ら古参の協力を得がたいので、新進気鋭の若手を起用したわけだ。

だが、おそらく立ち向かう張郃を敵に回して、机上の論が役に立つのか疑問だ。

「ここにも、裏があるのでしょうか？」

梁幾の質問に、司馬仲達は応《こた》えられないでいる。だが、秘策を弄《ろう》することも考えられよう。

20

「気鋭の将軍というから、二十代と思っておりました。でも、馬謖はすでに三十八歳だったそうです」

諸葛亮より十歳若く、新任の将軍となるには年齢《とし》相応《そうおう》かもしれない。しかしそれが初陣《ういじん》で、しかも、将軍の肩書きを付けてとあっては、全く話が違うことになる。

「やはりな。儂《わし》は当初から、長平《ちょうへい》の戦いの二の舞になると睨んでいたのだ。知っておるか？」

「はい、戦国時代を決定した戦いであるとか聞きつけます」

それは前二六〇年、趙と秦が上党《じょうとう》（山西省中央部）地方の領有を巡って争ったものである。当初、趙は闘将廉頗《れんぱ》を立てた。しかし、秦の間者は『ふん、廉頗なんか目じゃねえ。秦が怖がっているのは、趙括《ちょうかつ》なんだぜ』と、趙の都邯鄲《かんたん》で吹聴《ふいちょう》した。

それは、前二七〇年に閼与《あつよ》の戦いで、秦を負かした将軍趙奢《ちょうしゃ》の長男だ。趙奢が病没したので、趙の民衆には、血を受け継いでいるであろう息子に、戦場で指揮を執って欲しいとの待望論があったのだ。

趙括自身も兵法を学ぶのが好きで、議論ではだれにも負けなかった。それゆえ、自他共に活躍する場を欲する環境にあったのだ。趙の首脳部も、ついに廉頗を更迭《こうてつ》して趙括を上党に据えた。

だが、ここで秦の将軍として登場したのは、常勝将軍の白起《はくき》だった。初陣の青二才将軍と、百戦錬磨で千軍万馬を率いた天才将軍とでは、まるで序の口と横綱の相撲である。趙括は白起の囮《おとり》軍に誘《おび》き出され、あっという間に糧道を断たれて孤立した。

そして趙括は、赤子が手を捩《ねじ》られるごとく敗れた。捕虜となった趙軍四十万人は、反乱を懸念した白起に坑殺されたのだ。これで、戦国時代の大勢はほぼ決定したのである。

張郃が馬謖を破ったのも、状況はそっくりだった。

馬謖は諸葛亮から、街亭《がいてい》の水場を死守するように命じられた。だが彼は、近くにある小高い里山へ陣を移した方が有利と判断したらしい。確かに、戦うには高い所から低い所を撃つ方に利がある。

だが、街亭近くまで来た張部は、水場を離れた馬謖を見て罠《わな》かと思ったという。伏勢を警戒して探りを入れると、副将格の王平《おうへい》が麓《ふもと》に陣を敷いているだけで、水場は放擲《ほうてき》されていると判った。

学問を鼻に掛けた馬謖は、文字も満足に書けない王平らを、軽蔑《けいべつ》していたらしい。だから、戦陣で叩《たた》き上げた古参兵らの諫言《かんげん》を無視したのだ。

鼻持ちならない壮年の青二才は、当然ながら好かれない。それゆえ、蜀軍の士気は低下する。

張部は、馬謖の稚拙《ちせつ》さを嗤《わら》った。彼は、まず水場を確保して、馬謖軍の水路を断った。それで持久戦に持ち込まれれば、馬謖の不利は火を見るより明らかだ。

加えて初陣の彼は、戦機を知らない。いつ突進すればいいのかも判らないのだ。彼が軍兵を水場へ遣《や》ろうとした時期を見計らって、張部は麓から火を放った。

すると、おりからの乾燥した風に煽《あお》られて、樹木は面白いように燃えあがった。こうして里山の陣は、竈《かまど》の枯れ柴《しば》のごとく、炎に曝《さら》されたのである。

こうなると、もう逃走するしかない。張部軍の矢を浴びながら、馬謖は祁山《きざん》へ後退していった。彼は、逃走経路の麓に陣を敷いていた王平に、恥ずかしくも掩護《えんご》されていたのだった。

この敗戦は、祁山の蜀軍をも漢中へ後退させる結果となった。街亭が落ちてしまったことで、魏軍の攻撃面が増えたからだ。

この余勢を駆った魏軍は、秦嶺《しんれい》山脈の南斜面に当たる武都《ぶと》や陰平《いんぺい》両郡の一部を、魏領に組み入れてしまった。

「諸葛亮は軍法に照らして、馬謖を斬ったそうです」

「命じられた持場《もちば》を、独断で離れたという廉《かど》か？」

「はい、ですが、妙な噂もございます」

「学問を鼻に掛けた馬謖が、結局は蜀軍のお荷物になるので、体良《てい》く葬《ほうむ》ったとでも周囲が囁《ささや》くのか？」

魏延が非協力的になったからといって、使い物にならぬと判っている頭でっかちの馬謖を、なぜ抜擢したのか？

司馬仲達は、諸葛亮ほどの者が犯す愚行を、さっぱり理解できなかった。だが、のちのちの蜀軍の結束を図るための、捨駒《すてごま》としてなら呑《の》み込める。

魏延と馬謖という古参と新鋭が、それぞれの代表として、諸葛亮には邪魔だったことになる。

「馬謖が、男色の相手だったとも言われております。処刑を言い渡した後、泣いておったとか」

「諸葛亮がか?」

「はい、そして自らも丞相《じょうしょう》を辞して、三階級の降格処分にしています」

涙は、恋愛感情だけではない。愛弟子《まなでし》として可愛がっていても零《こぼ》すだろう。

また、右将軍に降格したとはいえ、彼に代わって政治全般を見る者はいないのだ。だから実質的な丞相は、どちらにしても諸葛亮になる。

ということは、本格的に魏を攻めるに当たって、諸葛亮は自らの身辺整理をしたかっただけなのかもしれない。

そう言えば、諸葛亮には蓄妾《ちくしょう》の話がなかった。風采《ふうさい》は上がらぬが、才女の黄月英《こうげつえい》一人だけを妻としている。

それが、男色に走った原因というのは、たとえ敵に対してでも無礼な話だ。

司馬仲達は、諸葛亮の醜聞めいた話に、それ以上の関心などなかった。どれが本当であろうとなかろうと、諸葛亮にとって最初の北伐は、蜀軍の再編制にもなった。ここが、肝心な事実だ。

計算されたものであれば、諸葛亮の頭脳は並外れている。だが、いくつかの偶然はあるはずだ。

「諸葛亮は自ら降格して、趙雲と王平に、殿軍《しんがり》の功績を称《たた》えて賞与を与えようとしたそうです」

絹を、数百疋《ぴき》という単位だったらしい。

「だが、二人とも、決して受けなかったであろう」

司馬仲達の憶測は当たっていた。敗戦《まけいくさ》で将たる者は、そのようなものを受け取れない。特に老将趙雲には矜持《きょうじ》があろうし、王平も馬謖に対して意地があったはずだ。

言うまでもなく諸葛亮が、彼らの心を読めぬわけはない。だとすれば、彼らの無欲な辞退を、兵士たちの士気につなげようとしているのだ。

「ここで、もし諸葛亮が凡将並みの神経なら、次の遠征まで時間を置くはずです。しかし、先の例もあります。近々の不意討ちを警戒すべきです」

司馬仲達は、皇帝叡にそのような進言をするため、皇帝が本陣を敷いた長安へと行った。すると、いつも傍に控えている劉曄の姿がなかった。付き人の曹爽《そうそう》が、そわそわして、戦場の雰囲気に呑まれている。

梁幾の話では、最近身体の具合が思わしくなく、洛陽の屋敷でゆっくり養生しているらしい。

「そうだな。それでは、街亭から祁山を睨《にら》んで安定、天水、南安郡の豪族を牽制《けんせい》し、陳倉《ちんそう》、郿《び》などの駐屯兵を増派しよう」

司馬仲達は、特に故道《こどう》に注目していた。趙雲や鄧芝の軍は駱谷道《らくこくどう》と斜谷道《しゃこくどう》だったが、諸葛亮が率いる蜀軍の大半は、そこを通って攻撃してきたからだ。

もっとも撤収していくときは、西漢水に沿った関山道《かんざんどう》を下っていった。だから、もう一度故道を通ることは考えにくい。だが、諸葛亮なら、敢《あ》えて考えにくいことをしそうだ。

「陳倉に城壁を築け！」

皇帝叡は、司馬仲達の進言を入れた。

「城壁作りの上手《うま》い武将はだれだ？」

梁幾に質《ただ》すと、彼は部下の郝昭《かくしょう》を推薦した。この幷州太原郡《へいしゅうたいげんぐん》の出身者は、長城で弓を持って匈奴《きょうど》と戦い、毀《こわ》れた城壁の修築に従事したことがあるからだという。

梁幾の言うとおり、郝昭の築城技術は的確だった。土を搗《つ》き固める版築《はんちく》の方法や、積み重ねて石を加えて補強する指示も堂に入って速かった。

「この辺りは、今頃雨が降らないので、作業は捗《はかど》ります」

郝昭はそう言って、陳倉と故道の出口を結ぶ一帯に城壁を築いた。すると数ヵ月後に、蜀軍の武将が使節としてやってきた。彼は乗馬したまま、門に向かって大声で郝昭を呼んだ。

「靳詳《きんしょう》が来たと、弓の名手の隊長にお伝え下され」

それは、太原出身の男だった。

諸葛亮は、やはり故道から攻めてくるつもりだったのだ。同郷の彼から郝昭の技術を聞き込んだに違いない。そして、このままで籠城されては、蜀が攻めあぐんで不利と悟ったのだ。

「おう、久しぶりではないか。姿を見せぬと思っておったら、蜀の諸葛亮に仕えているのか？」

「そうだ。ここは悪いことは言わぬから、降服せよ。そこもとには三千の兵しかおらぬが、蜀軍は十万で来るのだ」

「いやだ。諸葛亮は、策が吝嗇《けち》臭い。天下を三分する、三角関係がお好きらしい。そのうえ、男同士で現《うつつ》を抜かすそうな」

「悪口は、人の品性を示すぞ」

「ならば言おう。みどもはそこもとを知っているが、弓に番《つが》える矢は、そこもとを知らぬわァ！」

つまり、これ以上降服を勧めると、射殺するとの意だ。靳詳はそれを悟ると、さっさと蜀軍の陣地へ帰った。

するとそれから数日後、蜀軍が攻城兵器の雲梯《うんてい》（折りたたみ式の長い梯子《はしご》）や井闌《せいらん》（人が乗れるゴンドラを吊《つ》り上げて、城壁内を偵察する道具）、衝車《しょうしゃ》（丸太を城門に烈しく当てて壊す道具）を牽《ひ》き出して迫ってきた。

だが郝昭は慌てず、部下に油の樽《たる》を運ばせ、攻城兵器が近づくと油を掛けた。そこに、少し離れた所から火矢を射かけた。すると、雨が降らずに乾燥した空気は、総《すべ》てを燃やしてしまった。

お粗末にも、諸葛亮の北伐はまたも失敗した。ここにも、街亭での教訓がさっぱり生かされていなかった。

21

「公孫淵《こうそんえん》が、遼東太守《りようとうたいしゆ》の地位を奪ったそうです」

叔父《おじ》の公孫恭《こうそんきよう》に子がいないため、地位についていても仕方がないといった理由らしい。父親の公孫康《こうそんこう》は、もともと袁尚（袁紹の三男で後継者）の首を差し出したことで、曹操から地位を認められた経緯がある。

それゆえ、わざわざ北方に敵を作る事もないので、公孫淵の申し出は認められ、揚烈将軍の称号も贈られるらしい。

梁幾の話題は他へ移る。

「我らが陳倉に注目する少し前、淮南《わいなん》に駐屯しておられた曹休様が、陸遜《りくそん》率いる呉軍に敗退されたそうです」

「孫権も、遠いところで蜀に協力しているつもりか？」

「鄱陽《はよう》太守の周魴《しゅうほう》が、偽りの降服をして、曹休様を混乱させたとか」

曹休は、つい信用したばかりに、裏を掻《か》いた陸遜に打ち負かされて遁走《とんそう》したのである。そして憤懣《ふんまん》の遣《や》り場がないためか、背中に悪性の腫瘍《しゅよう》ができて臥《ふ》せっている。

「華佗《かだ》がいれば、あっという間に治癒《ちゆ》するのにな」

華佗の薫陶《くんとう》を受けた医師は、無論魏国内にもいるが、なかなか名医とまでは呼びがたい。それに、麻沸散（麻酔薬）の製造も思うようにはいかないという。

「そう言えば、蜀の病人は、回復が頗《すこぶ》る早いのだそうです」

梁幾が、また妙なことを言いだした。

「諸葛亮の精神力だけには、こちらも畏《おそ》れいるぞ。三度も失敗して、懲《こ》りもせず、まだ向かってくる気でおる」

戦果がなくとも、大義だけで魏を討とうとする諸葛亮の意地に、司馬仲達も閉口しているのだ。

「いえ、みどもが申すのは、蜀軍の戦傷兵のことです」

「切り傷や刺し傷の手当が上手いと言うことか？」

「はい、まあ、詰まるところはそうなのでしょうが……」

蜀には、華佗の医療技術を身に付けた鄒娜《すうだ》と徐庶《じょしょ》がいる。同じ傷でも、手当が良ければ回復は早かろう。しかし、梁幾はどこか奥歯に物が挟まったような言い方だ。

「どうした？　蜀に名医がいるということでは、納得できぬか？」

「はい、しっかり説明できませぬが、なにか尋常でないものを感じます」

それは、二人の医師としての技術が上がったということなのか。それとも、諸葛亮の執拗《しつよう》さか。いや、その双方相俟《あいま》ってのことかも知れない。

陳倉の攻撃に失敗した諸葛亮は、またしても矛先を換えて攻撃をかけてきた。場所は武都や陰平である。

つまり馬謖の失策によって、街亭と祁山を放棄した後、余勢を駆った魏軍に明け渡した秦嶺山脈の南斜面である。

このとき、蜀将陳式《ちんしき》と対峙《たいじ》した魏の将軍は郭淮《かくわい》だった。彼は何度か白兵戦を演じたが、諸葛亮が自ら背後の建威《けんい》へ廻《まわ》ろうとしたため、無理をせずに撤退してきた。

その郭淮に梁幾がようすを訊《き》くと、相手の武将、校尉の中には、以前の戦いで深傷《ふかで》を負った者が多数混じっていたと言う。

「蜀は、人口が少ない。だから兵になる者も必然的に少なかろう」

「それゆえ、完治していない者まで再び戦場に立たされると？」

司馬仲達の理屈が現実的であった。しかし、梁幾は納得できないようだった。

どちらにしろ、司馬仲達は憶測を皇帝叡には話さなかった。それでなくとも皇帝の神経は、今逆立っていたのだ。それは、曹休が薨去《こうきょ》したからだ。悪性の腫瘍がついに完治せず、毒素が身体中に回ったようだ。

しかし、皇帝叡の機嫌が斜めなのは、もう一つの理由も大きいのだ。それは、呉の孫権が、ついに帝位に即《つ》いたからである。

「魏は、漢の皇帝（劉協）から禅譲《ぜんじょう》を受けた。そして劉備と劉禅は、多分嘘であろうが、劉氏の血脈という大義がある。それに比べて、呉の孫権には、皇帝位に即くべきどのような根拠があるというのだ？」

皇帝叡の怒りは、もっともである。どう理屈を捏《こ》ねても、呉の孫権が皇帝になるべき歴史的な理由付けは皆無といえる。あるとすれば、状況判断だけだ。

彼は、蜀（劉氏）と同盟関係を結んで魏と対抗している。しかし、このままでは蜀が皇帝で、呉はその風下に立たねばならない。孫権としてみれば、それだけは避けたかったに違いない。

「瑞兆《ずいちょう》です。夏口に黄龍《こうりゅう》が、そして武昌に鳳凰《ほうおう》が現れました」

明らかに作り話と思われる事件を引き合いに出し、孫権は帝位に即くことにした。

「これは、天帝の声である。みどもに、帝位を授けるとのお達しじゃ。なお、太子は孫登《そんとう》とする」

用意周到なことだ。その割りには、新たな元号は黄龍元年とされ、安易な名称もいいところだった。

呉の都は、蜀を睨《にら》む位置を遠慮して、武昌から元の建業《けんぎょう》へと再度遷《うつ》された。このような子供騙《だま》しを、同盟国の蜀はあっさりと認めたのである。

皇帝叡は、呉と蜀両国の馴《な》れ合いが、実に不愉快だった。そして陳羣らに命じ、漢のものとは違う新しい律令を起草させた。

「即位の真似事なら、猿猴《さる》にでもできる。軍の編制は、戦いの時代だから自《おの》ずからできようが、文化の香りがする事業は、呉や蜀には無理だ」

皇帝叡は、文帝（曹丕）が心残りにしていたことを、ここで断行したのである。もう劉曄が周囲にいないので、自らの気持が表れたことになる。

そう考えると、やはり彼は凡庸な皇帝ではなかったのだ。それを見越したのか、西域の遠く（中央アジア）から、大月氏《だいげつし》が使節を送ってきた。

この国は遠い昔、漢の武帝（劉徹）が匈奴を挟撃するため、張騫《ちょうけん》を派遣して軍事同盟を結ぼうとした相手である。それから三百六十年ばかり経つが、もうそのような時代ではない。皇帝叡は、王の波調《はちょう》へ『親魏大月氏王』の称号を贈った。

しばらくは洛陽も、西域の異国情緒だけが話題になった。そんな陽気な雰囲気とは裏腹に、太傅《たいふ》の鍾繇《しょうよう》が床に就いていた。これで劉曄とともに、曹操を支えていた古参の重臣が動けなくなっていた。

「蜀では、将軍の趙雲が、病没したもようです」

そのような知らせももたらされた。かつての五虎将は、これで全員が鬼籍《きせき》に入ったことになる。

「諸葛亮ではないが、今こそ逆に蜀を討つべき時ではありませぬか」

司馬仲達がそれを言うと、全面的に支持した将軍がいた。

曹真である。

「そのとおりです。これ以上、蜀に舐《な》められてはなりませぬ。侵入を許さず、こちらから攻め上がるべきと存じます！」

曹真は攻め上がる桟道を決め、自らと司馬仲達、郭淮、夏侯覇《かこうは》(夏侯淵《かこうえん》の次男)らに預ける軍勢を上奏した。

皇帝叡もそれを了承したが、普段は大人しい陳羣《ちんぐん》が猛反対した。

「武帝(曹操)は、漢中を『鶏肋《けいろく》』と言われ、撤収されたのをお忘れか？」

それは二一九年、定軍山の戦いで劉備に惨敗したときのことだ。四十万人を投入して攻め上がったが、結局夏侯淵を黄忠《こうちゅう》に斬られただけに終わった。今回、夏侯覇が武将に選ばれたのは、彼に仇討《あだうち》の場をとの、曹真の心遣いでもある。

その思惑とは別に、当時の曹操は地勢を考えた場合、大して役に立たないと判断して鶏の肋骨《ろくこつ》と同じだと表現したのである。陳羣が口を酸っぱくして諫言《かんげん》している最中、鍾繇が薨去した。

「これは、諫死も同然です」

陳羣から追悼のような一言があって、皇帝叡も一蹴《いっしゅう》できず、曹真に再考を頼み込む始末だった。

しかし、攻撃に逸《はや》る曹真は、子午道から一気に攻め上がると修正案を出し、なおも反対する陳羣を押し切り、当初の将軍を立てて攻撃を開始した。

諸葛亮もこれを迎え撃ち、双方の軍勢は秦嶺《しんれい》山脈南面の興勢《こうせい》で戦った。だが、なかなか決着がつかないまま、長雨に祟《たた》られた。立ち往生同然になって、結局遠征軍は撤退するしかなく、曹真は失意のまま病の床に臥してしまった。

翌二三一年、諸葛亮は更に軍を進めてきた。だが曹真は、再度甲冑《かっちゅう》を着ることはできなかった。

第四章　五丈原　(二三一～二三四)年

22

「我が国が、秦嶺山脈を挟んで蜀とばかり戦っているお蔭《かげ》で、中原は平和になっておるようです」

「確かに、以前より戦いは少なくなった。だが、呉もいつ動きだすか判らぬぞ」

長江まで偵察に行ってきた梁幾が戻ってきて、司馬仲達に報告をもたらす。

「確かに油断は禁物ですが、呉は人口の流出に困っているもようです」

「どういうことだ？」

「呉の農民の中には、中原の戦闘を避けて南へ移住した者が多々いたのです」

「なるほど。平和になったことで、元の村々へ戻っているのだな？」

「そうです。留めても、望郷の念の方が強いですから、孫権も悩んでいます」

「妙なところから、痛手が降って湧いたようなものだな」

正に、糾《あざな》える縄のごとき吉凶である。それは実のところ、魏の側にもあった。皇帝叡の娘曹淑《そうしゅく》が、病で亡くなったからだ。領民の復帰と交換では、天帝も罪である。

「ところで、領民の移動が理由かどうか判りませぬが、孫権は、海に浮かぶ島々に兵を送ったと聞こえてまいります」

「そのような所を、領土にするのか？」

「それよりも、人を攫《さら》ってきて領民にしようと考えていたようです」

四五〇年前、始皇帝は、不老長寿の仙薬を探すため、方士の徐福《じょふく》に船を百隻ばかり与えた。彼は、仙人が喜ぶと言って、数千人の童男童女を乗せていったという。

「徐福とは、大いなる詐欺師だな」

「そうですが、その童男童女の子孫が、東海の島々で暮らしているとの伝説がありまして……」

「それを、捕らえにいって、成果はあったのか？」

「数千人とか言いますが、その分、戦った兵士が減っているとか」

そこまで聞いて、司馬仲達は笑い出す。

「孫権も、焼きが回ったと見えるな。有能な武将一人に呉を見張らせれば、我らは諸葛亮に立ち向かえる」

「曹休様の部下で満寵《まんちょう》なる者がいますが、彼など適任では？」

「もともと劉曄様の推挙で登用された武将だな。曹仁様の下で戦ったこともあったから、良い人選だ。儂《わし》の弟子も、最近は軍事に目覚めたようなので、策士として付け、合肥《ごうひ》に新しい砦《とりで》を築かせよう」

皇帝叡は、官僚や役人を学問で選べと、常々周囲に指示を怠らなかった。だから、司馬仲達を重要視しているのだ。だが、公主（曹淑）が亡くなってからは、彼女の供養ばかり口にし始めていた。

そんなとき、蜀の諸葛亮が四度目の北伐に動き始めた。

「そこもとに、総《すべ》てを任せる。朕《ちん》は、蜀など底が浅いと思っておる。考えてもみよ。どこの国が、戦いのあるたび丞相《じょうしょう》に前線で直接指揮をさせるものか」

つまり、人材不足と、自ら宣伝して歩いているようなものだと、皇帝叡は言うのである。それはそれで、当たっているのだ。

曹真が逝くと、軍事の全権は司馬仲達に委譲《いじょう》された。そこで、先ほどの満寵を呉に当て、他の武将たちをどんどん蜀軍への対応に当てた。

車騎将軍張郃《ちょうこう》、後将軍費曜《ひよう》、征蜀護軍戴陵《たいりょう》、雍州刺史郭淮《かくわい》らの兵は統合して三十万人にも垂《なん》なんとした。

「諸葛亮は、桟道の一番西、関山道を通っている。だから、祁山《きざん》に向かうはずだ。したがって、費曜と郭淮はそれぞれ四千人の兵で上邽《じょうけい》に待機し、それ以外の者は全員で祁山での一戦に向かう」

上邽は祁山の東で、関山道の出口付近に当たる。司馬仲達は、諸葛亮が上邽よりも要衝である祁山へ向かうと読んでいる。

すると、張部が疑問を呈する。

「閣下。失礼ながら、郿《び》や雍《よう》に兵を待機させなくともよろしいでしょうか？」

それは、斜谷道や故道の出口を警戒する意味だ。しかし、司馬仲達は折れない。自分の読みを信じているのである。

「張将軍、そこもとの意見は、充分拝聴に値する。だが、それは諸葛亮が兵を分断した場合だ。今回やつは、兵を統合して祁山の砦に入城しよう。だから、こちらもほぼ全軍を投入する」

司馬仲達の読みは、当たっていた。しかし、諸葛亮の進軍は真っ直ぐ祁山へ向かうのではなく、まず上邽を目標にしたのだ。すると、守備兵が圧倒的に少なく、費曜と郭淮は砦から出撃できなかった。

それを尻目《しりめ》に、諸葛亮の軍は砦を攻撃せず、農地で刈り入れを始めた。丁度、麦の収穫期であったから、そのまま兵糧《ひょうろう》として略奪するのが目的だった。

「抜かった」

司馬仲達は、諸葛亮の策戦を姑息《こそく》と嗤《わら》いながらも、急遽《きゅうきょ》軍を引き返して諸葛亮と上邽東部で遭遇した。

この事態に司馬仲達は、自軍の陣地を固め、斥候兵を出して交戦を避けた。相手の状態や出方をじっくり観察するためだ。

すると、諸葛亮は挑発に乗らず祁山へと向かった。それを見た司馬仲達は、即刻追撃をしようと軍を繰り出した。

「お待ち下さい。ここで追撃をすれば敵方の結束を強くします。深追いして勝利がなければ、洛陽都人士《とじんし》の失望を招きます。ここは長期戦を覚悟して、陣地を固めるのが良策かと……」

またしても、闘将張郃の進言であった。無論、それはそれで一理あることは判っている。だが、司馬仲達は今回も彼の意見を容《い》れなかった。それは攻撃する魏軍の兵に対して、諸葛亮がどのように対応するか、自身の目でしっかり見極めたかったからだ。

これまでは、武将の一人として見ていたが、大きな戦略で大勢を見るのは初めてだった。

司馬仲達は、その後小規模な攻撃を祁山にかけた。そして、祁山を囲む恰好《かっこう》で対峙《たいじ》した。なんのことはない、陣形を整える場所を上邽から移しただけである。

春から夏にかけて、この状況はしばらくつづいた。これは、諸葛亮の補給が難しいと見ての判断だ。確かに、蜀側は物資補給に困ってはいる。だが諸葛亮は、司馬仲達が予想したほど逼迫《ひっぱく》はしていないようだ。

「このままでは、奪われた小麦を粉にする時間を与えるだけではありませぬか？」

「そうです。待機は、敵の利するところでございましょう！」

夏侯覇《かこうは》、張虎《ちょうこ》、楽綝《がくりん》ら若手の武将や校尉の意見は、急進的であった。魏軍の輜重《しちょう》は充分で、食糧に事欠くことはない。同じ状況下では、蜀が不利に決まっている。

司馬仲達は、蜀側の武将を割り出した。すると、高翔《こうしょう》、呉班《ごはん》という名に混じって、魏延《ぎえん》もいると判った。

「無理をして来たのか？」

とは言うものの、彼が重傷を負ってからもう三年が経つのだ。表向きは諸葛亮との意見の不一致であっても、深酒のうえでの落馬は公然の秘密である。

「汚名返上の気持が強いのでしょう。今回は、さすがに献策はなかったそうです」

梁幾の報告を聞きながら、それでも司馬仲達は蜀の医療の質の高さを思った。それは、決して魏延の事だけではない。諸葛亮の北伐が、これほど頻繁に繰り返されるには、兵の補給を確実にせねばならない。

まさか、呉のように山岳民族を攫《さら》ってくるわけにはいくまい。傭兵《ようへい》として雇い入れるには、先立つ物が要る。そうするには、蜀としても手元不如意のはずだ。ならば、傷痍《しょうい》の兵を速やかに治療するしかない。

司馬仲達は疑問を抱きながらも、全軍に攻撃命令を出した。魏軍の士気は高かったが、蜀はこのときとばかり、それまでとは違う武器を使いだした。それは、箭《せん》をつづけて射ることのできる連弩《れんど》だった。

現代風に言えば、単発銃に機関銃が混じるようなものである。ただ、数が少なく、それが魏軍に幸いした。それと、また長雨に祟《たた》られたことだ。今回そちらは蜀に禍《わざわい》し、補給が停滞してしまった。

諸葛亮は撤退するしかなかったが、司馬仲達は追撃を命じた。それも、追撃を諫《いさ》める張郃を使ったのである。

23

「敵ながら、なかなかの工夫だと、褒《ほ》めねばなるまいな」

諸葛亮をはじめとした蜀軍が引き揚げた跡から、彼らが今回の輸送に使った車と、毀《こわ》れた連弩が見つかった。

捕虜の話を総合すると、車が二対付いた小型の荷車を『木牛《もくぎゅう》』、と呼んでいるそうだ。要は労力に牛を使わない、小型の荷車である。

桟道での兵站《へいたん》輸送になれば、ただ人が担《にな》って運ぶより数倍捗《はかど》ったであろうと想像できる。だが、車同士が行き帰りで擦れ違うときには、場所によって難渋すると想像できる。

きた。

また、連弩もその絡繰《からくり》から、古代の物を改良して、大きな箭を同時に射ることができるようにしているのが判る。だが、型が大きく移動には不向きだ。

司馬仲達は、製作方法を理解しても、魏で採用するつもりはなかった。

「捕虜の話では、これらは諸葛亮の女房の発案だそうです」

「ほう、風采《ふうさい》は上がらぬが、なかなかの才女だと噂の女か？」

黄月英のことだが、皆名前を知らないようだ。

「それも諸葛亮の命令で、わざと醜女《しこめ》に見えるよう汚《よご》しているとか」

ありえることだ。皇帝叡の母文昭皇后（甄《しん》皇后）も、鄴《ぎょう》の屋敷で曹丕に捕らえられたときには、煤《すす》で顔を汚して容色を落としていたという。

「まあ、それはいい。だが、張将軍の最期は美事だったな」

張郃は諸葛亮の撤退を追撃したが、連弩を浴びたのだ。長く太い箭が大腿部《だいたいぶ》に命中して、動けなくなった。その一本だけなら、致命傷には至らなかったはずだ。しかし、部下の肩を借りて移動している間に、出血多量で一命を落としたのである。

「撤収する兵を追うなど、策としては下の下ですぞ！」

それは張郃の持論であったが、彼は命令は命令として従ったのである。

「捕虜を連れてこい」

司馬仲達が一番知りたかったのは、木牛や連弩の作り方ではない。それは、残骸《ざんがい》を見れば判ることだ。

梁幾が連れてきた捕虜は、校尉の下にいる十人隊長級の男である。司馬仲達の前に立たされて、多少の気後《きおく》れでおどおどしている。

「取って喰《く》おうというのではないから、安心しろ。ただ、儂《わし》の質問に応《こた》えてくれればいいのだ」

司馬仲達は相手を見据えて言った。

「はい……」

「戦いでは、傷は付きものだ。それは、わが魏の兵士でも同じ事。ところで成都は、医療設備が充実しているのか？」

訊《き》かれた隊長は、上目遣いに警戒しながら言葉を選んで説明する。

「はい、徐《じょ》（庶）先生と鄒《すう》（娜）先生、それに弟子たちが、怪我をしたり病気になった者を診ておられます」

「蜀では、怪我人の回復が早いそうだが、おまえはどう思う？」

そう訊かれて、隊長の目に喜色が宿る。なにか自慢したいからだ。

「そうでしょう。普通、深傷《ふかで》を負った者たちは、血止めと傷口を労《いたわ》る軟膏《なんこう》を塗られて、後は布でくるまれるだけですから」

「そうだな。それで、徐先生とやらの治療は違うのか？」

「蜀では、傷付いた肉や皮膚だけでなく、内臓も切口《きりくち》を縫いつけます。そうすると肉も皮膚も、早くくっつきます」

なるほど。そのように治療すれば、癒着を促進することは判る。だが、兵士といえども、皆が皆、痛さに耐えられる強者《つわもの》ばかりではない。

「しかし、だれでも縫いつけるというわけにはいくまい？」

司馬仲達は、隊長がいろいろな条件を挙げるのだと思った。だが、相手はにやっと笑って首を振る。

「たとえ子供であろうと、同じ事です。なんせ、痛み止めを使いますから」

「なに、それは、どういうものだ？」

司馬仲達の声色が、突然高くなった。それで隊長は、初めて機密を漏らしたと気づいたらしく、答《こたえ》をためらいだした。

「いえ、その、大したものでは」

その態度に、司馬仲達は声を荒らげる。

「この際、吐いてしまった方が身のためだぞ。厭《いや》なら、指の爪を小指から順に、一枚一枚剝《は》がすだけだ」

そう言うと、梁幾が釘抜《くぎぬき》を持って一歩前に出る。無論、虚仮威《こけおど》しであるが、充分な効き目がある。

「いえっ、申します。それは、嫦娥散《じょうがさん》を吸わせて痛みを感じなくさせるからです」

「嫦娥散だと？　それは、なんだ？」

そう言われても、それ以上は隊長も知らないのだ。嫦娥とは、古代神話に登場する美女の名だ。

彼女は、魔物が作った偽の太陽を射た羿《げい》の妻で、夫が西王母からもらった不死の薬を盗んで月に逃げ、蝦蟇《がま》になったとの伝説がある。それに、散は粉薬を意味する。

つまり、原料は判らないが、薬を使うのだ。その、蜀で言う『嫦娥散』を、水に溶かして飲むか、艾《もぐさ》に混ぜて煙を吸うと、感覚がなくなるのだという。

「そのときの気持は、羽化登仙するようだと言います。そして、気がついたときには、なにもかも終わっているんです」

「だからその間に、荒療治ができるわけだな？」

ならば、華佗が作り出した麻沸散に似ている。その製法は鄒娜や徐庶も知っているから、単に名前を変えただけなのか？

司馬仲達は、魏の診療所にいる鄒娜の弟子たちに訊いてみた。すると、意外な答《こたえ》が返ってくる。

「麻沸散は、我らも作れますが、痛み止めとしての使い方が判りません。微妙な分量が難しく、囚人で実験しても死亡する者がほとんどです」

つまり、薄め具合や分量が、簡単に割り出せないのだ。そうなると嫦娥散は、別の薬と言うことになる。

「嫦娥散という薬の名称を、聞いたことはないか？」

その問いに、一人が応える。

「かつて、南中へ行った者から聞いたことがあります」

それは蜀の南方で、山岳異民族が多い場所だ。諸葛亮は、そこを平定する際、首領の孟獲を七度捕らえ、七度逃がして心服させるという度量の深さを示していた。

司馬仲達には、その謎がようやく解けはじめていた。

夏侯覇、張虎、楽綝らに関中の防備を任せて、彼は梁幾と洛陽へ帰った。

「今、都では、主上の御道楽に、陳羣閣下がお困りです」

公主の曹淑が他界したことで、その魂を慰めたいと、皇帝叡は許昌で宮殿を造営しているのである。関中で蜀軍を迎え撃つに当たって、戦費はいくらあっても不足する。明らかに無駄と思われる濫費《らんぴ》は慎むのが、聡明《そうめい》な皇帝である。

即位時は、聡明さを謳《うた》われた皇帝叡も、やはり人の親と思うばかりである。それに最近、侍中だった劉曄が他界している。皇帝叡にとっては心の穴がさらに拡がったことだろう。

彼は皇后に毛氏を立てているが、最近は養母の郭皇太后と同じ姓の郭夫人を寵愛《ちょうあい》しているらしい。散騎常侍の曹爽が、取り持っている姿が目に浮かぶ。

だが、司馬仲達には、陳羣と一緒に宮殿の造営を慎むよう皇帝に意見する気持などさっぱりなかった。

彼は、ひたすら屋敷に戻ったのである。

「おかえりなさいませ。お疲れでしょう」

妻が、突然の帰りにも愕《おどろ》かず、夫を犒《ねぎら》ってくれた。彼は旅装を解くと、身体を洗った。そして、寛《くつろ》いで食事をし、灯《あか》りを持って張婍の部屋へと入った。

やはり、だれも入った形跡はなく、以前見たままの状態で、埃《ほこり》だけが積もっていた。

彼は周囲を見渡し、彼女の備忘録のような書き付けを探した。

それらしき物が、幾つか出てきた。蔡侯紙《さいこうし》を綴《と》じた冊子状のものを、彼は手早く繰っていった。何冊かに亘《わた》って作業をつづけていると、ようやく嫦娥散という語に出合った。

『鬼の虞美人草《ぐびじんそう》の若い雌蘂《めしべ》から取り出す乳液を、天日で乾かして得られるらしいが、まだ実体は判らず』

虞美人草は、司馬仲達も知る可憐《かれん》で美しい花だ。項羽の愛妾《あいしょう》虞美人の、血が染まったような花弁だと言われている。

それをさらに『鬼』と表現しているからには、似て非なる物で、大きいか色が強烈か、その双方の特性を持ち合わせているのであろう。

麻沸散はその字面から言って、原料は麻の一種であることは判る。それは、弟子たちの話からも裏は取れた。

だが、張婷も知らない鬼虞美人草とは、やはり南中周辺にしか自生していない植物なのかも知れない。

24

「主上は、毛皇后を差し置き、郭夫人を連れて東方巡行に出られました」

粱幾の報告はそれだけだったが、皇帝の困った所業が始まったということだ。

許昌での宮殿建築だけでは飽きたらず、行く先々で寡婦《やもめ》、鰥夫《やもお》、孤児《こじ》たちに大盤振る舞いをするのだ。

これも総て、公主（曹淑）を喪《うしな》った寂しさを紛らわすためだが、政《まつりごと》に与《あずか》る三公九卿から見れば、国家の危機を顧《かえり》みない乱心も同然である。

「陳王《ちんおう》が亡くなったらしい」

皇帝巡行の華やかさとは、裏腹な訃報《ふほう》がもたらされた。ただ、そう言われても、洛陽の都人士には、一瞬だれのことか想像がつかなかった。

無論、司馬仲達には判っている。

文帝（曹丕）の実弟曹植《そうしょく》のことである。『明眸皓歯《めいぼうこうし》』『左顧右眄《さこうべん》』などの言葉を生んだ希代の詩人も、享年四十一で寂しく世を去った。

文昭皇后（甄《しん》皇后）との仲を兄に疑われ、地方王を転々とさせられた挙句、一度も中央に呼び戻してもらえなかった。そして、領地替えの度に石数を減らされ、側近も老齢者ばかりで、二百人を超えることはなかったという。

「主上には、叔父《おじ》にあたります」

かといって、皇帝叡は陳王の薨去《こうきょ》に対しては、香奠《こうでん》一つ送るでもなかった。

そのくせ、潁川郡郟県《えいせんぐんきょう》県（河南省郟県）の摩陂《まひ》という鄙《ひな》びた町の井戸に、青龍が現れたと聞くと、また郭夫人を伴って、巡行して見学に行く始末だった。だれかが、悪戯《いたずら》で大きな鯉を放ったに決まっている。

しかし、いったん井戸を覗《のぞ》き込んだ皇帝叡は、今さら後に引けなかったらしい。

「確かに、青龍がそこで蹲《うずく》まっておる」

彼はこう言うと瑞兆《ずいちょう》の町を龍陂《りゅうひ》と改名して、またしても寡婦、鰥夫、孤児、子のない老人の税を免除した。

そのうえ、元号も青龍元年（二三三年）と、安直に改められた。

「余りにも単純だから、公孫淵《こうそんえん》ごときに舐《な》められるのかな?」

司馬仲達は、嗤《わら》いながら梁幾に言った。それは、遼東太守《りょうとう》に収まっていた公孫淵が、呉の孫権に臣下の礼を取ったことを指している。

公孫淵の接近に対して、孫権は皇帝の権威を翳《かざ》し、彼を燕国王に封じたのだ。

「このままいくと、魏は、蜀と呉だけでなく、背後に公孫淵まで敵に回すことになって、少し厄介です」

魏の宮廷人たちは不快感を露《あら》わにしていたが、下手に敵を増やせない。そこで、呉の使者が魏領を通過すれば、実力で阻《はば》む程度にしていた。

それゆえ呉の使者は、何人か斬り殺されている。

梁幾も心配顔で、司馬仲達の顔を見あげた。しかし、彼には他の任務があった。

「公孫淵は、彼なりに魏と呉を天秤《てんびん》に掛けて、揺さぶっているつもりだろう。まあ、それはそれとして、おぬしも探ってくれぬか?」

言われた梁幾は、そのままさっと屋敷から消えた。それと入れ違うように、建国の功臣を祀《まつ》るという連絡がきた。

『夏《か》侯惇《こうとん》、曹仁《そうじん》、程昱《ていいく》の三人を、太祖(曹操)廟《びょう》に合祀《ごうし》する』

皇帝叡は、毛皇后ではなく郭夫人と一緒に、そのような儀式を挙行するらしい。しかし、なぜ祀られるのが、この三人だけなのだろう。それは、だれもが思うことだ。

武帝(曹操)を守《も》り立て、魏の建国に尽くしたのであれば、曹洪《そうこう》、曹休《そうきゅう》、夏侯淵《かこうえん》、荀彧《じゅんいく》、郭嘉《かくか》、戯志才《ぎしさい》、劉曄《りゅうよう》、それに五虎将の張遼《ちょうりょう》、楽進《がくしん》、于禁《うきん》、張郃《ちょうこう》、徐晃《じょこう》もいる。

それらを忘れて三人だけにするところが、今の皇帝叡なのだ。それでも反対するわけにもいかず、司馬仲達は苦虫を嚙《か》み潰《つぶ》す思いで儀式に列席した。

しばらくは蜀軍に動きもなく、平和がつづいた。成都など各地で、蜀軍兵士戦傷者の治療が行われているからだろう。司馬仲達はこのときに、大きな政策を断行した。冀州《きしゅう》(河北省)で作物の実りが悪い地方の農民を、上艾《じょうがい》(山西省平定県)に移住させ、農地の開墾を図った。また、運河も掘り、堤防を築いて穀物を増産させた。

関中では武器の製造を奨励して、蜀軍の侵攻に備えていた。

しかし、一時の平穏は、遼東太守公孫淵から皇帝叡に、奇妙な贈り物が届いて破られた。蓋《ふた》を開けると冠を着けた男二人の首が入っており、宮廷内は騒然となった。

「これは、だれの首だ?」

知りたいのは、だれも同じだった。届けに来た使者は、教えられたとおりの口上を述べる。

「孫権の家臣、張弥《ちょうび》と許晏《きょあん》です」

つまり、呉の使節が公孫淵に魏を裏切るよう説得に来たので、討ち果たしたと言いたいらしい。

もともとは、公孫淵の方から孫権に友好の印として馬を贈ったのであるが、そのようなことは曖《おくび》にも出さないでいる。察するところ、呉から行ったこの二人は、公孫淵が期待していたような土産を持参しなかったのだろう。

それが、物品だったのか、地位だったのか、条件だったのかは判らない。だが、どちらにしても、使節が殺されたのであるから、呉（孫権）と遼東太守（公孫淵）との間の親交は途絶えたことになる。

魏にとっては、厄介な敵を背後に作らなくてすんだのだから、継続して公孫淵に太守の地位を認めてやればいいのだ。

しかし、孫権にしてみれば、このままで収まろうはずがない。かといって呉から遼東まで、軍船で攻め上がるには遠すぎる。また、長江を越えて魏と一戦交え、淮水と黄河を渡ることも、現実には難しい。

そこで孫権は、鴨緑江《おうりょくこう》中流に丸都城《がんとじょう》を築いて栄える高句麗《こうくり》や、遼東の北にいる鮮卑《せんぴ》に賄《まいない》して、遼東を巻き込む反乱を起こさせようとした。

すると、鮮卑の指導者歩度根《ほどこん》は蜀からも金銭援助を受けており、同族の軻比能《かひのう》と結託して魏への反乱を目論《もくろ》んだ。こうすれば遼東の公孫淵は、長城の外から背後を脅かされるはずだ。

この事態に魏は、幷州《へいしゅう》刺史畢軌《ひっき》と驍騎《ぎょうき》将軍秦朗《しんろう》が当たり、結局鮮卑は大きな反乱を起こせなかった。つまり孫権は、高句麗や鮮卑で遼東を叩《たた》けなかったわけだ。

このような、孫権の常軌をやや逸した行動は、前年（二三二年）に次男の孫慮《そんりょ》を亡くしたことによるものとされている。

長城付近が一時騒然となる中、梁幾が帰ってきた。

「どうであった？」

「はい、閣下が推測しておられた鬼虞美人草《おにぐびじんそう》は、南中にはございませんでした。しかし、それよりもっと南、つまり交趾《こうし》の西に当たる地方では、高原に咲き乱れているそうです」

「では、嫦娥散《じょうがさん》は？」

「そのあたりの山岳民族の、痛み止めだそうです」

「売っているのか？」

「家庭の常備薬を、南中の連中が、ときどき食糧と交換していたとか」

「そうか、諸葛亮のやつ、南中の孟獲《もうかく》からそれを貰《もら》ったんだな」

最初は、疲労回復薬としてだろう。

「そのようです。それゆえに、七回も捕らえながら逃がしてやったのでしょう」

「なるほど。そうでないと孟獲だけを、ああまで特別扱いした理由が判らぬからな」

こうして、まだ謎が多々あるにしろ、嫦娥散の出所だけは判ってきた。

「それで、諸葛亮は鬼虞美人草の栽培も始めているのか？」

それは鄒娜や徐庶が、傷の治療に有効だと教えたからだ。

「はい、孟獲と取引したのがもう八年も前ですから、蜀のどこかで栽培されていてもおかしくはありません」

いや、きっとしていると考える方が自然である。

「噂はきかぬのか？」

「土地や気候が合うかどうかも含めて、もう少し調べてみます」

梁幾は、また姿を消した。

蜀で大量に嫦娥散が生産されていたとすれば、兵は何度も戦場に向かわされる。そう思っただけで、司馬仲達は背筋に寒いものを感じた。

「孫権が、合肥《ごうひ》へ親征してまいりまして」

晩秋から冬に入りかけているとき、報告に来たのは、弟の司馬孚《しばふ》だった。彼は、満《まん》寵《ちょう》と一緒に迎え撃ったのだから、少なくとも負けなかったのは判った。

「孫権は、合肥まで軍船数十隻《せき》で押し寄せてきましたが、その先が湿地帯だったので進めませんでした」

つまり、そのような所を選んで司馬孚は満寵と新しい砦《とりで》を築いたのである。

「満将軍（寵）は、孫権の心を読んでおりました」

彼は、公孫淵に翻弄《ほんろう》されて、腹立たしい気持を解消するためだけに合肥を攻めたのだ。それゆえ、本気で攻略するつもりなど端《はな》からない。きっと湿地帯の小島に下船して、呉の皇帝孫権ここにありと、大見得を切って恰好《かっこう》を付けたいだけだ。

満寵は、そう見ていたのである。

そして、彼の予感が当たったとき、魏軍は小舟を出して一斉攻撃に出た。孫権は慌てて軍船に戻ったが、逃げ遅れた将兵が折り重なって溺《おぼ》れたという。

25

張郃が戦死した諸葛亮の北伐から、三年が経過した。この青龍二年(二三四年)、まず山陽公(劉協)病没の訃報《ふほう》が都人士の涙を誘った。

陳王(曹植)のときとは違い、漢朝最後の皇帝を覚えている人は、無論多い。

「献帝が、ついに崩御か?」

このように言う官僚もいた。普通、諡《おくりな》は、死後に付ける。だが、劉協の場合は禅譲で帝位を曹丕に献上したから、当時から献帝以外の諡は考えられなかった。

「主上は国葬をもって、漢最後の皇帝だった人物に、弔意をしめされるそうだ」

「それは、礼儀としても、仕方がないことです」

最近、屋敷へときおり訪ねてくる司馬孚は、兄（司馬仲達）の気持が判っていた。それは、決して献帝の死を悼《いた》んでいるわけではない。

劉協の死と相前後して、洛陽を中心に流行病《はやりやまい》があったのだ。陳倉で活躍した将軍郝《かく》昭《しょう》も、これで帰らぬ人となっている。

皇帝叡は彼を買っていただけに、心では彼に対する供養の意味が強かった。

「だが、山陽公の死で諸葛亮の大義が、またぞろ浮かび上がるだろうな」

「すると、また彼らの言う北伐が？」

「ああ、始まろう。しばらく間を置いているからな。やつらも、それなりに充分準備ができたはずだ」

「ならば、それに呼応する恰好で、呉の孫権も出てきますか？」

「最近あいつは、公孫淵の一件と合肥への親征もそうだが、浮かれてはしゃいでいるのか？　それとも、物事に集中できないのか？　よく、判らなくなったな？」

「はい、次男の孫慮の死が原因と言われておりますが、以前のような、思慮深さに欠けているようです」

「おまえも満寵に、その辺を突くように助言してはどうだ？」

「それは、満将軍（寵）も感じているようです。それに……」

司馬孚は言葉を切って、にっと笑う。

「どうしたのだ？」

司馬仲達は、弟の表情がなにを意味するか、量りかねた。

「昨年の呉軍撃退を評して、古参兵は『張将軍（遼《りょう》）の風《ふう》あり』と、皆が皆、称《たた》えております」

魏の五虎将に肩を並べる将軍が再来したと聞いて、司馬仲達もにやりとする。その調子なら、今の孫権を相手にして大丈夫と思ったからだ。それに、司馬孚の策を受けていれば、司馬仲達としては関中へ駒を進める諸葛亮に集中できる。

「頼もしい限りだ。呉からの防衛は、彼に任せるので、しっかり補佐をしてくれ」

兄の言葉に司馬孚は、再度にっと笑って部屋を出て行った。

「諸葛亮が、成都を出発しました」

蜀帝劉禅に出兵を上奏し、魏に対し宣戦布告して、諸葛亮自ら兵十万人を擁しての出陣である。他に将軍は魏延《ぎえん》、楊儀《ようぎ》、姜維《きょうい》、王平《おうへい》らである。

蜀のようすを探っていた梁幾は、司馬仲達が一番知りたい情報を話す。

「鬼虞美人草の栽培は、あまり上手《うま》く行かなかったようですが、目標の三割程度は生産できています」

「それが、どの程度なのかは、ちょっと判りにくいな」

仮に三割の兵が重傷を負うとして、その三割の兵が使う分というならば、九千人分ということになる。

実際、それでも結構な量になろう。

「詳しい量は、確かに摑《つか》みにくいのです。ですが、諸葛亮はそれを贈答品にもしているようです」

「だれへのだ？」

言いながら司馬仲達は、直観《ちょくかん》が閃《ひらめ》いた。

「孫権にだそうです」

なぜか、やはり当たったと思った。

「あいつも、夢が見られるとの触れ込みで、丁重に桐箱に入れて使節が持参したとか」

「いえ、怪我をしたのか？」

それは煙を吸い込んで、痛みを感じていないときの状態を言っているらしい。使節は煙の吸い方を披露して帰ったという。

無論、孫権は部下に何度も試させてから自分も吸ったのである。

「それで、孫権は気に入ったのか？」

「はい、これこそ、不老長寿の薬だと、大いに愛用しているとか」

そのとき司馬仲達は、諸葛亮の意図がまだ判らなかった。それよりも彼の指揮する軍が、蜀の桟道のどこを通るかを斥候に調べさせていた。

「斜谷道を使っています」

その報告に司馬仲達は、他の道を使って背後へ迂回《うかい》している伏兵がいないかどうか、斥候に何度も調べさせた。それは、それまでの諸葛亮の進撃が、いつも西寄りを通っていたからである。

「斜谷道だけです」

その再三の報告に、総大将を仰せつかった司馬仲達は、諸葛亮の策戦を頭で計算してにっと笑う。

「いいか。あいつは、短期決戦をしようと目論《もくろ》んではいない。したがって、斜谷道を出て右に折れ、一気に郿や武功を攻める戦略は、多分採らない」

「はい、みどもも、そう思います」

「やつの用心深い性格なら、おそらく五丈原で取り敢《あ》えずの陣を敷くだろう」

司馬仲達はそのように予想すると、関中で作らせていた武器や上艾《じょうがい》の穀物を郿へ輸送した。しばらくして彼の言うとおり、諸葛亮は関中へ入ると躊躇《ちゅうちょ》なく五丈原に陣を敷いた。

一時はそのまま渭水を越えようとする動きも見せた。そこで司馬仲達は、将軍周《しゅう》当《とう》に対岸から矢を浴びせさせて誘ったが、諸葛亮はそれに乗らず、五丈原に籠《こ》もった。

そこは、渭水へ突き出る台地の草原で、周囲は十丈（約二四メートル）ばかりの崖《がけ》に囲まれている。斜谷道から入るには、一本の道がある。また、背後の基盤山《きばんざん》へ至るには、五丈（約十二メートル）の隘路《あいろ》を通らねばならない。

それゆえに、この名があるらしい。蜀軍が、次の行動を起こす前に陣を敷くには、一見良い場所ではある。

「今頃言うのも遅きに失しておりますが」

普段あまり質問しない楽綝が、おもむろに訊《き》きにくる。

「当初から、五丈原を魏の砦《とりで》にしておくことは、お考えになりませなんだか？」

確かに、そのような選択肢もあったと、だれでもが思う。それに対して、司馬仲達は明快に応《こた》えた。

「もし、魏軍が五丈原に砦を築いておれば、諸葛亮は直接武功や郿へ撃って出ていたろう」

その際は必死になるから、魏としてはかえって防ぎにくい。

「しかし、あの台地を手付かず空けておけば、諸葛亮は必ず攻略準備の陣を敷く」

「諸葛亮は、事前に下調べをしていたのでしょうか？」

無論、充分過ぎるほど調査しているはずだ。そして、司馬仲達の意図も読んでの上だろう。それを敢えて籠城《ろうじょう》に近い恰好になったのは、彼なりの理由があるはずだ。

今までの北伐は、西の桟道を通って、祁山なり上邽なりを狙った。つまり、長安を攻略するための橋頭堡《きょうとうほ》が欲しかったのだ。その戦略は、基本的に変わっていない。問題は、兵站《へいたん》の確保である。つまり、戦略物資である輜重《しちょう》の輸送だ。なかんずく、食糧ということになる。前回は、木牛など輸送道具を工夫して食糧を確保したようだ。しかし、結局充分ではなかったので侵攻を断念したのだ。

つまり魏側としては、いくら橋頭堡を作られても、戦闘せず持久戦に持ち込めば、放っておいても蜀軍は音を上げる。それを待てばいいことになる。

それに五丈原は、籠城に適していても、撃って出るには、崖が邪魔になっている。結局のところ、一カ所だけしか軍を動かす出入り口はないのだ。

26

「新しい道具が登場しています」

それは『流馬《りゅうば》』と呼ばれ、現在の我々が使う猫車《ねこぐるま》に似た一輪車である。人間が一人で操作でき、桟道でも小走りで行き来できる。狭い道で擦れ違うのも、ぶつからないですむ。

それで、輜重輸送が楽になったのだ。もう一つ注目すべきは、蜀兵が五丈原台地の下で耕作を始めたことである。

五丈原の東には斜水《しゃすい》が流れ、渭水に合流している。蜀兵が水田を作っているのは、斜水の左岸（西側）で五丈原の東側の平地になる。これは、明らかに屯田を計画していたことになる。

ちなみに、五丈原の西側は険しい峡谷になっていて、互いに一兵たりとも動かせる地形ではない。

「蜀兵が、関中で稲作をするなど、この目で見ているだけでも不愉快だ」

将軍夏侯覇《かこうは》や張虎《ちょうこ》、楽綝《がくりん》らがそう言い、司馬仲達は、出兵してみたくなった。

「胡遵《こじゅん》と郭淮《かくわい》は防備を固めておれ、儂《わし》は諸葛亮に挨拶《あいさつ》してくる」

彼は、三将軍に命じた。ただ、それぞれが率いる千騎には、盾を背負わせた。そうして、屯田兵を標的に攻撃をかける。

ところが伏勢に攻撃され、連弩《れんど》の矢を浴びた。無論、夏侯覇と張虎、楽綝は、ほとんどを盾で防いで、それらを雨粒のごとく撥《は》ね除《の》けている。

だが、結局のところ、決着はなかった。

「やつらの魂胆が見えた」

司馬仲達が兵を引いても、蜀の兵は追撃してくることはなかった。そこで、司馬仲達は将軍たちを集める。

「やつらの弱点は、やはり補給だ」

彼が言うと、夏侯覇が反論を述べる。

「しかし、司馬大将軍。蜀軍は五丈原を要塞化《ようさい》して、流馬で輜重を調達しています。そのうえ屯田までされたら、いくら持久戦に持ち込んでも、相手は持ち堪《こた》えるのではないでしょうか？」

「ならば訊くが、攻撃側が初めから持久戦をするために遠征すると思うか？」

この問いに、夏侯覇でなくとも、目から鱗《うろこ》が落ちる思いだった。確かに、端《はな》から籠城などという策戦は、もともと攻撃側が取らないものだ。

「では諸葛亮は、なぜ、籠城のような真似を……？」

「こちらの、攻撃の乱れを待って、それを突いてくるつもりなのだ」

「それにしても、なぜ、そうだと判りましたか？」

不思議そうに訊く張虎を見て、司馬仲達は屯田の方向を向いて応える。

「整然と耕作されているものの、全体の穀物量が、それほどでもないからだ」

つまり、挑発して攻撃させるための小道具に過ぎぬのである。無論、耕作している兵士は、自分たちの糧になると信じて、丹精している。

また、固定式の連弩を使うこと自体、諸葛亮が動くつもりはないからだと、司馬仲達は言う。

「しかし、それでも流馬という小道具で、輜重は充分に運ばれてきます」

「それで、どうすると思う？」

「と、言いますと？」

「蜀側は、大量の軍兵が出られる場所は、一ヵ所だけだ。我らは、やつらが我慢できなくなって出てきたとき、そこに向かって矢を雨のように降らせればいいのだ」

司馬仲達は、飽くまでも諸葛亮は受け身だと言いたいのである。そして、皇帝叡に報告がてら、霹靂車《へきれきしゃ》（官渡の戦いで登場させた石投機）を取り寄せることにした。運搬と発射の指揮は、将軍牛金《ぎゅうきん》と指定した。

またこのとき、梁幾には、陣地に接近して情報を取るように命じた。

「五丈原に、大石を撃ち込みますか？」

楽綝が、面白そうに訊く。

「虚仮威《こけおど》しぐらいには、なるかもしれん。だが、一番効果があるのは、屯田の耕地が実りそうになったら、革袋に油を詰め込んで撃ち込み、その後、火矢を雨霰《あめあられ》と降らせることだな」

屯田の収穫が無になって、真面目に食糧を期待していた兵たちの士気を削《そ》ぐには、頗《すこぶ》る効果的な策戦だ。

「ところで、諸葛亮はどの辺に本陣を置いているのでしょう？」

将軍たちは、口を揃えてそのように訊いてくる。司馬仲達は、おおよその所は判るが、念のため梁幾に探らせているのだ。

その頃、諸葛亮からの使いが司馬仲達のもとへ二人来た。彼らは武装を解かれ、白刃を構えた魏兵十人に囲まれたまま、はっきりと口上を述べる。

「司馬大将軍が、郿県までお引きになれば、蜀軍は五丈原以上には進出いたしませぬ。これで、いかがでしょう?」

彼らはそう言って司馬仲達を見あげる。そこには、顔が隠れるほど髯《ひげ》を伸ばした男がいた。司馬仲達は、伸びるがままに凄味《すごみ》を付けて顔をそれとなく隠した。後日、遠くからの弩弓を使った暗殺を恐れたのだ。

はっきりと面が割れなければいいのだ。

司馬仲達は、仮面を付けた心地のまま、使いの問いへ応える。

「笑止千万な申し入れじゃ。もともと侵攻してきたのは蜀軍ではないか。察するところ、物資が欠乏しているようだが、退却してたらふく食べて出直しなされ」

「いいえ、われわれの食糧は充分に足りております。このまま、いつまでも五丈原に陣を張れるほどです」

「では、諸葛丞相《じょうしょう》(亮)が、お子様に代替わりなされても、心ゆくまで何年なりと五丈原に陣をお張りなされ」

提案を一蹴《いっしゅう》されて、使いどもは顔を見合わせる。

「ところで、丞相はお元気か？」

この問いに、使いの二人は嬉《うれ》しそうに応《こた》える。

「丞相は、朝早くから遅くまで、各部署へ命令を下され、さまざまな決裁をなさいます。その精力的な仕事ぶりには、みどもらも圧倒されております」

「お食事も、たらふく摂《と》られておるのか？」

「食事は、至って質素でございます」

「さようか。お達者でとお伝え下され」

「はい、それで、我らの申し出は？」

「『残念ながら』とお伝えいただくしか、ございますまい」

司馬仲達の冷静な返事をもらい、使いはすごすご帰って行った。その後姿《うしろすがた》を見送りながら、司馬仲達は感想を漏らす。

「やつらが言ったことは、本当だろう。諸葛亮がそれほど働いているということは、彼の代わりがいないのだ」

言葉を換えれば丞相は過労ぎみで、食事を摂る元気もないことになる。決して兵糧を節約するための倹《つま》しさではない。

「蜀は、五虎将に代わる将軍はいるが、劉備や諸葛亮に代わる策士才人が大いに不足している」

だから戦いを挑発して、この北伐をできるだけ有利に終えようとしているようだ。

その感想を裏付けるように、梁幾が蜀軍陣地近くから探った報告をもたらした。

「良い匂いがしたか？」

周囲で聞いていた者は、司馬仲達の言う意味を理解できなかった。

「はい、それが、諸葛亮の痛み止めでしょう。隘路《あいろ》近くに固めたやつの本陣から、毎日流れてまいります」

それだけ聞くと、司馬仲達は軍を動かす決意をした。

「我が魏軍の陣地を、一部渭水右岸へ移すこととする」

その命令に、将軍たちは色めき立った。

「総攻撃ですか？」

「違う。単に陣地を一部移して待機だ」

「えっ、それでは……」

今は渭水を挟んで五丈原と対峙《たいじ》している。だが右岸ならば、背後に渭水を置く絶水《ぜっすい》という布陣の禁忌だ。

いわゆる『背水《はいすい》の陣《じん》』である。だから、将軍だけでなく、校尉や兵卒も常識外れに驚いたのだ。

「なぜ、そのようなことを？」

「蜀軍は、動けぬ。だから、こちらから焦《じ》らしてやる」

魏の兵士は、それでも蜀軍の攻撃を警戒しながら渭水を渡った。すると五丈原の蜀軍にも、なにかざわつきが感じられる。

台地越しに、連弩《れんど》の一斉射撃があるかもしれない。だが、さすがに矢頃ではなかったようで、箭《せん》は降ってこなかった。

「これで、蜀軍は気が気ではないはずだ。諸葛亮も、攻撃がありそうでないのは、きっと厭《いや》だろうからな」

その後、司馬仲達の所へ、諸葛亮からの手紙が来た。包みを開けてみると、文字は一つも書かれておらず、ただ笄《こうがい》と櫛《くし》が献呈としてあるだけだった。

「意味が判るか？」

司馬仲達が左右の将軍に問うと、判る者はいない。

「奥方への土産のつもりでは？」

張虎の解説に、司馬仲達は笑う。

「なぜ、蜀の丞相ともあろう者が、敵の儂《わし》の妻に土産をくれるのだ？」

そう言われると、謂《い》われがない。

「先日、使いに身体を労《いたわ》るように仰せでしたから」

それでも、司馬仲達の妃《きさき》への贈物とは、理屈に合わない。しかもよく見ると、それらは新品ではない。

「これはな」

司馬仲達は嗤《わら》いながら解説する。

「なかなか攻めてこぬ儂を、女の腐ったような男だと、中傷するために贈ってきたのだ。やつも、いよいよ永くはないぞ」

27

「孫権が、宣戦布告してきたそうです」

ずっと戦闘状態にあるのに、今さらなんのための布告かと思える。張虎は報告しながら、そのように言いたげだ。

「我々にではない。蜀の諸葛亮に聞こえるよう、声高に喧伝《けんでん》しているのだ」

「つまり、義理を果たしていると？」

そのとおりと、司馬仲達は応える。そのうえで、呉の狡《ずる》さも教えた。

「同盟とは言うが、孫権は諸葛亮（蜀軍）の策戦を、しっかり見極めたうえで呉軍を出しているのだぞ」

「つまり、双方が渭水と五丈原を挟んで膠着《こうちゃく》状態にあるということですか？」

「そうだ。儂は動けず、魏軍を展開し辛《づら》いと読んだのだろう」

司馬仲達は笑うように言い、張虎は、また口を歪《ゆが》める。

「道を弁《わきま》えた御仁と思っておりましたが、これでは火事場泥棒です」

「あるいは、漁夫の利を占めようと言うのかも知れぬが、諸葛亮の命は消えかけておる。孫権は、とんだお調子者だ」

「えっ、諸葛亮は、健康ではなかったのですか？」

張虎は、使者の言葉を信じている。

「痛み止めで身体を労っているところをみると……」

末期の癌であったろう。まるで華佗のように病状を推測する司馬仲達に、張虎は驚いてものが言えない。梁幾が言う良い匂いとは、嫦娥散を焚《た》いて、鎮痛のためそれを諸葛亮が吸っているからだ。

「いいか、このことは、まだ伏せておけ。ただし、血気に逸《はや》って撃って出るな。だが、将軍同士で揉《も》めてみよ」

「はっ、それでは……？」

司馬仲達は、奇妙な指示を出した。張虎は言われたまま、夏侯覇や楽綝を焚き付けに行った。

一方呉軍は将軍陸遜《りくそん》と諸葛瑾《しょかつきん》を、荊州の入り口とも言える夏口へ進撃させ、同じく将軍孫韶《そんしょう》、張承《ちょうしょう》が広陵から淮陰《わいいん》へ向かっているらしい。

「孫権自身は、出てこぬか？」

「それが、孫権は、合肥の新城へ向かったということです」

「やはり、あいつは浮かれているようだ。これは、諸葛亮の策戦勝ちだな」

この呉の態度に、皇帝叡が親征を決意して、彼は合肥へ向かうことにした。

「主上が戦っておられるのに、我らは五丈原を遠望するだけで、ただじっとしているのですか？」

「このままでは、魏軍の恥ではございませぬのか？」

若い将軍たちが、張虎の煽動《せんどう》で騒ぎ出した。皆、口々に主戦論を唱えている。

「蜀の陣営はどうだ？」

司馬仲達が訊《き》く相手は、梁幾である。

「司馬大将軍（仲達）の策戦どおりです。魏軍の将軍が揉めているので、進撃を期待しているようすが見えます」

「どのようにして探るのだ？」

梁幾が身を置いているのは、五丈原の西側の峡谷の対岸である。

「風下に立って、目視しております」

「それで、本陣はざわついているのか？」

「はい、それに良い香りの立つ頻度《ひんど》が増しております」

蜀軍は、魏軍の侵攻を待っているのがよく判る。もし、一ヵ所しかない出入り口に向けて侵攻すれば、魏軍の侵攻を待っているのがよく判る。

「怯《ひる》んだ隙を突いて、連弩を浴びせるつもりだろう。乾坤一擲《けんこんいってき》の賭《かけ》に出るつもりらしい」

「実は、それについて、蜀軍に動きがありまして」

梁幾が説明しようとしたとき、陣の外から歓声があがった。司馬仲達と梁幾が見に行くと、洛陽から長安を経由して、ようやく霹靂車《へきれきしゃ》が十基届いたのだ。

「早く組み立てて、これにて五丈原の蜀軍陣地へ、石でも油の袋でも撃ち込んでやろうぞ!」

「待て。総《すべ》ては、主上からのお言葉を聞いてからだ」

いきり立つ将兵たちを宥《なだ》めるのは、張虎だった。彼は、運搬してきた将軍牛金《ぎゅうきん》が持参した朱塗りの筐《はこ》を受け取って、恭しく司馬仲達に渡す。親書が入っているのだ。

司馬仲達は紐《ひも》を解《ほど》いて蓋《ふた》を開け、中の書状を拡げていく。

「では、読みあげる」

『朕《ちん》は、これより合肥の孫権を討ちに出かける。しかし、誤解してはならぬ。魏の皇帝が討つのは、飽くまでも呉である。蜀は関中で、それに魏軍が呼応するのを待っておるのだ。決して、諸葛亮の術中に嵌《はま》ってはならぬ。放っておけば、蜀軍は自滅するのだ』

「と、このようなお言葉だ。謹んで従わねばならぬ」

司馬仲達は朗読した後、書面を夏侯覇、張虎、楽綝、胡遵、郭淮らの将軍たちに回覧した。

これで、主戦派の意見は確実に抑えられた。だが、霹靂車の組み立ては、渭水右岸に運ばれて始められる。

「組み立てが終われば、五丈原を囲むように十基総て配備いたしますか？」

気の早い楽綝は、攻撃がしたくて堪《たま》らないのだ。

それに対して、司馬仲達は笑っていただけだ。それよりも、中断された梁幾の報告が気になった。

「蜀軍の動きとは、なんだった？」

「はい、魏延の軍が、ときおり険しい峡谷を調べて廻《まわ》っています」

それは、魏延の意地と思えた。彼はかつて、子午道を通って長安への奇襲作戦を提案し、諸葛亮に一蹴《いっしゅう》されている。それがここに来て、攻め手がわざわざ籠城《ろうじょう》してその挙句、捨て身の策戦を決行しようというのが、不愉快なのだろう。

だが、彼はかつて自棄酒《やけざけ》を呷《あお》って落馬して、大怪我をしていた。それを、嫦娥散を使って治療してもらったため、回復が早かったのだ。

だから諸葛亮に多少の恩義を感じ、今回は、自分なりの奇襲作戦を試させてくれと、多少は下手に出て諸葛亮を説得したのかもしれない。

「それは、心せねばなるまいな」

司馬仲達はそれらの成否も、呉の動向にかかっていると睨《にら》んでいた。だが、ある意味楽観していたのだ。呉軍の攻勢は、諸葛亮が期待しているほどの戦果を、さっぱりあげていない。

夏口へ向かった陸遜《りくそん》と諸葛瑾《しょかっきん》、広陵から淮陰の攻略を目指した孫韶《そんしょう》と張承《ちょうしょう》もしかりである。それになによりも、孫権自身が合肥の新城から早々と撤退している。

それらは総て、皇帝叡の親征があったからだ。皇帝の出馬とあって、魏の兵士は奮い立ったのである。それゆえ、楽に魏を蹂躪《じゅうりん》できると踏んでいた孫権は、大いに当てが外れたのだった。

「諸葛亮は、相当落胆しているようです。それは、遠目にも判るほどです」

梁幾はそのように報告し、その旬日後、もう芳《かぐわ》しい空気が流れてこなくなったと、司馬仲達に報告した。

つまり、司馬仲達の読みどおり、諸葛亮が失意のまま死んだのだ。

「大きな流星が、五丈原の彼方《かなた》に落ちるのを見たぞ！」

司馬仲達は、そのような噂を自軍に流した。彼は、それを大声で喧伝させ、蜀軍にも聞こえるようにした。

蜀軍の首脳が、諸葛亮の死を伏せていても、少なからぬ動揺が走るのだ。

「鉦《かね》や太鼓を打ち鳴らせ!」

それは、魏軍が一斉攻撃をかけるような殺気を、蜀軍にあたえるだろう。それに呼応するかのように、蜀軍の陣地がどんどん静かになった。

悪性の癌に冒されながらも、指揮の総てを取り仕切っていた蜀の丞相《じょうしょう》が薨去《こうきょ》すれば、もう全体を統《す》べる者がいない。

彼の策戦は、生きている内に魏軍を挑発に乗らせることだったはずだ。だが、司馬仲達は、それほど単純な男ではない。彼はゆっくりと、諸葛亮の死を秒読みするごとく待っていたのである。

諸葛亮は、それに負けた。

『大きな流星』は、無論司馬仲達が流した蜚語《ひご》である。だが、諸葛亮の死を正確に暗示していて、効果は思った以上にあった。

それゆえに、蜀軍は陣地を畳み始めたのだ。多分、諸葛亮は、自らの死に際しての遺言も認《したた》めておいたに違いない。

それは、蜀軍を見れば判った。つまり、整然と撤退をすることだ。

28

司馬仲達は、一つしかない五丈原の出入り口を見張らせた。そこには連弩《れんど》が数台据えられ、魏軍を狙っていた。

「霹靂車で、撃ち崩しますか?」

牛金が言ったとき、蜀軍の連弩が撤退した。それを追うように、魏軍が進もうとする。だがそのとき、司馬仲達は進む方角を逆にするよう命じた。

「牛金の霹靂車部隊は、東の峡谷に向かうのだ。張虎と楽綝は、五丈原から蜀軍の撤退を見届けろ。いいか、絶対に追うな。諸葛亮のことだ。自らの死をもって、罠《わな》にしていることが、充分に考えられるぞ!」

彼は大声で言うと、霹靂車とともに東の峡谷を見霽《みはる》かす場所へ行く。

「あれを見ろ。蜀軍が撤退しているのに、魏軍は遁走《とんそう》していくぞ」

策戦を知らず殿軍《しんがり》を承る蜀兵の目には、そう映ってもおかしくない状況だった。

「『死せる諸葛、生ける仲達を走らす』か。さすがに諸葛丞相(亮)は、大した人物だったのだ」

的《まと》はずれな批判をよそに、司馬仲達は指揮刀を振り翳《かざ》し、牛金に霹靂車の号令をかけさせる。そうして峡谷を前に、人の頭ほどの石をどんどん撃ち込んだ。

　すると方々で、鈍い音に混じって驚きの悲鳴が聞こえだした。

「よし、声がした方に、油を詰めた革袋を撃ち込むんだ」

　こうして谷には油が四散し、次に射《う》ち込まれた火矢で燃えあがる。すると、たちどころに断末魔の呻《うめ》きがあがり、諸葛亮が魏延と共同で、最後に仕掛けた奇襲も失敗に終わった。

　お蔭《かげ》で蜀軍の撤退だけは、事なく終わった。それは追撃を受けず、秦嶺山脈を桟道沿いに戻ったということだけだ。決して遠征そのものが、成功したわけではない。

　いや、それどころか、遠く軍兵を送って五丈原に立て籠《こ》もり、兵站《へいたん》を調えて食糧など輜重《しちょう》を運搬して消費しただけである。領土が増えたわけでも、戦利品があったわけでもないのだ。

　考えてみれば、徒労の一言に尽きる行為だった。にもかかわらず世間では、諸葛亮が司馬仲達に、一泡吹かせたかのごとく伝わっていた。

　正に、虚報である。

「みどもは、悔しさに塗《まみ》れております」

「どうしたと言うのだ?」

「五丈原の、戦いらしくもない戦いに、まるで諸葛亮の知恵が、大将軍を上回ったように言われることがです」

梁幾は、今回の魏と蜀の駆け引きには、自らが関わって諸葛亮の思惑を外したとの自負がある。だから、司馬仲達が諸葛亮の裏を完全に掻《か》いたことを、つぶさに知っている一人だ。

それゆえに、諸葛亮が死んでも司馬仲達の上を行ったように言われるのが、ことのほか腹立たしいのである。

「立役者としての恰好《かっこう》だけなら、諸葛亮に付けさせてやればいいのだ」

「なれど、みどもは……」

梁幾は、普段から黒子に徹している。だから、司馬仲達の名前が出ることに、最近は生き甲斐《がい》を感じているのである。

「なあ、梁幾よ。こんな言葉を知っておるかな？」

『善《よ》く戦《たたか》ふものの勝つや、智名《ちめい》なく勇功《ゆうこう》なし』

司馬仲達は、言って梁幾を見た。彼の目には大粒の涙が宿っていた。

「それは、みどもが座右の銘にしている『孫子《そんし》（兵学を説いた孫武《そんぶ》の著書）』の言葉です。だから……」

言葉の意味は、『戦いが巧《うま》いとは、勝っても、知謀や勇気が人目につかぬこと』である。つまり、勝つという結果が得られれば、持て囃《はや》される必要などないわけだ。

五丈原の戦いなどもその一つで、司馬仲達は内容の充実が得られれば、世間の評価など二の次だとして、梁幾を諭したのである。

「花など、死んだ諸葛亮に持たせてやればいいのだ。それが、敬すべき敵将への供養にもなろう」

司馬仲達は、後で諸葛亮の陣地を見た。杭《くい》の打ち方一つ取っても、隙のない構築で感嘆したものだ。

「そうでした。みどもが、浅はかでした」

梁幾は、拱手《きょうしゅ》して行こうとした。だが、司馬仲達は一声掛ける。

「武帝（曹操）は、よく『孫子』の注釈をなさっていたのだ」

「はい、話には伺っております」

「それで、お好きだったのが、次の言葉だ。判るかな？」

『必ず全《まった》きを以《もっ》て天下に争《あらそ》ふ』

司馬仲達が引き合いに出した箴言《しんげん》を、梁幾は瞑目《めいもく》して聞き入り、そうして応《こた》える。

「はい、『敵を痛めつけることなく、味方にしてしまうことが、天下に覇《は》を唱える近道だ』と、解釈しております」

「そのとおりだ。だから武帝は、敵将だった者でも、能力があればお使いになった。五虎将の内でも、張遼《ちょうりょう》や張郃《ちょうこう》、徐晃《じょこう》はその典型だ」

「はい、よく判りました。しかし、呉の孫権は、自分が孫子（孫武のこと。ここでは孫先生の意）の子孫だと言うそうではありませぬか？」

「ならばもう少し、ましな進軍をしそうなものだ。どうせ、劉備が景帝（劉啓《りゅうけい》）、ひいては高祖（劉邦《りゅうほう》）の子孫だというのと、あまり変わらぬ与太話《よたばなし》だろう」

話が孫権に及んで、司馬仲達は諸葛亮から贈られたという嫦娥散のことが気になった。

「ところで、孫権のようすは、最近どうなのだ？」

「二六時中、嫦娥散を手放さぬそうです。なくなれば、『諸葛亮に言って、持って来させろ』と、大層な剣幕だと言います」

「そうか。それは気に入ったものだな。しかし、諸葛亮が死ねば、後はいったいどうなろうな？」

「それも探りますが、それよりも蜀の国内を探れば、答《こたえ》がでるかもしれませぬ」

梁幾はそう言うと、さっと姿を消した。彼の言うとおりかもしれない。

実は他の間者の報告によれば、蜀軍は漢中へ撤退した際、既に大きな内紛を起こしているらしい。

その元凶は、峡谷から兵を繰り出して、魏の陣地を急襲しようとしていた魏延である。彼は撤退を詰《なじ》って、軍の先頭へ躍り出たという。

そこには、諸葛亮の遺体を納めた柩《ひつぎ》があったのだ。

「諸葛丞相《じょうしょう》（亮）の死は、確かに蜀軍にとって打撃である。しかし、ただ一人の死をもって、策戦の総《すべ》てを断念するとはどういうことだ？」

「断念するのは、丞相の遺言です」

魏延の詰問に、遺言書を預かった楊儀《ようぎ》が説得に当たる。

「それを、肯《き》く必要があるのか？」

「丞相は将軍を兼ねておられました。ですから、戦陣においては、皇帝といえど逆らえませぬ」

楊儀を応援し、姜維《きょうい》が魏延に反論した。

「将軍とて、生きていて初めて権力が振るえるのだ。死んでしまえば、次の将軍が全権を握るのが本来の軍のありようだ」

それに対して、またも楊儀が応える。

「次の将軍という規定は、遺言にございませぬ。敢《あ》えてそれを問うならば、皇帝に上奏してからです」

「戦場において、そんな悠長なことを言ってられるか。今は、儂《わし》の言うことを肯けばいいのだ」

「ここはもう、戦場からも離れておりますれば、総ては成都で」

あまりにも一方的な言葉に、楊儀と姜維は魏延を相手にせず、柩を護《まも》りながら成都へと退却していく。その軍勢は数万人あるので、五千人程度の魏延の兵では太刀打ちできない。

それでも魏延は、自軍を連れて撤退軍の先回りをし、南谷口で正面から軍を突進させようと待ちかまえた。正に精神が昂揚《こうよう》し過ぎて、尋常な判断を喪《うしな》っている。

「乱心したか」

魏延の暴挙を聞いて、撤退の殿軍《しんがり》を務めていた王平と馬岱《ばたい》が駆けつけてきた。

「儂は奇襲を見破られても、さらに魏軍に突進する意気地は持っておる。しかるに、このざまはなにごとだ！」

魏延は、剣を抜いて振りあげ、なおも楊儀と姜維を詰った。

「諸葛丞相が他界されて、まだ柩が成都にも戻らないうちに、恥を知れ！」

王平の叱咤《しった》に魏延が一瞬狼狽《うろた》えたが、その瞬間に馬岱が魏延を斬った。それでも魏延は笑ったまま、魏軍へ奇襲をかけるべきだと叫んでいた。

「この男、以前怪我をしたが、回復してから奇妙なことを口走るようになったな」

「いや、そうかと思えば諸葛丞相には、いやに遜《へりくだ》った側面もあったぞ」

王平と馬岱は、死んでなお笑ったごとき魏延を見て、訝《いぶか》っていた。その顔を、楊儀が唾《つば》を吐いて足蹴《あしげ》にしていた。

魏延が死んで、一番ほっとしていたのは、同士討ちを強要されかけていた彼の軍兵だったようだ。

第五章　魏志倭人伝（二三四～二三九）年

29

「まさか献帝が、黄泉《よみ》の地下からの祟《たた》りではありますまいのぅ？」

「そんな。主上が礼を尽くして埋葬されたばかりなのに。祟っていては、罰が当たりますぞ」

「そうです。漢の帝位を譲ったればこそ、魏が世を安定させたのです。祟るのであれば、不甲斐《ふがい》なかった自らか、宦官《かんがん》どもでも相手にすればいいのです」

宮廷人がこのように言うのは、洛陽では珍しく地震があったからだ。大廈《たいか》高楼《こうろう》では瓦《かわら》が落ちる騒ぎだったが、建物の倒壊等はなかった。

もう、朝夕はかなり冷え込む時期だっただけに、一つ間違うと火事が懸念されたところだった。

彼らが噂した後漢の献帝は、五丈原での攻防が終わった直後、領地の山陽で正式に埋葬された。正式というのは、魏の皇帝曹叡《そうえい》が参列し、漢朝廷最後の皇帝としての体裁を調《ととの》えたということだ。

それゆえ、遺体は禅陵《ぜんりょう》と呼ばれる御陵に安置された。周囲には墓守のための村落もあり、いわば至れり尽くせりの対応がなされたのだ。

「だから、祟《たた》ろうはずがありますまい」

「ならば、諸葛亮の歯軋《はぎし》りということもありますな」

諸葛亮は五丈原で、いわば志《こころざし》半《なか》ばの死を迎えた。だから魏に対し、まだ意地が残っているという理屈だ。

「太尉《たいい》は、どう思われます？」

霹靂車《へきれきしゃ》を指揮した牛金《ぎゅうきん》が訊《き》く。

「諸葛亮は、死んだ後にまで魏に言いたいことなどあるものか。もしあるなら、むしろ脳天気な、成都の御仁（劉禅）に対してであろうな」

五丈原から凱旋《がいせん》を果たした司馬仲達は、この度《たび》太尉に就任した。大将軍でも軍事部門の長に変わりはないが、太尉は三公の一つで、身分的な格式は高くなる。

「確かに、先日の地震で、成都でも大きく揺れていたのであれば、諸葛亮の気持でしょう」

なおも言葉を継ぐ牛金は、もともと曹仁の配下であった。曹仁の死後、一応司馬仲達麾下《きか》に組み入れられたが、なかなか活躍の場がなかった。

それが、今回の五丈原では峡谷へ向けて霹靂車を使う指揮をして、的確な指示が司馬仲達に認められたのだ。それは、次に何かあれば、出陣させるということだ。

「諸葛亮は、言いたいことを地震で伝えたりせず、行動や遺言で示す男だ」

「はい、そう言えば、諸葛亮が言う蜀の北伐とは、わが魏に対する大義であり意地でもあったわけでした」

牛金が言うまでもなく、魏は漢の帝位を簒奪《さんだつ》したものであり、劉氏の後継者は劉備であり劉禅だということだ。

「だが、今の蜀の皇帝では、魏から政権を奪っても政《まつりごと》は覚束《おぼつか》ないだろう」

「そうです。終日後宮に入り浸《びた》りで、酒ばかり呷《あお》っているらしいですな」

国家元首がこのような状態ならば、周辺は隠しておきたいものだ。だが、なぜか漏れてくるのである。

「諸葛亮は、政と軍事の双方を監督したための過労で死んだのだ」

おそらくは、末期状態の癌であったろう。

「なるほど。それだけ、有能な人物だったわけですか」

「もしくは周囲にいる者が、使い物にならぬということだ」

「それにしても劉禅は、酒色で身体を痛めつけているはずなのに、至って壮健であるとか。いやはや、皮肉な話です」

「世の中、そういったものだ」

「それにしても諸葛亮は、五丈原で名前だけは上がりましたな」

「確かに。だが、それでいいのだ」

牛金も、梁幾と同じ感慨を抱いて悔しそうだ。だから、同じ説明で納得させた。

無論、司馬仲達は、諸葛亮の有能は認めている。だが、自分自身がさっぱり太刀打ちできない相手だなどとは、毛頭思っていない。事実、内容は自分が断然勝ったとの自負がある。

ところが翻って考えてみると、諸葛亮の立場に廻《まわ》ってみれば、天下三分の計は実に美事である。

魏と呉を向こうに回して、益州（四川省）を攻略して蜀を建てるなど、一種の離業であった。しかし、大義を貫徹するためとはいえ、北伐を繰り返したのは愚挙《ぐきょ》としか思えない。

彼の勝算は、百分の一の確率に賭《か》けたとしか思えない。それは、魏軍の虚を突いた侵攻ができて、その際に呉が広陵や合肥、夏口へ一斉に侵攻できたときだ。

それらが同時に成功することは、百に一つ程度である。

ところが頼みの綱の孫権は、賄《まいない》に使った嫦娥《じょうが》散《さん》が気に入ってから、どうも常軌を逸するような行動に出ている。

「呂壱《りょいつ》という家臣が孫権に取り入って、呉はしばらく混乱いたします」

これは、合肥を守備している満寵からの報告だ。それによると、孫権は呂壱なる佞臣《ねいしん》を寵愛《ちょうあい》し、彼に法律運用の権限を持たせているという。彼は寵をいいことに、法を厳しく運用し、周囲を震え上がらせているらしい。

それは、前漢の武帝（劉徹）が晩年寵愛した江充《こうじゅう》を彷彿《ほうふつ》とさせる。彼も法を厳しく運用し、皇族を何人も罪に陥れて評判を取ったのだ。

「江充は、巫蠱《ふこ》の乱（前九一年）の原因《もと》を作って、その後誅殺《ちゅうさつ》されたな。どうせ呂壱も、同じ運命だろう」

「はい、それも呉領内では、時間の問題と噂されております」

「それにしたところで、孫権の目矩《めがね》が曇りだしたのは事実だろう。前漢の武帝も、当時は惚《ぼ》けの兆候だったのだな」

司馬仲達の感慨を聞きながら、満寵の使いは拱手《きょうしゅ》して退いた。そして数日後、梁幾が蜀のようすを探って戻ってくる。

「魏延の横車がなくなって、蜀は団結しそうかな？」

「いえ、なかなか、そうもいかないようです。結局、諸葛亮の後釜《あとがま》が決まりにくいのです」

まずは能力の問題もあろうが、さまざまな権力闘争があるのだ。

「諸葛亮の遺言では、だれだったのだ？」

「問題はそこなんです。柩《ひつぎ》を持ち帰り、魏延の要求を撥《は》ね除《の》けた楊儀が、きっと自分に違いないと思っていたようで」

「それで、だれになったのだ？」

「はい、蔣琬《しょうえん》がなりました」

だれとでも折り合いのいい男だが、隅々まで気配りが利くらしい。

「だが、丞相《じょうしょう》という器ではない。それでは楊儀も、きっと黙ってはいまい」

「はい、しかし、彼は普段から魏延と仲が悪かっただけでなく、我が強い分だけ慕う者が少ないのです」

確かに、諸葛亮の柩を無事持ち帰っただけでは、後継者になるというわけにはいかない。今の蜀の人材であれば、帯に短し襷《たすき》に長しと言った状態なのだろう。

逆に言えば、諸葛亮ほどの人材は、なかなか得難いことになる。

「そう言えば、諸葛亮を劉備に紹介した男が、まだ残っていたな？」

「はい、徐庶《じょしょ》です。彼が、妻の鄒娜《すうだ》(張娉の実母)と一緒になって、嫦娥散を製造管理しているようです」

この夫婦が建安年間の末に、蜀へ行ってしまったのは、魏にとって大きな財産を失ったのと同じだった。

「嫦娥散を使うことで、やはり傷痍兵《しょういへい》の回復が早いのか？」

「それはありますが、何度も使ったりしているうちに、かえって薬なしでいられぬ者も増えているようです」

その説明が、司馬仲達にはよく判らなかった。

「どういうことだ？」

「深酒を毎晩していれば、酒がなくなると居ても立ってもいられなくなるほど苦しむ連中がおりましょう。あれと同じ症状が、嫦娥散にも起こるのです」

30

洛陽周辺に流行病《はやりやまい》が蔓延《まんえん》した。皇帝叡の養母だった郭皇太后も、許昌にいながら、その病で身罷《みまか》った。

そうかと思えば、年が変わると、寿春《じゅしゅん》の農民の妻が仙女の生まれ変わりと言いだして、病人を治療しだした。彼女が汲《く》んでくる泉の水で傷口を洗うと治癒する者が続出したという。

そんなとき、青州は北海郡《ほくかいぐん》の寿光《じゅこう》県に、隕石《いんせき》が落ちたという話まで伝わった。

喜んだのは皇帝叡で、これこそ天帝が自分を叱咤《しった》激励《げきれい》してくれている証左だとして、洛陽宮の大改修を始めた。

「疫病退散の、祈願も兼ねていたそう。そういえば、寿春に病気を治す仙女がいるらしい。屋形《やかた》を奥御殿に造ってやろう」

こうして、農民の妻が洛陽宮へやってきた。これは、皇帝叡に終生付いてまわった気紛《きまぐ》れと浪費癖だが、側近の曹爽らも勧めていたのである。

しかし、さすがに宮中でも、これを諫言《かんげん》する硬骨の士が現れた。楊阜《ようふ》や高堂隆《こうどうりゅう》、楊《よう》偉《い》、蔣済《しょうさい》らは、皇帝に詰め寄る。

「そのような予算があれば、堤防の建設や荒れ地の開墾をすべきです！」

「改修用の木材は、墓所に植えられている松や柏《かしわ》を伐採し、被害は死者に及んでおります。これでは、孝の心が蔑《ないがし》ろです」

「呉も蜀も滅びておらず、それでなくとも辺境に駆り出された働き盛りの男は多いのです。これでは、農作業すらままなりません。人民から、そのような時間を奪ってはなりませぬ」

それを遠目にしていたある官僚が、宮中へ参内してきた司馬仲達に、声を潜め心配顔で訊《たず》ねる。

「あのように言って、大丈夫ですかな？」

「主上の性格なら、彼らの言うことをお肯《き》きになりますまい。ですが、あの四人を処罰もなさいません」

「そうですかなァ……？」

皇帝叡は、生来建築物が好きだった。だから、許昌に離宮や廟《びょう》を建て、洛陽では宮殿の改築や増築をどんどんするのだ。しかし、呉や蜀と開戦すれば宮中でじっとしておらず、直ぐに甲冑《かっちゅう》を身に着けて親征するのである。

「それゆえ民衆には人気があり、宮殿に贅《ぜい》を尽くしても、あまり非難があがらないのでしょう」

「でも、あの四人は……？」

楊阜はもと涼州の参事（庁舎の事務管理職）で刺史だった韋康《いこう》に従っていた。当時周辺には、まだ蜀へ行く前の馬超が暴れ廻《まわ》っており、涼州の庁舎も彼の攻撃を受けた。すると、韋康はあっさり降服しようとする。ところが楊阜は断固降服に反対した。馬超は彼らを全員捕らえて後、韋康の首を刎《は》ねても楊阜を許したという。武人としての意気に感じたのだろう。

しかし、その後楊阜は休暇願いを出し、涼州内にある周辺の城邑《じょうゆう》を廻って反馬超軍を組織した強者《つわもの》である。このような功績があるため、彼は多少の諫言ぐらいでは皇帝叡の逆鱗《げきりん》に触れることはないのだという。

「後の三人も、似たような性格です」

説明を聴いた官僚は、とても自分にはできぬ真似だと言い捨て、首筋を撫《な》でながら廻廊《かいろう》を進んでいった。

だが、馬超なみの反徒が、またぞろ現れた。それは、遼東《りょうとう》で鳴りを潜めていた公孫《こうそん》淵《えん》だ。まず彼は、口先で暴れだした。

「盆暗《ぼんくら》な皇帝が蜀にもおる。劉禅などという餓鬼は、政などさっぱり出来ぬくせに、酒と女なら花柳界の客より達者だというから畏《おそ》れいるぜ」

この程度なら、蜀の関係者でもない限り笑っていられる。だが、悪口雑言はそれだけでは留《とど》まらず、他にも及ぶ。

「呉の孫権は、呂壱などというおべっか使いを可愛がっているそうだが、あいつも、馬謖《ばしょく》を側に置きたがった諸葛亮同様の、胸糞《むなくそ》悪い男色家か？」

呉に対しても、このような調子だった。彼は以前、呉（孫権）と親交を結ぼうとしながら、土産物が気に喰《く》わず、使者の首を刎ねた経緯がある。この件で、彼は魏における地位を不動のものにした。つまり、皇帝叡の妥協を引きだしたのだ。

だから、味を占めたのかもしれない。さらに、彼は暴れん坊の一面を強調したかったのか、最近では魏宮廷をも挑発し始めたのである。

「旱魃《かんばつ》や蝗害《こうがい》、水害で苦しんでいる民草《たみくさ》がいるのに、洛陽の宮殿ばかり立派にしてどうする。これでは、後漢末の宦官《かんがん》どものしてきたことと、内容は全く変わらぬではないか」

この悪口の最中、崇陽殿《すうようでん》と呼ばれる建物が失火で炎上する事態となった。だから、公孫淵の罵詈《ばり》雑言は、ますます度が過ぎるようになった。

「魏の皇帝も、三代目となると、やはり阿呆《あほう》でも務まるか。最近は、郭夫人を昇格させるため、些細《ささい》な過失から毛皇后を処刑したらしいな。それ、火事は天帝の怒りぞ」

皇帝叡の、皇后に対する件は事実だ。

公孫淵は、このような悪口を賓客の前で堂々と吐いたらしい。皇帝叡から遼東太守に封じられておきながら、それは君主に対する冒瀆《ぼうとく》である。

この真偽を質《ただ》すため、幽州《ゆうしゅう》（河北省北部、遼寧省、北朝鮮を含む地域）刺史の毌丘《かんきゅう》倹《けん》は遼東へ向かった。すると、公孫淵の部下たちが遼水《りょうすい》の岸辺で検問を張っていた。

「どこへ行く？」

「幽州刺史の使いだ。遼東太守殿に用がある。さあ、通せ」

「ならぬ。ここは燕《えん》国だ。遼東太守などおらぬし、幽州刺史の命令も通らぬ」

警備兵はそう言うと、毌丘倹とその兵を追い返した。つまり、公孫淵は遼東に燕という国を建て、その元首に収まったつもりでいるのだ。

もっと真意を読めば、蜀や呉と対立している魏を揺さぶれば、魏帝国内の地方国として、認めてくれるかもしれない。そのように、期待しているようだ。

国となった後には近隣の郡を併呑《へいどん》し、領土をどんどん増やそうと皮算用しているらしい。

報告した毌丘倹と、報告を受けた皇帝叡は昔からの馴染《なじ》みである。皇帝にしても、古い友人が小馬鹿にされたとあっては、なおさら看過できない。だから、今度は玉璽《ぎょくじ》を捺《お》した文章を托《たく》し、公孫淵に都の洛陽へ来るよう勅命を出した。

ところが、毌丘倹が軍を押し立てて遼水へ迫ると、公孫淵の一隊が先手を取って軍を突進させ、あっさりと毌丘倹の軍を破ってしまった。

勝ち鬨《どき》をあげた公孫淵は、捕虜を前にして毒突く。

「おまえたちの太尉司馬仲達は、蜀の諸葛亮が死んでいるのに追撃もできず、死体を恐れて逃げ帰ったらしいな。その程度の大将軍しか持てぬ皇帝なら、儂《わし》を相手にはできぬぞ!」

公孫淵は捕虜にその台詞《せりふ》を復唱させ、そのうえで解放した。つまり、そのまま伝えよということだ。

「地震の後も、金星が異常に明るくなりました。これは、口の悪い燕王を早く討てと、天帝のお達しですかな?」

宮廷人たちは、またも自然現象を引き合いに出して、最近の出来事に当て嵌《は》めようとする。

「ところが、遼水が溢《あふ》れて、魏の兵は進攻できぬそうです」

確かに渤海湾《ぼっかいわん》に面した北部の地方を中心に洪水があり、この周辺では軍事行動が起こせなかった。いや、それどころか、船を出して物資を補給せねば、住民が困る事態になっている。

軍は、そのような混乱した事態を、公孫淵に突かれぬよう、警戒するのが精一杯だった。ただ、相手も洪水の中へ、兵を進められない。

だがそのような最中に、呉が兵を江夏に出してきた。おそらくは、公孫淵と戦っている魏を、背後から揺さぶるつもりだったのだろう。しかし、呉将朱然《しゅぜん》は、荊州刺史の胡質《こしつ》にあっさり撃退された。

「ところで、水が引いたら公孫淵を退治に行ってくれぬか？」

皇帝叡から、司馬仲達は直々《じきじき》の命令を受けた。

「はい、叩《たた》いて参ります」

ただ洪水の状況から、出発は半年ばかり先になりそうだ。

「攻めれば、やつはどう対処しような？」

皇帝叡は、辺境をいいことに、皇帝を蔑《ないがし》ろにする公孫淵を許せないようだ。

「対応は、三通り考えられます。郡都襄平《じょうへい》の城邑を捨てて逃げるか、遼水に拠《よ》って防衛線を張るか、はたまた襄平に籠城《ろうじょう》するかでしょう」

言いながら司馬仲達は、公孫淵の人となりを思ってみた。孫権に接近して魏に揺さぶりをかけ、呉からの利益がないと見るや使者を殺して裏切り、また元の鞘《さや》に収まろうとする。

まるで、かつて義父を二人（丁原《ていげん》と董卓《とうたく》）も殺し、袁術《えんじゅつ》、袁紹《えんしょう》、曹操、劉備の間を渡り歩いた呂布《りょふ》にそっくりだ。呂布の場合は、世が戦いの明け暮れだったため、叛服《はんぷく》常なき行動は、将軍としての営業活動に見える。

一方の公孫淵は、節操を変えることで外交交渉の条件に使おうとしている。

だが、呂布も公孫淵も、相手の意表を突くところは成功しても、必要以上に怒らせることと、信用が完全に潰《つぶ》れていることで、自らの退路を塞《ふさ》いでいる。

こうなると、実際の戦いで勝つ以外に活路は見いだせない。その勝算がないのに、ここまで自己を追い込んでいる。それならば、破滅型の人格か、自信過剰の誇大妄想狂のどちらかだ。おそらくは後者だろう。

司馬仲達は牛金と胡遵、それと夏侯覇に討伐隊の将を命じ、彼らの斥候兵を出して遼東のようすを探らせた。

すると、やはり遼水の襄平に近い所を南北七十里（約三〇キロメートル）に亘《わた》って、杭《くい》を打って柵《さく》を作り防衛線にしているという。そのような防禦《ぼうぎょ》なら司馬仲達の脳裏には、いくつもの対応策が浮かんでは消えていた。

31

「それならば、劉禅の方が、まだましということか？」

梁幾の報告を聴いて、司馬仲達は薬浸《びた》りの呉の皇帝を笑うと同時に、大きく溜息《ためいき》を吐いていた。蜀で栽培されていた鬼虞美人草《おにぐびじんそう》と、そこから抽出する嫦娥散《じょうがさん》の件に関して、意外な報告を聞いたからだ。

嫦娥散の製造と管理は、徐庶《じょしょ》と鄒娍《すうだ》が取り仕切っていたことは以前聞いている。だが、麻酔薬としての使用の人的な範囲と量については、諸葛亮がかなり綿密な指導をしていたらしい。

つまり、蜀朝廷としての、商品や贈答品としての意味が大いにあったからだ。言い換えれば、そのように値打ちを持たせる工夫をしたのだ。

司馬仲達は、むしろ特産物にしようと考える諸葛亮の、策士的な着目点に感心したのである。言葉を換えて言えば、武器同様の戦略物資としたわけだ。

それに、自らの痛み止めとしての常備薬でもあった。

「諸葛丞相《じょうしょう》は嫦娥散を、毎日少しずつ使っていたようです。しかし魏延には、痛み止めとして大量に使わせたとか」

　それも、諸葛亮なりの人体実験だったのだろう。

「その差が最期まで心を平静に保つ者と、薬欲しさに、無理な要求を呑《の》む者に分かれるというわけか」

「そうです」

「魏延は苦しくなっても、諸葛亮の処置を恩義に思っていたかな？」

「はい、要求するとおり、多めに与えていましたから、少なくとも怨《うら》んではいなかったでしょう」

　だから薬を貰《もら》った見返りに、彼は険しい峡谷からの奇襲を引き受けたらしい。考えてみれば、諸葛亮も性格《ひと》が悪いのだ。

「結局、量を多くして常用すれば、酒と同じようになるのだな？」

　つまり、依存症（中毒）である。

「人により、多少の差はございますが、だれでも似たような結果になります」

　徐庶と鄒娜は、その中毒症状の限界を量や日数で細かく測っていたのだろう。それを、夢を見る薬として孫権に贈ったのである。彼も家臣に少し使わせてから、常用を始めた。

　当然ながら、宮廷医にもその効能を訊《き》いたことだろう。しかし、幸か不幸か、呉の宮廷医は鬼虞美人草のことも、嫦娥散の存在も知らなかった。

当時でも、茸《きのこ》や麻など毒性の植物の存在は知られていた。人を死に追いやるものは明確になるが、量によっては幻覚を見せたり麻痺《まひ》させるだけのものは、宗教家に悪用される例が多かった。

また、研究には厖大《ぼうだい》な時間と手間がかかった。それゆえ、宮廷で貴人を診立てている医師は、そのような冒険を嫌っていた。つまり、野蛮な国の似非《えせ》医薬として、真面目に取りあわなかったのだ。

さて、中毒症状というものは何日も使ってから、徐々に人体に症状が現れてくる。だから、薬が切れると孫権は苦しむことになったのだ。

彼の奇妙な行動の謎も、そこにあると考えられる。

「それで孫権は、嫦娥散をさらに諸葛亮から無心していたのか？」

「いえ、諸葛亮は、定期的に嫦娥散を一定量贈っていたそうです」

「ほう、さすがだな。それでも、死後は途絶えたろう？」

「いえ、後継者に指名された蔣琬《しょうえん》や、徐庶と鄒娜に、細かく指示がしてあったとのことです。ですが、その量が、案外多くて驚きました」

そう聞いて、司馬仲達は意表を突かれた思いだった。諸葛亮は人が悪いどころか、真綿で首を絞めるように、呉を破滅に追い込もうとしていたのだ。

大量に贈って、孫権が呉の重臣たちに使用を勧めるのを、心で笑って期待していたと読めたのだ。

最後の北伐前に、鬼虞美人草の育ち具合が悪く、嫦娥散の生産量が少なかったと言われた。だが、それはきっと、呉へ運ぶ分を多くしたためだったのだ。

「それでは、呉でも、嫦娥散は大臣たちに蔓延《まんえん》しているのか？」

「孫権が愛用して、大量に使っているのは確かですが、大臣や将軍には……」

孫権だけに奇行が目立っているのだから、他の者には薬が行き渡っていないのかもしれない。

「それならば、何度も言うようだが、後宮に入り浸って酒を浴びている劉禅の方が、まだまだ罪はないな」

司馬仲達は、血筋だけで皇帝にされている男を、同情ぎみに笑った。

「孫権の分は、最近は呂壱《りょいつ》という男が、直接受け取りに来ているようです」

それは、孫権が寵愛《ちょうあい》している側近だ。嫦娥散の運搬にまで絡んでいるとすれば、さらに重要視されよう。

「まだ、もう少し調べねばなるまい」

司馬仲達は、梁幾に再度蜀の状況を調べさせるとともに、満寵にも呉の内情を探らせることにした。

すると満寵からは、比較的早く呂壱処刑の報告がきた。それによると、蜀から嫦娥散が大量に贈られてきているにもかかわらず、別に呂壱が、蜀から嫦娥散を買い付けていたと言う。

それは、国の予算を使って仕入れ、孫家の皇族や関係者に売りつけるようなことをしていたのである。

彼の法律運用が厳しいことは、国内で有名だった。一度目を付けられると、孫家一族でも罪に落とされた。呂壱はそのような孫氏に、贖罪《しょくざい》の薬として嫦娥散を高く売りつけたのだ。

吸引すれば気持が良いので、それは瞬く間に孫氏の一族に広まった。つまりは、国税を横領して資金とし、私腹を肥やすために、皇帝御用達《ごようたし》の禁制品を、しかも皇帝の身内に売り捌《さば》いたことになる。

呉の都には、当然依存症になる孫氏が多く出た。それを見かねた太子孫登《そんとう》が、孫権に告発した。それでも当初、孫権は聞き入れなかった。

しかしある日、孫一族の宴会が挙行されて、欠席者があまりにも多いので、孫権自らが一人一人廻《まわ》って調べたのだ。

それで愕《おどろ》いたことに、夢うつつの半病人ばかりが多くいた。それが、嫦娥散の中毒症状だと判ったのである。

そこで、ようやく呂壱の専横と弊害が明るみに出たのだ。また、それが嫦娥散の無断購入と転売によるものだと調査され、薬の所持や使用を禁止するまでになった。

だが、孫権自身はその限りではない。

こうして結局、呂壱の横領事件だけが裁かれることとなり、彼は極悪人として処刑されたのである。

「呉の皇帝孫権のめでたさは、蜀の皇帝劉禅以下だな」

そう言いながら、司馬仲達は背筋が寒くなる思いがした。諸葛亮が、魏に対しても嫦娥散での侵攻を考えていたら？　そう、思い至ったのである。

今頃気づくのも、やや遅きに失した感がある。今のところ、少なくとも宮廷内には気配はない。だが、不良皇族も多い。ここは、ゆっくり調査する必要があるだろう。

それとは別に、魏へ来る場合は関中や荊州の国境地帯から、一般庶民を狙い撃ちにする事も考えられる。

司馬仲達は、さまざまに思い巡らしながら、荊州と関中に梁幾の部下たちを派遣して調べさせることにした。

32

遼東郡《りょうとうぐん》の東隣は現在の北朝鮮である。

れている。

当時は、高句麗と魏が、領土を分割していた。魏領では、楽浪《らくろう》と帯方《たいほう》の二郡が置かれている。

この景初《けいしょ》二年（二三八年）には、帯方郡太守劉夏《りゅうか》のもとへ珍客があった。それは、海の彼方《かなた》からやってきた倭人《わじん》である。彼らは、邪馬台国《やまたいこく》の女王卑弥呼《ひみこ》の使節と称していた。そして、洛陽にいる魏皇帝（曹叡）に挨拶《あいさつ》したいと、土産を持って、まず劉夏を訪《おとな》ったのである。

日本にとって歴史的な使節も、このとき遼水で柵《さく》を築いた公孫淵のため、最短の陸路を封鎖された恰好《かっこう》になっていた。

「みどもが案内役と兵士を付けて洛陽まで送り届けてしんぜよう」

劉夏は親切にも、彼らを大きく北へ迂回《うかい》させ、玄菟郡《げんとぐん》経由で昌黎郡《しょうれいぐん》へ入った。ここには、遼東郡へ進攻してきた夏侯覇の軍が待機していたのである。

彼は、劉夏が送ってきた一行の風体の異様さに愕《おどろ》きながらも、皇帝に挨拶したいという健気《けなげ》さと心意気に、自らの部下と馬車を貸し与えた。

それはまた、ついでに司馬仲達への報告も兼ねていたのである。

「遼水の洪水も治まり、いつでも渡れる状態になりました」

夏侯覇から司馬仲達へ、現地のようすが伝えられた。これで、いつでも遼東へ進攻できる態勢ができたのだ。

「どのぐらいの期間で、不届き者（公孫淵）を降《くだ》せる？」

訊《き》いたのは、皇帝叡だった。諸葛亮の北伐のように、何年も長引くのを厭《いや》がっているようだ。

「永くとも、一年以内に片を付けます」

司馬仲達は、そのように言い残して遼水右岸へ出陣した。

牛金も胡遵も、攻撃は今や遅しと自軍を待機させていた。司馬仲達が指揮する兵力は、総勢四万人である。

「公孫淵の軍は、新しく作った柵に集中しているのか？」

「はい、総勢数万が陣取って、我々が河を渡るのを待ちかまえております」

これは当初司馬仲達が、皇帝叡の問いに答えた二番目の策である。

「そうか、それで襄平の城は守備兵はどのぐらいだ？」

司馬仲達の問いに、胡遵が応《こた》える。

「ほとんどの兵を対岸に配しているので、蛻《もぬけ》の殻《から》も同じです」

「そうか、それならば我らの陣地に立てる旗を、総《すべ》て南へ移せ」

司馬仲達の命令は、公孫淵の軍勢も、それに連れて南へと移動させるものだ。

「そんなに上手《うま》くいくものかな？」

夏侯覇、牛金、胡遵ら将軍たちは、訝《いぶか》っていたが、司馬仲達は旗と一緒に案山子《かかし》も立てさせた。そして鉦《かね》や太鼓の鳴り物と係の兵を残した。

そうして、ほとんどの兵を北へ移動させた。劉夏の護衛を付けられた邪馬台国の一行が渡ったと聞かされたので、そのような策を思いついたらしい。

明け方、南に残した鉦や太鼓を一斉に鳴らすと、公孫淵の陣地には魏軍来襲の緊張が走り、今にも白兵戦が始まると身構えたのだ。

ところが、司馬仲達の本隊は遼水の北、つまり上流から河を渡り、一気に襄平を目指したのである。

「敵と一戦も交えずに、城邑《じょうゆう》を占拠してよろしいでしょうか？」

牛金が、無傷の敵に追われることを懸念した。

「いや、敵は焦って来るから、そこが付け目だ」

司馬仲達は、一個連隊を襄平へ向かって走らせ砂煙を立てさせた。そこで、八割の兵に待ち伏せをさせる。

公孫淵の軍は、せっかく作った柵を捨て、慌てて城邑へ取って返す。そこを側面から司馬仲達軍が、突進する。公孫淵軍は堪《たま》らず引いて、再度白兵戦に及ぶが、犠牲者が増えるだけだった。

公孫淵軍は再度突進し、そのまま襄平の城邑へと向かった。先に砂煙を立てた司馬仲達の軍一個連隊は、城邑の倉庫に火を放ち、大きく一周して原隊へと戻ってきた。

襄平に着いた公孫淵軍は、まず消防で躍起になる。そして皮肉なことに、ようやく鎮火した頃を見計らったように雨が降り出した。

「よし、このまま城邑を囲もう。城邑を抜け出る者は、女子供以外は捕まえろ！」

雨は意外に永くつづき、司馬仲達の軍は溝を城邑に向けて掘った。排水は汚穢《おわい》を含めて襄平へと流れていく。

そのまま、数ヵ月が過ぎる。雨は、断続的につづいていた。予期せぬ水攻めとなっているのだ。

「こちらの食糧は、いくらでもある。しかし、城邑は補給が断たれている。もう、幾日も保《も》つまい」

司馬仲達の予想どおり、城邑を見捨てて逃亡を図る者が多くなった。そして、女子供以外は皆捕虜とされた。

「公孫淵が、使者を送ってきました」

牛金が指さす方から、武器を持たず小旗を掲げた兵がやってくる。彼が魏軍の陣地から十歩（約十四.五メートル）ばかりの所で止まると、牛金が声をかける。

「用件を言え！」

その言葉に、使者は小旗を脇に立てて拱手《きょうしゅ》する。そして徐《おもむろ》に言う。

「燕王は、降服すると仰せです」

それに対して、司馬仲達は牛金の背後から返事をした。

「公孫淵は叛服《はんぷく》常なく、言葉に信を置けず。したがって、こちらは討ち取るまで攻撃は止めぬ。そう伝えよ」

使者はその言葉を持って、とぼとぼ帰って行った。そしてその夜、城邑から抜け出そうとした公孫淵は、魏軍にあっさり捕まって司馬仲達の前に引き出された。

「公孫淵。その方、燕王を僭称《せんしょう》し、魏皇帝への不忠はあきらかなり」

司馬仲達がこのように述べると、公孫淵は跪《ひざまず》いて拱手する。

「高名な将軍と存じます。なにとぞ、主上にお取り成しを」

「みどもは、太尉の司馬仲達である」

名《な》告《の》られた途端、公孫淵の顔から血の気が引いていった。自分が吐いた悪口を覚えているようだ。

「主上の悪口まで吐きながら、なんたる厚顔無恥振りよ。斬首《ざんしゅ》を申しつける」

司馬仲達はためらうことなく、刑を言い渡す。そして、日を跨《また》ぐことなく、公孫淵は首を刎《は》ねられた。

彼の首が示されると、襄平の城邑は門が開けられ、簡単に落ちた。

司馬仲達は、公孫淵の部下たちを許さなかった。それは、個人的な悪口を吹聴《ふいちょう》されたからではない。魏皇帝の領土内で、勝手に王国を建てるという暴挙を、諫言《かんげん》して止めなかったからだ。

処刑は、燕国政府を構成した大臣たちや百官、公孫淵軍を指揮した将軍以下二千余人の武官、及び城邑内の十五歳以上の男子全員とし、彼らを埋めた大きな塚まで築かれた。

こうして司馬仲達はしばらく遼東に留《とど》まり、燕国は一年余りで再び魏に編入されることになる。

この間、暦が景初暦（景初年間に、旧来の太和暦から年頭の月を変えた暦）になっていた。これは、黄龍が出現したからと言うが、以前の青龍と似たような話だろう。これも皇帝叡《えい》の性格、いや例によって曹爽《そうそう》あたりの入れ知恵だろう。その程度の戯《ざ》れ事《ごと》を、司馬仲達は気にも留めなかった。

だが、呉も元号を変えたとなると、それは注目せねばならない。こちらは麒麟《きりん》が現れたらしい。しかし、それは注意を逸《そ》らせるための方便でしかない。

実は、呂壱の一件に関して、孫権は中書郎の袁礼《えんれい》を介して、呉国内で謝罪したという。だが、それならば宮中の者に対してなされるべきであったろう。

ところが袁礼が詫《わ》びて廻《まわ》ったのは、軍の将軍たちばかりであった。皇帝の寵臣《ちょうしん》が傍若無人な行為をして、士気が落ちてはと懸念したらしいが、的はずれである。

呉では、皇帝の謙虚さを誉めているらしい。だが司馬仲達には、孫権に現れた中毒症状の一つとしか思えなかった。

33

帯方郡太守劉夏《りゅうか》が洛陽へ送り届けた邪馬台国《やまたいこく》の使者は、その後無事に宮殿へ着いて、皇帝叡と面会ができた。

大鴻臚《だいこうろ》(外務省。来朝した蛮夷《ばんい》の管理)の役人が通訳を通して意思の疎通を計らい、彼らの朝貢理由も呑《の》み込めた。それによると、邪馬台国は周辺諸国と戦っていて、魏を後ろ盾にしたいらしい。

そこで、皇帝叡は使者に問う。

「魏を頼った理由はなんだ?」

他にも国があることを、知っているかどうか訊《たず》ねたのだ。

「魏が、一番近くて地の利があることは確かです。しかし、蜀は遠いだけでなく、力がありません。また、呉は権力者が無法者で徳がありません」

魏が、東夷と蔑《さげす》んでいる倭人《わじん》に、呉はなぜここまで言われるのか? 正に不徳の致すところである。

皇帝叡はそれが可笑《おか》しく、詳しく訊いてみたくなった。

「八年ばかり前、武装兵を満載した呉の軍船が邪馬台国の近くへきて上陸し、住民を捕らえて行く騒ぎがあったのです」

そう言えば、そのような報告があった。三国が鼎立《ていりつ》して世の中が安定すると、中原での戦乱が少なくなった。そうなると、戦火を避けて南へ逃げていた農民たちが、本来の故郷へ帰りだした。

つまり、長江の右岸へ避難していた者たちが、黄河流域へ移動したのだ。すると、呉の人口が流れ出ることになり、孫権は人狩りを命じていた。

邪馬台国の使者は、それゆえ呉には友好の情を示せないらしい。それならば孫権が患う嫦娥散《じょうがさん》の中毒は、八年も前から始まっていたことになる。

それは別にして、邪馬台国でも、ある程度大陸の事情を把握していたのが判る。その中で、魏が他の二国より優位な立場にあることも分析していたようだ。

皇帝叡は、使節の女王卑弥呼《ひみこ》に『親魏倭王』の金印を下賜《かし》して、丁重に帯方郡経由で送り返した。

その年の末まで遼東の整理をしていた司馬仲達は、景初三年（二三九年）を迎えてから洛陽へ発《た》った。どこかで邪馬台国の使節と擦れ違ったはずだが、さっぱり覚えてはいない。いや、それを思い出すよりも、もっと大変なことが起こっていたからである。

「主上が、倒れられました」

　知らせを聞いたのは、河内《かだい》のあたりでだった。司馬仲達は、抜かったと思った。遼東での後始末など、夏侯覇ら部下に任せておけばよかったのだ。

もしや諸葛亮が、嫦娥散を曹爽などに贈っていたのではなかろうか？　そんな疑いまで、脳裏を過《よ》ぎった。

「寿春から呼び寄せた仙女の水は、効かなかったのか？」

司馬仲達がそれとなく訊《き》くと、伝達の使者は露骨に顔を歪《ゆが》めた。

「かえって嘔吐《おうと》されて、今頃になってまやかしと判った次第です」

彼女を修築した宮殿へ招いた当初、皇帝叡は『仙女と酒席で同席した皇帝は、朕《ちん》ぐらいなものぞ』と、杯を重ねていた。

「それでは、宮殿から追い出さねばなるまいな」

「いえ、さすがに主上が怒られまして、『朕に対して、仙女などと誑《たぶら》かした不届き者めが！』と」

その一言で処刑されたという。意外にあっさりした判断だ。

彼女は、首を刎ねられる前に、『東夷が参内したから、薬の効き目が薄れた』と言い訳したらしい。つまり、邪馬台国の使者が、効き目を殺したと。

だが、東夷と呼ばれる異民族は邪馬台国の倭人だけではない。烏丸《うがん》、鮮卑《せんぴ》、高句麗《こうくり》、など枚挙に遑《いとま》がない。

司馬仲達も、それらの説明に聞き入っていられない。彼は馭者《ぎょしゃ》に命じて、護衛の百騎ばかりと宮殿へと駆けつけた。

そのまま小走りに廻廊《かいろう》を過ぎ、大広間から宦官《かんがん》に取り次ぎを頼んだ。しばらくすると、女官がでてきて声をかけてくる。

「主上が、お呼びでございます」

では、多少元気になったのかと、司馬仲達は執務室へ向かうのだと思った。

「こちらでございます」

女官は、執務室へ行くのとは違う廻廊を案内する。

「こちらは……？」

「主上の寝所でございます」

皇帝の寝床は、後宮だけとは限らない。執務してちょっと昼寝をする場合には、宮殿内で仮眠する場所が設《しつら》えてある。

皇帝の公務以外の所へは、司馬仲達といえども、そうおいそれと入れない。それゆえ、女官が案内していく廻廊は、彼も初めて通るのである。

「司馬太尉。御苦労であったな」

寝所に入ると、皇帝叡は半身を起こしていた。丁度、右の脇腹を曹爽に軽くさすってもらっているところだった。肝臓が硬くなっているのならば、連日の深酒が原因だと判る。

司馬仲達が遼東へ出かけている間、皇帝叡は仙女と毎晩飲み明かしていたようだ。傍にいる曹爽は、諫《いさ》めもせず追従《ついしょう》ばかり言っていたのだろう。

「回復なされたようで、太尉は安堵《あんど》いたしました」

気休めを言いながら、司馬仲達は深々と拱手《きょうしゅ》する。

「いや、そう言ってくれるのはありがたいが、朕の身体は朕が判る。さすがに、偽仙女と酌み交わすと、本物の仙女から竹篦返《しっぺいがえ》しを喰《く》ろうたわァ。仙女と飲めば、酒はすべからく百薬の長だと思ったに、朕も信陵君《しんりょうくん》（魏無忌《ぎむき》）のごとく、結局それが命取りになったな」

さすがに皇帝叡は、自らの寿命《じゅみょう》を悟っているようだ。戦国四君《せんごくよんくん》の一人信陵君が晩年、深酒で寿命を縮めたことは有名な逸話である。

聡明《そうめい》な皇帝は、これから後継者を告げるのである。そう言えば、彼はまだ太子を決めていなかった。いや子がなく、斉王芳《ほう》と秦王詢《じゅん》を、太子候補として養育していたのだった。

「斉王芳を皇太子に冊立《さくりつ》する」

指名された曹芳は、まだ八歳である。さすれば、その頭で政《まつりごと》など差配できようはずがない。

「謹んで、お聴きいたしました」

司馬仲達は、皇帝叡の決定を恭《うやうや》しく受けた。かといって、太子になる曹芳の人となりはあまり知らない。

いや、一族であろう事は判るが、武帝(曹操)から、どのように至る血脈かが、定かではないのだ。それゆえに、一抹の不安がある。

「太尉」

皇帝叡が、さすがに力ない声で司馬仲達を呼ぶ。そして、手招きする。寝具の近くまで来いとの意味だ。

「畏《おそ》れいります」

「そなたの名は、今洛陽中で鳴り響いておる。遼東の公孫淵は、手強《てごわ》い相手であったろうな？」

「以前主上に、どのような策に出るかと問われました」

「おお、そうであった」

「みどもは、上中下、三つの策を提示いたしました」

「それでやつは？」

「中の策、城を出て、遼水に拠《よ》る策を用いました」

後は司馬仲達が、自らの策戦について語った。

「そうか。それで、あのならず者の出る幕はなくなったわけか？」

「はい、さようでございます」

司馬仲達の応《こた》えを、皇帝叡は面白そうに聞いていた。

「そう言えば、ここからは曹爽にも加わってもらおう」

皇帝叡が言うと、今まで脇腹を揉《も》んでいた男は前へ侍《はべ》るようになった。

「斉王、いや、太子とした曹芳に実権を委《ゆだ》ねるので、やつもここへ呼んでまいれ」

皇帝叡は、突然そのように言いだした。すると無下にはできず、それから数時間して曹芳が衣冠を調えてやってきた。

34

「朕が呼んでから、もう、早一刻は過ぎておるぞ」

皇帝叡は、のっけから皇太子に冊立した養子を叱《しか》った。死に臨んでいるにもかかわらず、その声には厳しさがあった。

「申しわけございませぬ。されど、寝入ったばかりでございまして、それから御無礼のないように衣冠を調えました。それはもう、大童《おおわらわ》で、女官どもに手伝わせまして、これ、このようにございます」

曹芳は、支度の遅さをできうる限り言い訳した。子供なりの、精一杯の知恵だ。だが、皇帝叡が見たかったのは、正に彼の対応だった。

「少年が大童か？」

義父に皮肉を言われても、今一つ意味が判らず、曹芳は頭を掻《か》いて笑っていた。

「よいか。今このときから、そなたを皇太子とする。判るな？」

「はい……」

応えはしたものの、曹芳は皇太子の重みをまだ理解していない。いや、その地位も直ぐに終わり、一足飛びに皇帝へと昇り詰めようとしているのだ。

しかし、曹芳はそれがなんたるか、全く理解できていない。普通に考えれば、もう少し判りそうなものだ。

言い換えれば、年齢以下の反応をしているのである。少なくとも、聡明と言われた皇帝叡とは、比べようもない甚六《じんろく》振りだ。

そのようすに、皇帝叡自身、少なからず気落ちしている。彼が選んだ曹芳がこの程度だから、秦王詢も推して知るべしであろう。跡継ぎの人材が、魏も不足していたとしか言いようがない。

「皇太子は、皇帝が崩御すれば、皇帝に即位するのだ。判るか？」

「えっ、……はい、……そのう」

国家を構成している組織とその頂点に君臨するということなど、しっかり理解できていれば、逆に恐ろしい存在だということにもなる。

「まあ、よい」

皇帝叡は、失望しながらも因果を含めはじめる。

「政《まつりごと》については、少しずつ勉強いたせ。それについては、ここに控えおる司馬太尉（仲達）と曹大将軍（爽）に、なんでも相談せよ。判ったか？」

「はい」

その返事だけは良かった。とにかく、万事処理してくれる者がいると判って、少年ながらに訳の判らぬ重荷から解放され、ほっとした風情だった。

「司馬太尉。そなたの名は、今や朕《ちん》より有名じゃ。もし、朕に万が一のことがあっても、少年皇帝の背後に司馬太尉ありと判れば、だれも朝廷を侮《あなど》ることはなかろう。朕は皇帝となれたが、そこもとと同じ時代に生きられたればこそ、その地位を保てたのだ」

最高の誉め言葉であった。無論、語勢は力強いとは言い難いが、司馬仲達を後見役の第一位に推してくれたのは、嬉《うれ》しい限りであった。明らかに以前とは、皇帝叡の見方が変わっている。

「ありがたきお言葉なれど、気をしっかりお持ち下さいませ」

司馬仲達は、頭を床に擦《こす》りつけて礼を言っていた。

「判っておる。まだ、幾日かは保《も》とうが、頭のしっかりしている日は、もう今日と明日程度だろうなあ」

皇帝叡は自嘲《じちょう》気味に言い、次に曹爽へ向き直る。

「曹大将軍（爽）」

「ははっ」

曹爽は返事しながら、深く拱手する。

「そこもとも、朕の良き話し相手になってくれた。礼を言うぞ」

「勿体《もったい》なきお言葉です」

曹爽は、拱手しながらちらっと司馬仲達を見た。明らかに、臣下として自分が劣っているとの気後れがある。

「これからは、司馬太尉と協力して、皇帝となる皇太子芳を守《も》り立ててくれ」

「はい、必ずそのようにいたします」

曹爽は、畏《かしこ》まって返事していた。

司馬仲達は、決して彼の方を見なかった。それよりも、脳裏で過去の例を繙《ひもと》いていた。つまり、瀕死《ひんし》の皇帝から、幼い跡継ぎの面倒を見るよう、仰せつかった者らがい年）である。

前、誣告《ぶこく》に惑わされて、武帝は無実の皇太子拠《きょ》と争った。世に言う巫蠱《ふこ》の乱（前九一

彼の記憶に上ったのは、前八七年に崩御した漢の武帝（劉徹）であった。その四年

たかどうかだ。

戦いには勝ったものの、皇太子は討ち取られた。したがって、晩年に授かった末っ子の劉弗陵《ふつりょう》が皇太子となった。武帝が死期を悟ったとき、奇《く》しくも今の曹芳と同じ八歳で、補佐役を命じられたのは、霍光《かくこう》と金日磾《きんじってい》である。

この二人は若いときから仲が良く、当時共に知命（五十歳）前後であった。協力するには利害も一致しており、なによりも霍光が謙虚で金日磾は慎み深かった。

それゆえ、協力関係が理想的であったとされている。司馬仲達は当年とって六十一歳で、霍光らより十歳年長である。それに引き替え曹爽は、まだ三十三歳と若い。それに二人は、普段からの付き合いなど希薄で、ほとんど口を利いたこともなかった。

皇帝叡は、そのような細かい日常は知らない。このような認識は、自分を中心に集まる部下同士は、皆それぞれに友達だと誤解している社長に似ている。我が国の豊臣秀吉も、この轍《てつ》を踏んで、秀頼《ひでより》の大坂城は徳川家康に落とされたのだ。

皇帝叡の考えがそこまで及ばないのは、やはり、人間の悪意を直《じか》に受けたことが、あまりなかったからだろう。

「そちらが決めようとすることは、郭皇后、いや、朕が黄泉《よみ》に召されれば郭皇太后となるが、あれに報告して決裁を仰げ」

皇太子と、それを補佐する家臣も決めて、皇帝叡は深い眠りに落ちていった。やはり、力を振り絞って疲れたのであろう。

それまで黙って俯《うつむ》いていた曹芳は、ほっとして司馬仲達や曹爽の方を見やった。要は、退席して良いかどうか迷っているのだ。司馬仲達は不憫《ふびん》になり、ゆっくり頷《うなず》いてやった。

曹芳は、安心して立ちあがった。それに気づいた曹爽は、はっとしたように両者を見比べていた。彼の目には、司馬仲達が早くも曹芳に、取り入ろうとしているように見えたようだ。

一方の司馬仲達は、曹芳の人となりを、この程度でも良いと思っていた。下手に聡《そう》明《めい》であれば親征などと言い出しかねない。それでは、かえって扱いに困るのだ。しかし、自分が宮中から出ている間に、曹爽に飼い馴《な》らされれば、それはそれでまた厄介である。

皇帝叡は翌日少し起きたが、その後には昏睡《こんすい》状態となった。そして翌々日、ついに息を引き取り崩御となった。

享年は三十六である。

曹芳は、皇太子となって数日で皇帝へと昇り詰めた。しかし、本人はその本来の意味を、やはり理解していなかった。ただ、着せられる服が、だんだん煌《きら》びやかで厳《おごそ》かになっていくのは判っている。

また、周囲の者たちの対応が、だんだん恭《うやうや》しく腫《は》れ物に触るようになるので、身分が上がったことも感じてきたようだ。

「これから朕は、いかがいたせばよいのじゃ？」

曹爽に教えられたとおり、一人称も使えるようになった。なんとなく、偉そうに振る舞えば良い。そんなことも、態度に出てくる。

人間の適応とは、このようなものだ。それを司馬仲達も眺めながら感じていた。

皇帝叡の諡《おくりな》は、明帝《めいてい》とされた。

頭脳の明晰《めいせき》さから、敬意をもって付けられたものである。それゆえ、漢朝最後の献帝と比べれば、名前の由来による評価は一目瞭然《りょうぜん》となる。

皇帝は死後も、名誉や恥を背負っていくことになる端的な例だ。

明帝は、高平陵《こうへいりょう》に埋葬された。

葬儀の間中、皇帝になった曹芳は、曹爽の書き付けた文章を、儀式の順番に読まされていた。俳優が台詞《せりふ》を覚えるような能力などなく、書き付けを棒読みするだけの、ただの子供であった。

35

「西域の斯調国《しちようこく》から、火浣布《かかんふ》なる反物《たんもの》が献上されてきたそうな」

「はて、どのようなものでございます？」

「汚れを、水で洗濯するのではなく、火で焼き払うとか」

「それでは、布まで焼けましょう？」

「いや、汚れだけが燃えて、布は美しくなると言いますぞ」

「それは珍しやな」

まだ、明帝（曹叡）の服喪中であるにもかかわらず、宮廷人が騒いでいた。

「夕方には、お披露目がありましょう」

「それは、是非この目に焼き付けねばなりませぬな」

火を使うので、太陽が沈んでからの方が綺麗《きれい》だと配慮しているらしい。大鴻臚《だいこうろ》の役人が、宮城内の広場に大きく幕を張っていた。その真ん中に水を張った桶《おけ》と柄杓《ひしやく》を幾つか出し、火災の予防をしている。

「まるで、見せ物だな」

だれかがそう言うのを、司馬仲達は鼻で嗤《わら》っていた。少年皇帝芳の歓心を買うために、早速曹爽が始めたことは、正に見せ物である。本当に西域の国から、来たかどうかも怪しいものだ。

とにかく、陽が沈んだ夜空を背景に炎が上がれば、それはそれで美しい光景になって子供は喜ぼう。

三公九卿や百官が居並ぶ所へ、火浣布が拡げられて、四方の端を宦官《かんがん》どもが支えていた。そこへ、さっと松明《たいまつ》から炎が移る。

だが、ふわっと火焔《かえん》が上がっただけで、布は燃えていない。先ほどまでやや黒ずんでいた生地が、なぜか純白になったような気もする。

司馬仲達には、それが炎と生地を対照させたための錯覚だと判っていた。しかし、少年の目を欺《あざむ》くには、もうそれだけで充分だった。

「なんと、布に火を点《つ》けているのに燃えぬとは、どういうことじゃ？」

これだけで、少年皇帝は曹爽に、なにか秘めた能力があると思っているようだ。

「かの国にある火焔の山で取れる繊維は、火に強うございますれば、ほれあのように炎を上げても燃えませぬ」

「ほんに、不思議じゃ。それでは、あの布にて衣を作れば、火事の中にいても大丈夫なのか？」

「さあ、それはどうでしょう。燃えなくとも、熱さは伝わりましょうから、蒸し焼きになるやもしれませぬぞ」

「それは、また怖いな。でも、ここから見える火浣布は、実に美しい」

少年皇帝芳は、単純にそのようなまやかしを喜んでいた。きっと彼には、現在の花火大会のように映っていたことだろう。これからも、与えられた玩具《おもちゃ》に現《うつつ》を抜かす毎日になりそうだ。

しかし、皇帝といえどもこのようにはしゃいでいては、服喪期間中のことゆえ、不謹慎の誹《そし》りを免《まぬが》れない。また、傍にいる後見補佐役の曹爽が、監督不行届と詰《なじ》られぬとも限らない。

無論、言い訳は考えていよう。

「明帝のお心も、これにて和《なご》みましょう。主上（少年皇帝芳）をもお慰めしているのですから、杓子定規《しゃくしじょうぎ》な問責《もんせき》はいかがなものでしょうかな？」

そんな反論をしてくるのは、端《はな》から目に見えている。

もっとも、その問責の主は、司馬仲達を想定してのことである。だから、彼は相手の土俵に上がらず、じっと見守るだけで黙っていたのだ。

火浣布の実験は、司馬仲達の想像どおりだった。彼も、火浣布を見るのは初めてであるが、かつて宮中でその衣を着用していた大臣の記録は読んでいた。

それは、後漢桓帝《かんてい》（劉志《りゅうし》）の御代にいた大将軍梁冀《りょうき》が、自慢げに使ったとされている。彼は、わざと酒を零《こぼ》させて、不機嫌なようすになったらしい。

「酒に汚れたような衣は、焼き払うといたそうか」

彼がそんなことを言い出すと、周囲の者らはなにごとかと興味を示す。そこで、彼が蠟燭《ろうそく》の火を移して布に炎を立てさせる。だが、衣は焦げ目一つ付かず、酒の染みも消えていたらしい。

梁冀はその衣を再び着て、なにごともなかったような顔をして、また酒席に着いたと伝えられていた。

確かに、座興としてはこれで充分だ。

だが、司馬仲達には、梁冀のしたことなど判っている。衣に零したのは酒などではなく、揮発性の油である。それをかけて火を放つと、布は焦げずに埃《ほこり》だけが焼ける絡《から》繰《くり》なのだ。

酒に似た油は、手品師が時折用いるものである。それゆえ、今夕の見せ物も、手品となんら変わることがない。問題は布ではなく、その油にあるわけだ。

それにもまして、司馬仲達が思い起こすのは、梁冀の事績である。九十年から百年前の人物なので、無論直接知る由もない。しかし、彼の不品行だけは、後の世にまで語り伝えられている。

彼は、順帝《じゅんてい》（劉保《りゅうほ》）に嫁した梁《りょう》皇后の兄である。つまり、横暴を極めた外戚《がいせき》の代表格なのだ。一四四年、順帝の崩御後、沖帝《ちゅうてい》も翌年崩じ、次に立った少年の質帝《しってい》にまで、『跋扈《ばっこ》将軍』と呼ばれた。

これは衆人環視の中でなされたため、怒った梁冀は、一四六年に質帝を毒殺するという暴挙に出た。桓帝の御代になっても態度は変わらず、合計で二十年間も専横を極めた。だが、一五九年、桓帝による政変で処刑されている。

もっともこの後は、政変に協力した宦官が権力の中枢に食い込み、政治の乱れは加速することとなる。それがひいては、『三国志』の幕開けとされる黄巾《こうきん》の乱(一八四年)につながっていくのだ。

司馬仲達は、その流れを脳裏に浮かべていた。そして、少年皇帝芳が立ったこの時期、曹爽が梁冀と同じ火浣布を持ち出した奇遇に背筋を寒くした。

おそらく彼は、梁冀が使った逸話を知らないのであろう。知っていれば、逆に警戒されると思って取り止めたはずだ。だが、それを知らずに同じ事をするところに、曹爽の心の内が読めてしまう。

彼の周囲には、明帝の周囲では見かけなかった顔触れが集まりだした。多分、宮廷の片隅ぐらいにはいたのであろう。だが、司馬仲達は名前を聞くのみで、彼らの顔すらまだ知らなかった。

何進《かしん》(何皇后の兄。後漢霊帝《れいてい》時代の外戚で、大将軍に出世した)の孫で、母親が曹操の側室だった何晏《かあん》。一見鷹揚《おうよう》に見える読書人だが、なにを考えているか判らない丁《てい》謐《ひつ》。詩をよくするという畢軌《ひつき》。同じく才知があると言われる李勝《りしょう》。あるいは切れ者と言われる桓範《かんはん》。そうかと思うと、官位の高い父親の口利きを約して、妾《めかけ》を譲って貰《もら》った鄧颺《とうよう》がいる。彼などは、抜き荷や贈賄で、何度か獄に下った記録まであった。

このような連中が、曹爽の取り巻きとして、宮中へ頻繁に出入りするようになっていた。言わば、不穏な動きである。

明帝（曹叡）の葬儀や、少年皇帝芳の即位などがあって、司馬仲達はしばらく周囲を見渡す時間がなかった。だが、明帝存命の頃と、洛陽のようすは少し変わって見えた。

それは、司馬仲達の評判に関わっているようだ。つまり、今度は五丈原の後とは違い、司馬仲達の名前だけが大きく上がっていた。明らかに、遼東からの凱旋《がいせん》将軍としての扱いである。

これは、洛陽の庶民が、こぞって司馬仲達を賞《ほ》めることからも判る。それも今頃になって、五丈原での行動は『諸葛亮へ、敵ながら天晴《あっぱ》れの礼をしていた』と、持ち上げる始末であった。

それらを聞いた曹爽は、このままでは、とても司馬仲達に太刀打ちできないとばかり、自分の腹心を六人も集めて、宮中における陣営を作ったのである。

逆に言えば、それほど自分に自信がないのだ。さもあろう。司馬仲達が蜀の北伐を防ぎ、遼東の反乱を平定した功績があるのに対し、彼は曹真の長男という以外、なんの取り柄もない。

彼が考えることは、どのような理由付けで権力を掌握するかだけだ。

第六章　曹爽一派の専横　(二三九～二四四)年

36

久しぶりに梁幾《りょうき》が訪ねてきた。

無論、遊びに来たのではない。蜀の内情を探って、このほど帰ってきたのだ。

「蔣琬《しょうえん》は、諸葛亮の後継者として上手《うま》くやっているのか?」

司馬仲達は、ある予断をもって訊《き》いてみた。それは、彼が漢中で軍を結集させて北伐を計画したものの、頓挫《とんざ》しているということである。

「それが、漢中で……」

梁幾がそう言いかけて、司馬仲達は当たったと思った。遼東へ出兵していた当時、公孫淵が呉(孫権)と蜀(蔣琬)の双方に使いを出したと聞いたからだ。

つまり、遼東で戦いが始まれば、呉軍が背後を突き、魏軍が混乱する。すると蜀軍がそれに呼応して、再度秦嶺山脈の桟道を通って、関中へ侵攻するというものだ。

確かにこの策戦が実践されれば、魏としても大いに困るところであった。しかし司馬仲達は、なんら心配していなかった。それは、孫権が呉軍を動かすわけがないと、睨《にら》んでいたからだ。

もともと、公孫淵は呉に臣下の礼を取って燕王に封じられた。しかし、使節が来ると、孫権からの土産が気に入らないと、使節の首を刎《は》ねて魏の宮廷へ送りつけてきたのである。

そのような経緯があっては、呉が公孫淵の要望に応じたり、呼びかけに賛意を示して、軍を向ける道理はないのだ。たとえ、背後を突く有利な状況が生まれようとも、意地でも彼に味方はしない。万一魏が劣勢に立てば、公孫淵と戦っている限り、魏に助太刀しても、公孫淵に力は貸さない。

その辺を勘定に入れていないところが、公孫淵の妄想狂たるゆえんである。彼は刹《せつ》那《な》刹那の状況しか見ていなかったようだ。

漢中へ出向いた蔣琬にしても、公孫淵の人となりを、そこそこ調べていたろう。だから、呉の出兵を本気で期待していたわけでもないはずだ。

もしあるとすれば、嫦娥散《じょうがさん》によっていくらか錯乱した孫権の、奇抜な判断に期待してのことだろう。それは、かなり少ない可能性に賭《か》けることになる。

だが、嫦娥散の製造側としては、司馬仲達が思っているより見込みを明るく持っていたのかも知れない。

だが、よしんば孫権が決断しても、太子の孫登ら周囲が、泣いて押し止《とど》めるはずではないか。ましてや、蜀が一緒に攻めようと誘えば、嫦娥散に関する呂壱《りょいつ》の横領事件もあって、同盟しようとの雰囲気は低下しているのだ。

呉の宮廷内の雰囲気が、蔣琬には判りにくかったのだろう。いや、彼の立場を慮《おもんぱか》れば、諸葛亮の後継者に推されて、是が非でも北伐という思いに駆られていたのかもしれない。

司馬仲達にしても、それは織り込みずみで、関中に防衛軍を常駐させている。その指揮官は夏侯覇《かこうは》、張虎《ちょうこ》、楽綝《がくりん》らの将軍だが、彼らに混じって楊偉《ようい》や夏侯玄《かこうげん》らの校尉たちも頭角を現しつつある。彼らはだれを取っても、蜀の侵攻を、簡単に許すような武人たちではない。

「それで蔣琬は、漢中でいかがいたしておるのだ？」

一瞬言葉を切った梁幾に、司馬仲達は返事を促した。

「呉の動きがないまま、結局北伐の決断ができずにいました。しかし、待ち疲れから漢中で病気になったようです」

そのように聞いて、さすがに司馬仲達も啞然《あぜん》とした。それでは、諸葛亮の後継どころではなかろう。

「漢中にいては、蜀の政《まつりごと》に支障をきたそう。それで今は、だれが政の全体を見ているのだ？」

「費禕《ひい》が、その任に当たっております」

「そいつが、蔣琬の指名した後継者か？」

司馬仲達は言いながら、魏延《ぎえん》の横暴を阻止して、柩《ひつぎ》を成都へ無事持ち帰った楊儀を思い出していた。

「いえ、初めから諸葛亮の遺言に、蔣琬の二番手として名があったそうです。ですから、まだ飽くまでも代行として任に当たっております」

つまり、いちいち行《おこな》ったことを、蔣琬に報告しているということらしい。

「しかし、それでは初めから不満を託《かこ》っていた楊儀とやらは、黙っていまい？」

その名を出すと、梁幾が少し頰を弛《ゆる》ませた。察するところ、どうやら権力闘争に敗れたらしい。

「やつは、遺言に一切自分の名が記されていないことに、かなり落胆していました」

「だろうな。それで……？」

司馬仲達は、楊儀が反乱でも謀《くわだ》てたかと思った。だが梁幾からは、意外な返事が返ってくる。

「やつは、あるとき仲間と酒を飲んで泥酔し、『こんなことなら、北伐が終わったとき、魏へ投降しておくのだった』と、漏らしたそうです」

「まあ、気持は判る。しかも、酒の席だからなァ」

「ところが、余計な事をする者がどこにでもおるもので、酒席を中座して費禕に暴言の内容と店の名を通報したそうです」

「そこへ、費禕が行ったのか？」

「はい、御丁寧に馬車を仕立てて、店まで乗り込んだと言います」

「自ら、手討ちにでもしたか？」

「いえ、酔った彼の側へ行って、『魏へ投降した方が良かったとは、御本心か？』と、再度問うたとか」

「冗談だと応《こた》えれば、費禕はどうしようもなかろう」

「しかし、そこが酒の力でございます。『言うたがどうした！』と、売り言葉に買い言葉。それも、周囲に人が集まっていましたから、始末が悪かったのです」

「なるほど。それでは、反逆罪でも適用されたか？」

「似たようなことですが、廷尉に引き渡されて審議され、職権と身分を剝奪《はくだつ》されたそうです」

要は、市井の人になったということだ。つまり、もう天下国家を語る資格が停止されたのである。考えようによれば、処刑される方がましだ。恥を背負って歩くのだから、毎日が辛《つら》い針の筵《むしろ》とも言えよう。

かつては普段から魏延と仲が悪く、そこを体よく諸葛亮に使われた感がある。魏延が馬岱に斬られたとき、彼は死体の顔を足蹴《あしげ》にしたとも言う。

ならば、今回費禕に通報したのは、魏延の縁者だったかもしれない。

司馬仲達は、楊儀も予定外の下らぬことに巻き込まれたものだと、苦笑を禁じえなかった。

「ところで、徐庶《じょしょ》と鄒娜《すうだ》の鬼虞美人草の栽培や、嫦娥散の生産はどんな具合だ？」

「滞《とどこお》っております」

「なぜだ？　気候の変動や、働き手が確保できないからか？」

「本来の効き目に、疑問を呈する者が多くなったということのようです」

つまり、国内に中毒症状を呈する者が、多くなり過ぎたのだろう。本来は、戦傷者の手当を素早くするための麻酔薬を、南中から持ち込んだのが始まりだ。

これも、諸葛亮が北伐を前提にした事だった。当初は、傷の縫合や癒着するまでの苦痛を、大いに和らげて兵たちの役に立ったのである。しかし、時が経つに連れて、濫用《らんよう》による依存症の患者が圧倒的に増えてしまったのだ。

そうなると、効用よりも弊害《へいがい》の方が多くなる。いわば亡国薬の烙印《らくいん》を捺《お》されて、栽培にも製造にも人手や予算をかけなくなっていったのだ。

「それで、二人はどのような待遇になったのだ？」

「特に、処罰を受けたり追放されたりといったことはありませんが、諸葛亮の時代ほど重要視されなくなったことは確かです。少なくとも、もう御殿医ではありませんので、蜀皇帝（劉禅）の脈を取ることはないでしょう」

彼らも、楊儀とは違った意味で、市井の民になっていったわけだ。もっとも、彼ら二人は諸葛亮を慕って蜀へ行ったのであるから、彼が物故した今となっては、宮廷にも蜀にもさっぱり未練はなかろう。

司馬仲達は、彼らが露地の奥で、庶民相手の小忠実《こまめ》な医師になる姿が想像できた。また、彼らをこのようにしか扱えないのであれば、魏国内への嫦娥散持ち込みは、一切ないと見て差し支えなかった。

「蜀皇帝は、息災か？」

「相変わらずです」

そう応えるときも、梁幾は少し笑う。

後宮に入り浸って、酒を浴びるように飲んでいるのだろう。だが、司馬仲達は笑えなかった。今にきっと、余所事《よそごと》ではなくなるからだ。

37

ある日、朝議に参列するため司馬仲達が宮殿に行くと、文官数人と擦れ違った。その刹那《せつな》、白粉《おしろい》の香りがした。ふと振り向くと、背後の床を振り返りながら歩く男がいた。なにをしているのか判らないが、端整な顔立ちが覗《うかが》えた。

どうやら白粉の主は、お稚児《ちご》さんが大きくなったような彼らしい。

廻廊《かいろう》で立ち止まっていた司馬仲達の傍《かたわら》を、だれかが小走りに過ぎていって、声をかけた。

「おい、何晏《かあん》。もうすぐだぞ」

振り返ったのは、その白粉男だった。つまり、何進の孫なのだ。彼は武帝（曹操）の館《やかた》にいたというが、文帝（曹丕）は、慎みのなさから決して任用しなかった。それは、今の態度にも表れている。

「なんだ、丁謐《ていひつ》。おっ、そうか。俺の言ったとおりの筋書きで、おまえが進言したのだったな？」

名前から察するに、彼らは曹爽の取り巻きである。なんのことやら判らないが、二人はそう言いあうと、笑ってその場を去っていった。近くに司馬仲達がいることを、知っているとは思えなかった。

そのとき、宦官《かんがん》が小走りで彼に近寄ってきた。

「どうした？」

「異動がありまして……」

宦官は、息急切《いきせきき》って言う。なぜか、目を白黒させているようだ。

「おめでとうございます」

普通、そのような事は、広間に名前が貼り出される前に打診があるものだ。にもかかわらず、人事が触れて回られるのは、曹爽の思惑以外に考えられない。宦官がわざわざ告げるのは、異例のことがあったからに違いない。

ならば、先ほどの何晏と丁謐の遣《や》り取りが、なぜか気になる。

何事か判らず広間へ行くと、周囲の百官が口々に言祝《ことほ》ぐ。だが、その目は決して笑ってはいないのが判る。

『太尉の司馬仲達を太傅《たいふ》とする。ただし、内外の諸軍事を取り仕切ることは、今まで通りとする』

辞令には、こうあった。

太傅とは、皇帝の養育係である。かといって、実際に少年皇帝芳と遊んで暮らすわけではない。宮廷内では、最高位の名誉職なのだ。

だが、地位を確保されているだけで、政治的には容喙《ようかい》できない。それが、名誉職たるゆえんである。広間での百官たちの微妙な態度が、それらを如実に語っていたのだ。

察するところ、何晏が司馬仲達を権限から遠ざけるようにと、曹爽に提案したのだろう。すると宮廷内の制度や規則慣例に詳しい丁謐が、太傅という地位につけるのが最上と結論づけたと思える。

「司馬太尉は、東に蜀の侵攻を退け、遼東の反逆者を退治し、呉の野心をも挫《くじ》いた魏宮廷における最高の功労者です。魏の位人臣を極める太傅は、この方以外につける者がおりませぬ」

このように言って、曹爽は少年皇帝芳に上奏したのであろう。少年には、ことの善し悪しを判断できない。そうなれば、曹爽の助言どおりにするしかないのだ。こうなれば、少年皇帝芳の身柄を確保している者の強みである。

ここで早くも、郭皇后に決裁を仰ぐという約束が反故《ほご》にされているのだ。もし司馬仲達がそこを突けば、皇太后の印璽《いんじ》を捺した書類が用意されているのであろう。

政《まつりごと》を動かすための人事は、曹爽が何晏や丁謐、畢軌、李勝、桓範、鄧颺と相談して行うことになる。ちなみに司馬仲達がついていた太尉の地位には、満寵が新しく就任していた。

しかし、合肥《ごうひ》を中心に呉との最前線で将軍を務めてきた彼も、齢《よわい》は古希《こき》（七十歳）に達していた。つまり、洛陽では隠居同然の身である。とても政に参画できるような状態ではなかった。

こうして、曹爽の独裁体制は着々と準備されていったのである。そこで、司馬仲達を完全に抹殺できないのは、庶民の人気という点においてである。

彼を暗殺するだけなら、簡単かもしれない。だが、即位したての少年皇帝と、大将軍曹爽を中心としてできたばかりの新政権に、そのような暗部があっては、宮廷内から支持が得られなくなる。

それに、自分たちが司馬一族から付け狙われる危険性も伴うのだ。

また、今一つ理由を述べれば、軍事的に兵を統率する文人が、司馬仲達をおいて他にないことも挙げられる。もし、呉や蜀が侵攻してきた場合、曹爽とその取り巻きでは、軍を指揮する度量も能力も人望もないのである。それゆえ、魏軍を動かす虎符《こふ》の片割れは今も彼が持っている。

しかし、そうかといって彼らも、司馬仲達に無条件で軍を委《ゆだ》ねはしない。統帥権が及ぶのは、洛陽を中心に八関《はちかん》(函谷《かんこく》、小平津《しょうへいしん》、孟津《もうしん》、旋門《せんもん》、轘轅《かんえん》、太谷《だいこく》、広成《こうせい》、伊闕《いけつ》)と言われる関所の外に限っている。

だから、もう一方の虎符は、皇帝名代としての曹爽が、つねに押さえている。こうしておけば、少なくとも司馬仲達が洛陽宮で軍を指揮することはできないのだ。

このような処置は、無論司馬仲達だけではなく、一族にも不満が燻《くすぶ》ることになる。かといって親族会議で対応を練《ね》ろうとすれば、謀反《むほん》の疑いありとして、彼らに糾弾されることにもなりかねない。だから、自重するしかないのである。

弟の司馬孚《しばふ》などもその一人で、ある晩、一人で夜陰に紛れて司馬仲達の屋敷へやってきた。

「どうした。あまり、ここへは来ぬ方がいいのではないか？」

「弟が、兄へ挨拶《あいさつ》に参っては可笑《おか》しいですか？」

「そうではないが、時代の潮流に逆らうと、厭《いや》な目に遭うと思うてな」

「まあ、そういうこともありましょうが、たまには、水入らずで話でもいたしましょう。実は、先ほど満太尉（寵）に会ってまいりまして」

司馬仲達の後釜《あとがま》として、太尉の地位についた人物だ。合肥では、司馬孚の上司でもあった。弟が会ったというのは、見舞いである。

「満寵殿は、息災か？」

「いえ、かなり憔悴《しょうすい》しておられます。それでも、洛陽に帰ってなにも考えずゆっくりしておられるので、これから多少は持ち直されるでしょう」

「そうか。それは、よかった」

「ついては、閣下が兄上に謝りたいと」

「謝るだと？　満寵殿は、儂《わし》になにもしておらぬがな」

「大役を果たせぬのに、使わぬ虎符の片割れをいただいて、地位を受け継いだと後悔しておられました」

病身だからこそ、曹爽は満寵をその地位につけたのである。そうなれば大将軍たる彼が、総《すべ》てを取り仕切れるからだ。

「満寵殿も、家族や一族の行く末を考えねばならぬ。問題は、曹爽の心根だ。気にされるなと、伝えておけ」

司馬孚は、そこで大きく拱手《きょうしゅ》した。大きな用事が終わって、それで帰るのかと思ったが、まだ話があるようだ。

「呉の国で、南方の山岳民族の反乱がありまして……」

「そんなこと、今に始まったことか？」

「はい、でも、今回は変わったことが」

「どうした？」

「討伐隊の校尉が山岳民と戦わず、近くの郡太守を殺害して独立を謀《くわだ》てたとか」

「ほう、呉に反乱して、異民族の加勢を得ようというのか？」

「そのようですが、孫権が南方異民族に詳しい将軍をやって、沈静化を図っているといいます」

「討伐には、一年ほどかかり、軍事費が増大しよう」

司馬仲達は、見通しを言う。だが、司馬孚は違うことを言いだした。

「こちらの油断を誘う芝居のような気もします。できれば合肥に、王淩《おうりょう》を駐屯させてください」

弟は、部下の名を挙げた。きっと、満寵からも指示があったのだろう。

38

「呉では、また大いに人口が流出しているそうです」

そんな報告を持って来たのは、長男の司馬師《しばし》だった。几帳面《きちようめん》な性格で、宮中に出仕しては軍事関係の書類を調えて帰ってくるのが日課である。

長男であるから、同じ屋敷で同居していて不思議はないが、あまり顔を合わせることはない。宮中へ出仕する時刻も場所も違うからだ。

彼は司徒だった故陳羣《ちんぐん》の息子陳泰《ちんたい》と仲が良く、屋敷にも宮中にもいないときは、二人で飲んで議論しているらしい。

しかし、最近は彼も、曹爽の息が掛かった文官に抑えられ、権限が縮小されかかっている。だから、休み勝ちになって、親子で話をする時間が持てた。不遇を託《かこ》つようになって、ようやく顔を合わすのも、皮肉な現象だ。

「もう十年ばかり前から、そのような傾向はあろう。戦乱で長江以南へ避難していた農民たちが、故郷の中原へどんどん戻りつつあるのだ」

確かにそうだった。それを引き留めるため、呉の宮廷は住民を労《いたわ》るよう、役人に通達を出したりしたが、あまり効き目はなかったようだ。

そこで必死になった孫権は、一時は東方の島々へ呉軍を派遣して、住民を捕縛しようとまでした。それは、邪馬台国《やまたいこく》の倭人《わじん》たちの話からも裏が取れている。

「そう言えば、最近斉郡《せいぐん》にも大量の小舟が流れ着いたとの報告があったが、まさか、呉軍に追われてきたのではあるまいな？」

「それは、遼東から逃れてきた民だということです」

「儂が公孫淵《こうそんえん》を降《くだ》して、行政を整えたつもりだったが、またしても、太守の横暴があったのか？」

「いえ、旱魃《かんばつ》と冷夏の影響で、作物が実らず大変な飢饉《ききん》だとかで、住民の多くが流出したようです」

「それならば、取り敢《あ》えず衣食住を宛《あて》がって、休息させればよかろう。もとの地へ戻るか、留《とど》まるかは彼らの意志に任せ、移住を希望する者には、斉郡の一部で開墾でもさせればいいのだ」

「はい、かなりな者が留まりたいと申しているので、新汶《しんぶん》県と南豊《なんぽう》県を新設して彼らを受け入れることとなったようです」

曹爽も、その辺のことは、官僚の裁量に任せているようだ。いや、宮廷内の権力闘争以外に関心がないらしい。

「そうか、それはよかった」

司馬仲達は、遼東に思い入れがあった。だから、彼《か》の地の住民が困窮しているとあって、つい行く末まで気にしたのだ。

「呉の住民移動も、実はそのことと、大いに関係があるのです」

「では斉郡の小舟も、実は呉から逃げてきた住民か？」

「いえ、そういうことではなく、彼らへの待遇を、王将軍（淩）が宣伝したのです」

それは、司馬孚が推薦していった合肥守備の将軍である。満寵も買っていたという男は、ただの武人ではなかったようだ。司馬師が調べたところでは、かつて初平三年（一九二年）董卓《とうたく》暗殺を謀った王允《おういん》の甥《おい》だという。

董卓は献帝を擁立し、強引に長安遷都を決行した軍閥だ。

「知恵者の血筋が、間者を使ったのか？」

「そうです。前年、呉では山岳異民族討伐隊の隊長が、反乱を起こしたとの話が伝わってきました。しかし、こちらは呉の間者が、わざと流したようです」

「偽《にせ》の話だったのか？」

「それらしいことはあったようですが、針小棒大に魏へ伝えられているのです」

「真意は、魏への……」

「侵攻を目論《もくろ》んでいるので、油断させるためでしょう」

「それは、弟（司馬孚）も感じていたようだった」

「だから王将軍（淩）は、呉へ移った住民が、自然に中原へ戻ってくるようにしたのです」

つまり、『魏は国家として力があるから、農民が困ってもお上《かみ》が手を差し伸べる態勢が調っている』と、言って廻《まわ》ったのだ。すると効果は覿面《てきめん》で、例年の数倍の民が長江を越えて中原を目指したのである。

「王将軍（淩）の策戦勝ちのようです」

司馬師の説明は、明快だった。

「満寵殿や弟が買うだけあって、なかなかの知恵者だな」

「はい、これなら、城邑《じょうゆう》を一つ二つ落とすより効果があります」

司馬師も、なかなか良いところに目を付けている。

「ならば、呉の侵攻は矛先が鈍るか？」

「はい、軍を結集させるより、領民をつなぎ止める方策に頭を使いましょう」

司馬師の言うとおり、呉の宮廷はその後の政策として、農繁期の徴用を禁止した。

それをまた徹底させるため、触れを国中に廻した。

そこまで庶民への懐柔策を打ち出さねば、人口の流出は止まらないようだ。

「ところで、それほど木理細《きめ》かい手が打てるのであれば、一時噂されていた孫権の錯乱は、もとに戻ったのか？」

一月《ひとつき》ばかりして、呉のようすを伝えに来た司馬師に、司馬仲達は訊《き》いてみた。すると、長男はあっさり言う。

「嫦娥散《じょうがさん》の中毒は、おいそれとは治りませぬ。孫権の状態など、かつてのままでしょう。今、呉の政を見ているのは、太子の孫登です」

「なに、太子がだと」

孫登の噂は時折聞こえていた。人品高潔で、帝王学を血肉にしたような聡明《そうめい》さを兼ね備えた人物という。

話半分と考えても、蜀の劉禅や魏の少年皇帝芳など、足下にも及ばない資質を感じさせる。

「そんな太子が、本気で侵攻を考えているのなら、魏も本腰を入れて防衛をせねばならぬぞ」

司馬仲達が真剣な目で言うと、長男が笑いだす。

「王将軍（淩）からの報告によると、孫権は内政には口を噤《つぐ》んでいるものの、遠征となると黙っていないそうです」

彼自身の、かつてからの、戦いに関する拘《こだわ》りがあるようだ。

「魏にとっては、その方がありがたいかもしれぬな？」

「まったくです。さんざん口出しして、呉軍を御破算にしてくれれば、万々歳というところです」

司馬師はそう言うが、今の孫権ならば、それをやらかしてくれる可能性もありそうだ。以前から感じていたごとく、後宮に入り浸る蜀皇帝（劉禅）の方が、まだましかもしれない。

それから三月《みつき》ばかりして、梁幾が蜀のようすを伝えに帰ってきた。

「蜀では、南中の異民族がまた反乱を始めて、太守が何人か殺害された模様です」

司馬仲達と一緒に聞いていた司馬師が、一瞬にやっとする。

「どこかで聞いたような話ですな。父上」

「ああ、呉の山岳異民族討伐と、確かに一脈通じる」

だが、ただの馴《な》れ合いでもなさそうだ。蜀の鬼虞《おにぐ》美人草栽培《びじんそう》中止や、嫦娥散の使用を手控える方針など、南中の異民族にすれば、ちょっと自尊心を傷つけられる話ばかりだからだ。

「それでも、梁幾。南中の反乱は、決して戦火が拡大しまい？」

「はい、成都から派遣された張将軍が、鎮撫《ちんぶ》した由です」

読みが当たって、司馬師はまたにやっとする。

「これで決まりです。年が改まれば、蜀と呉は同盟して魏に当たりましょう」

つまり、こんどこそ連合して二ヵ所から同時に攻めるつもりらしい。

「漢中で燻《くすぶ》っている蔣琬あたりが、再度藁《わら》にも縋《すが》るつもりで、呉へ持ちかけた話かもしれぬな」

「ありえます。あいつも漢中で病になり、ここらあたりで死に花をさかせたいでしょうから」

司馬仲達親子は、呉と蜀の動向を見据えながら、新しい正始《せいし》二年（二四一年）を迎えた。

39

宮廷では、少年皇帝芳の、初等教育が始まった。とは言っても、論語を素読みするところからだ。

役職名だけを素直に解釈すれば、これは太傅《たいふ》たる司馬仲達の仕事だ。しかし、初歩の論語など、素養さえあれば、ただの儒生でもできるのである。

それゆえに、覚えを愛《め》でたくしてもらおうと、曹爽の弟曹羲《そうぎ》、司馬仲達を太傅にするよう画策した白粉《おしろい》男の何晏《かあん》と丁謐《ていひつ》、詩をよくする畢軌《ひっき》、才智を売り物にする李勝《りしょう》、多少は学問のある桓範《かんはん》、官位を妾《めかけ》と交換した鄧颺《とうよう》らが周囲を取り巻き、論語の初歩を教えていた。

彼らに混じって、ときおり夏《か》侯玄《こうげん》なる武官も出入りした。彼は死体を愛好した夏侯尚の息子で、李勝と交際があったのだ。

儒学を学ぶ少年皇帝芳のため、司馬仲達は太牢《たいろう》という食事を作り、孔子と顔淵《がんえん》を祀《まつ》る儀式をした。無論、少年皇帝芳は、なんの呪《まじな》いかも判ってはいない。

だが、勉学には励まねばならぬと、彼なりに思っているようだ。だから一応、本だけは毎日繙《ひもと》いている。

『朋《とも》あり、遠方より来たる。また、楽しからずや』

少年皇帝芳の朗読している声が微《かす》かに聞こえる廻廊《かいろう》を、曹爽の部下が息を乱して小走りに進んでいた。

「呉軍が、淮南《わいなん》の地へ侵攻してまいったとのことです」

この知らせに、曹爽は慌てた。彼自身大将軍ではあっても、軍の指揮などしたことはない。

「では、すぐに司馬仲達を呼びましょう」

弟の曹義は、使いを走らそうとした。

「いえ、それは……」

押し止《とど》めたのは、丁謐である。彼は、手続きの不備を言う。

「司馬仲達は、痩《や》せても枯《か》れても太傅でございます。魏朝では、大将軍たる曹閣下（爽）よりも序列は上となり、呼び出すには、主上からの召還が必要です」

つまり詔《みことのり》を得て書状に玉璽を捺《お》し、それを宦官《かんがん》が持って走るのだ。こうして、ようやく大将軍曹爽は、太傅の司馬仲達を呼び出せることになる。

召還に従って、司馬仲達は衣冠を正して宮中へやってきた。彼が平伏《ひれふ》す相手は、飽くまでも少年皇帝芳である。

「呉軍が淮南に侵攻してきたというが、対応はいかに？」

少年皇帝芳に代わって問うのは、無論大将軍曹爽である。

「淮南へ侵攻した呉の将軍は全琮《ぜんそう》、他に諸葛恪《しょかつかく》が六安《りくあん》へ、朱然《しゅぜん》と孫倫《そんりん》が樊城《はんじょう》を包囲しております」

「なっ、なんと……」

曹爽は愕《おどろ》いた。部下の報告だけなら、魏軍を集中すれば、手もなく防げると高を括《くく》っていたのだ。

「それに、諸葛瑾《しょかつきん》と歩隲《ほしつ》が柤中《そちゅう》へ侵攻してきております」

ここまで言うと、曹爽の顔から血の気が引いた。それは、彼らのように、軍事部門に疎《うと》い者は、それまで自国堅持の態度が強い呉が、軍を大きく展開してきたことへの不安があったからだ。

また、曹爽自身が得た情報の貧弱さに、思わず羞恥《しゅうち》の念が過《よ》ぎったこともある。

「司馬太傅。それで、対応は大丈夫なのでしょうな？」

不安を露骨に示して声をかけたのは、曹爽と一緒に居並ぶ桓範だった。彼が、取り巻きの中で、一番理論家と言われていた。

しかし、司馬仲達は、ここぞと貫禄《かんろく》の一喝を浴びせる。

「桓範殿。そこもと、なんのつもりで質問するのだ？」

「はっ、いえっ、その……」

司馬仲達の思わぬ反論に、桓範は応《こた》えられず曹爽の方へ視線を泳がせる。そこを捉《とら》えて、司馬仲達は言い募った。

「みどもがここへ来たのは、主上からの召還があればこそ。また、曹爽殿に応えるのは、主上名代の印璽を示されたればこそ。しかるにそこもと、なんの権利や資格があってのことだ？」

「いえっ、それは……」

このように整然と責められれば、桓範の舌鋒《ぜっぽう》は完全に封じられる。だが、司馬仲達の攻勢は終わらない。

「曹大将軍（爽）とそこもとらが、親しいのは結構。しかし、主上御臨席の場に、身分を越えて列席しては、曹大将軍の見識も問われて不都合ですぞ。早々に、この場を外《はず》されよ！」

司馬仲達の意見には、だれ一人反論できない。桓範だけでなく、曹羲、何晏ら七人の取り巻きは、すごすごと少年皇帝臨席の小部屋から出て行くしかなかった。

一人取り残された曹爽は、普段の顔触れが全員消えて、内心不安を隠しきれないでいる。

「大将軍」

司馬仲達は、おもむろに声をかける。

「なっ、なにか？」

「呉の全琮は、寿春近くの邸閣（食糧倉庫）を焼き払いました」

「えっ、それでは、洛陽へ迫っているのですか？」

「蜀では蔣琬が、軍船を仕立てて漢水を下り、魏興《ぎこう》や上庸《じょうよう》へ上陸する策戦を立てている由《よし》」

ここまで言われると、曹爽の顔は逆に紅潮してきた。まるで自分が絶体絶命の境地に立っているようだ。

「それでは……、魏軍は……」

「魏軍は、合肥の王淩が、全琮の軍に当たります。そして樊城を包囲する朱然や孫倫の軍五万人には、みどもが兵を率いて出陣いたします」

「勝てそうですか？」

　ここにきて曹爽は、頼もしげに司馬仲達を見遣《みや》った。まるで、縋《すが》りつかんばかりである。

　司馬仲達には、無論大いなる勝算があった。合肥の王淩は、流民を多く引き取って屯田させていた。それも、この十年近くつづけていたので、その数は百万人を下らないのだ。

　その中から兵士を募れば、たちまち三十万人はできあがる。勝戦《かちいくさ》だと思って前進をつづける全琮の前へ、急遽《きゅうきょ》十万の兵を当てれば総崩れになるのは目に見えている。

　諸葛瑾や歩騭に対しても、全く同じ事が言える。問題は、樊城を囲む朱然と孫倫の軍への対処だ。もし、蜀の軍船が漢水を下って東側から掩護《えんご》に来れば、それは厄介なことになる。

　司馬仲達は、軍を率いて出発することにした。そのとき曹爽は、軍を統率して進軍し、太谷関までやってきた。彼はそこで初めて虎符《こふ》の片割れを差し出して、統帥権《とうすいけん》を司馬仲達に渡すのだった。

　そこから南へ向かう司馬仲達は、梁幾を呼び寄せる。それは間者たちを通じて、蜀軍に噂を流させるためだ。

「先主《せんしゅ》（劉備）が荊州を攻められたとき、夷陵《いりょう》で陸遜《りくそん》に逆襲された。このとき軍船で行動していたため、退却が思うようにいかなかったことを、忘れてはならぬ」

「そうだ。万が一のとき、軍船は危ない。しかも今回は漢水だ。長江よりも、操りにくいんだ」

「そうだな。やはり、陸路で進軍した方がいいのではないか」

その噂に後押しされたか、蜀軍の間でも策戦について議論が百出した。満を持していた蔣琬は、それでなくとも無理をして奮い立っていたが、軍船策戦が保留になってまた高熱を出した。

その間に、司馬仲達は樊城を包囲している朱然と孫倫の呉軍を、さらに包囲するような陣形をとりだした。すると、内と外の挟み撃ちになるのを恐れ、呉軍は撤退した。また、全琮や諸葛瑾、歩隲、諸葛恪らの呉軍も、王淩の兵士大量動員に恐れをなし、次々に長江右岸へ撤退していった。

呉軍が引いたのは、司馬仲達や王淩の策戦が功を奏したからだ。

だが、このときまだ呉や蜀には知られていない深い事情もあったのだ。

こうして、司馬仲達の名声だけが、またもや上がったのである。だが、凱旋《がいせん》してきた司馬仲達を太谷関の門で待っていたのは、近衛兵《このえへい》たちを従えた曹爽だった。彼は、早速、虎符を差し出すよう要求した。

40

「呉の太子（孫登）と大将軍の諸葛瑾が、昨年薨去《こうきょ》していたそうです」

しばらくは伏せられていた呉宮廷の内情が、隠しきれずに魏へもたらされた。それは、年が明けた正始三年（二四二年）の初頭である。

「魏にとっては、幸いなのかもしれぬ。だが、無常の一語だ」

司馬師から聞かされた司馬仲達は、ぽつりと漏らした。

彼は、個人としての孫登と諸葛瑾を心の中に描いた。これからの呉を背負っていくには相応《ふさわ》しい人物であった。しかし、そのような賢者こそ、他人に気を遣って心を酷使し、ひいては肉体を苛《いじ》める結果になりがちだ。

呉は孫登と諸葛瑾を喪《うしな》った悲しみもさることながら、特に皇太子の後継問題で、一《ひと》悶着《もんちゃく》も二悶着もあることだろう。

今の状況では、弟の孫和《そんわ》と孫覇《そんは》を推す声が強いらしい。しかし、錯乱状態にある孫権が、どのような判断を下すかで、内乱になる可能性もあろう。

思えば諸葛亮も、孫登や諸葛瑾のように惜しまれて世を去ったのだ。彼は、敵ながら実に聡明《そうめい》で、司馬仲達が本気で知恵を絞って相手せねばならぬ人物であった。

後を託《たく》された蔣琬は、彼ほどの能力や知謀は望めないにしても、一廉《ひとかど》以上の才覚で蜀を建て直そうと情熱を燃やしていたのである。だが、病を得てそれを充分活《い》かせていない。

先の明帝（曹叡）は、人としての癖はあったものの、頭脳は明晰《めいせき》でなにごとにも理解は早かった。しかし、やや酔狂が過ぎたのだ。

それに引き替え、蜀の劉禅のように、酒色に溺《おぼ》れた毎日をつづけながら、至って健康という御仁もいる。頭脳をさっぱり鍛えなければ、かえって天下太平で長生きするということか。

司馬仲達は、魏宮廷の現状と比べながら嘆息した。

「蔣琬が、魏への侵攻を諦《あきら》めて、涪《ふ》まで撤退して養生しているそうです」

「保留ではなく、撤退したのか？」

「はい、彼の病状は思わしくなく、もう再起は叶《かな》わぬとの観測です」

涪は、漢中から成都へ向けて、七割程の位置にある。もう一度魏を攻撃するには、やや帰り過ぎの観があった。おそらく、労咳《ろうがい》であろう。

「そうすると、蜀の政はますます費《ひ》禕の意志にかかってくるわけだな」

「そうです。ただ、費禕自身は北伐を推し進めようとの意見はないようです」

「おそらくは、当初の孫権のごとく、自国堅持を標榜《ひょうぼう》する事務の能力に長《た》けている人物のようだな」

「はい、事務処理能力と来賓の応対だけなら、諸葛亮に匹敵するとの評判です」

「それは大したものだ。願わくは、無駄な争い事だけは避けて欲しいものよ」

司馬師や梁幾の報告から、しばらくは烈しい戦火はないものと思えた。それは魏にとっても、当然歓迎すべきことだ。しかし、和平を逆手に取るような噂が飛び交い出す。

「昨年の呉と蜀の侵攻を、司馬仲達と王淩が撃退したように言われているが、実際は大違いだぞ」

「ああ、呉の太子登が死んだり、諸葛瑾の急病が重なって、たまたま撤退したから大いに勝利したように見えただけだ」

「樊城の解放も、軍船で漢水を下ってくるはずだった蜀の将軍蔣琬《しょうえん》が、上手《うま》く病気になって中断したからできたんだ」

「そうだ。もし、蜀が西側から荊州を襲っていたら、樊城も救援の魏軍も、共に滅《ほろ》んでいたやもしれぬぞ」

つまり、呉と蜀が連合した策戦を、撃退したのは司馬仲達や王淩の力ではないと言い始められたのだ。噂の出所は、穿鑿《せんさく》するまでもなかった。曹爽の兄弟たちと、その周辺である。

それを裏付けるごとく、弟の曹羲《そうぎ》は中領軍《ちゅうりょうぐん》に、何晏《かあん》は散騎侍郎《さんきじろう》に、丁謐《ていひつ》は散騎常侍《じょうじ》に、畢軌《ひっき》は侍中尚書《じちゅうしょうしょ》に、李勝《りしょう》は洛陽の令《れい》に、桓範《かんはん》は大司農《だいしのう》に、鄧颺《とうよう》は潁川《えいせん》太守に、それぞれ出世し栄転していた。

かといって、宮中での羽振りが良くなったということで、彼らに人気が出たわけではない。

同じ年、満寵《まんちょう》が太尉の職についたまま、病状が回復することなく逝去した。享年は七十三だと言われている。彼の葬儀が執り行われて旬日ばかり過ぎ、蔣済が屋敷を訪ねてきた。

無論、顔も名前も知っている。司馬仲達より十歳近く年下だから、五十代の半ばのはずだ。

武帝（曹操）在世の砌《みぎり》は、同じ部署で議論も戦わせたものだった。だが、司馬仲達が大将軍や太尉を務めている間は、なぜかしばらく話をする機会がなかった。

「これは、久しいのう。どうした風の吹き回しだ？」

応接間へ案内されてきた蔣済に、司馬仲達は軽く問いかけたのだ。すると相手は深々と拱手《きょうしゅ》し、おもむろに言う。

「笑うてくだされ。太尉の職を引き受けてしまいました」

旧友の言葉に、司馬仲達は一瞬どう対応していいのか判らなくなった。

「満寵殿が逝去した後釜《あとがま》というわけか？」

「そういうことです。つまり曹爽らにとって、みどもはもう、毒にも薬にもならぬ存在だと、思われているということになりましょう」

正面から懺悔《ざんげ》するように言われては、司馬仲達も話の接《つ》ぎ穂に困った。まさか、曹爽に頼まれて、かつての先輩同僚の腹を探りに来たわけでもあるまい。だが、やや卑屈に見えるのが残念だ。かといって、司馬仲達が蔣済を励ますのも、かえって妙な話だ。

「これが、時流かもしれぬ」

「そうですな。しかし、何晏や丁謐らに代表される取り巻きもさることながら、兄弟の地位にも注意が必要です」

「曹義が中領軍だな」

「はい、他にも曹訓《そうくん》は武衛将軍、曹彦《そうげん》は散騎常侍及び侍講に任じられています」

蔣済が言いたいのは、軍事関係の役所を総《す》べて、曹爽が兄弟で掌握しているということだ。だから、反乱を考えるなと言いたいのか、彼の真意が判りにくい。

「彼の一族は皆、列侯（領主貴族）の爵位を持って、主上の侍従になっている」

「確かに、主上の側近の一族と認めれば、目角《めかど》を立てることでもないでしょう。どうせ、兵の使い方など知らぬのです。しかし……」

蔣済は、こう言って言葉を切った。

「他になにか？」

「先日、操練場で地鎮祭がありましてな。みどもが出席しましたところ、大司農になった桓範もおり、互いに数人離れた所に座りました」

桓範は、曹爽の取り巻きの中では、宮中の庶務に通暁していて、かなりな読書家でもあるとの噂だった。

「なにか、言ったのか？」

「あやつは『漢書』を読破して、書かれている世の中の雑事を抜き書きしました。今の魏朝の世に必要な事柄を、自分なりに挙げて、『世要論《せようろん》』なる書を著わしました」

「ほう、曹爽の取り巻きにしてはできた男ということかな？」

「まあ、そうですが、その地鎮祭の最中、やつはみどもに著書を、読めと命じるばかりにくれたのです」

「それで、誉めてやったのか？」

「黙っておりました。直接手渡したのではなく、並んでいた人を数人手渡しで介して来たものですから」

「随分不遜《ふそん》な感じではあるな」

「だから、一言も挨拶《あいさつ》せず帰りました。相手は、帰るみどもを睨《にら》みつけておりましたがな」

「あいつは、曹爽の取り巻きの中では、兄貴分といった年齢だな」

「確か、四十代の半ばかと思います。そう言えば、年の功を感じさせる注意を、曹爽や曹義にしたとも言います」

「ほう、どのようなことだ？」

「半年ばかり前、曹爽と曹義、曹訓、曹彦らが、連れだって洛陽の城門を出たとき、『政を取り仕切り、近衛兵《このえへい》を統率する方々が皆城外に出てはなりませぬ。もし、城門を閉じる者がおれば、だれが開けるのですか？』と」

「なるほど。それは至言だ。みどもを、太谷関まで見送って虎符《こふ》を初めて渡した男にしては、無防備だな」

曹爽も、関内は油断しているわけだ。司馬仲達は、それだけを心に刻み込んだ。

「曹爽は『だれが、そのようなことをするのだ』と反論しましたが、それ以後は、兄弟揃っての城門を背にする外出は控えているようです。そして、桓範を、知恵袋と言って尊重しております」

「ならば、『世要論』とやらを読んで、誉めてやらねばなるまい」

「お止めくだされ。そこは太尉、大司農ごときに胡麻《ごま》を擂《す》るいわれは、さっぱりございませぬぞ。たとえ、これが飾りのままでもです」

蔣済はそう言うと虎符の片割れを見せ、豪快に哄笑《こうしょう》して帰っていった。その年の暮れ、魏本来の都鄴《ぎょう》を中心に地震があった。満寵が、黄泉《よみ》へ行く惜別だと噂された。

41

皇帝芳は、もう少年とは言えぬ程、見た目は成長した。年初には元服の儀式があり、皇后も立てられて大赦も発せられた。ところが皆既日食が起こって、なにゆえの天意かと、洛陽中で議論されたものである。

司馬仲達は、新緑の風に誘われて久しぶりに庭へ出てみた。すると、思わぬことに声がかかる。

「一緒にどうです」

植え込みの陰で、何人かが車座になって飲んでいるようだ。爽《さわ》やかな気候が、人を屋外へやるらしい。

声の主は長男の司馬師《しし》である。弟の司馬孚《しばふ》もいて、二人とも自らの、あるいは身内の屋敷とあって、多少過ごして酔っているようだ。やや、恐縮しているようなあと三人の若者は、これまで知らぬ顔だった。

司馬仲達が近づくと、全員が礼儀正しく起立して、深々と拱手する。そして、魏の最高の重臣を前にして、位負けしているようすだ。全員が、どことなくもじもじした態度に見えた。

「尚書府の陳泰《ちんたい》です」

まず、年長者が名告《なの》った。司馬師の親友で、故陳羣《ちんぐん》の長男である。

「衛尉府の鍾毓《しょういく》です」

明帝（曹叡）の時代に太傅《たいふ》だった故鍾繇《しょうよう》の息子らしい。今は、司馬師の部下になっているという。

「弟の鍾会《しょうかい》です」

はっきりと滑舌《かつぜつ》の良い、まだ二十歳前後の若者を見て、司馬仲達はその目を見返した。他の者と違った武人の鋭さがある。

「これは、皆様おそろいの所へ、このような年寄りが同席しては、邪魔ではありませぬかな？」

「いえ、父上にも、是非参加していただきたく存じまして」

それゆえに声をかけたらしいが、内容が判らない。

「どういうことだ」

「五年前、帯方郡《たいほうぐん》経由で洛陽へ来た邪馬台国の倭人《わじん》が、もうすぐ洛陽へ到着するとのことです」

そう言われて司馬仲達は、遼東の公孫淵《こうそんえん》を攻めたことを思い出した。あのとき、倭人たちが迂回《うかい》した遼水上流の、玄菟郡《げんとぐん》に近い浅瀬を渡って軍を移動させ、攻略に成功したのだった。

現在あの辺では高句麗が幅を利かせ、ときおり国境を侵攻してくる。再三の警告にもかかわらず侵攻してくるので、業を煮やした幽州刺史の毌丘倹《かんきゅうけん》が、兵を出して追い戻そうとしている。

彼は五年前の公孫淵の反乱の際、いったん後れを取ったので、今回は汚名返上とばかり張り切っている。それにしても、邪馬台国の倭人は、東方で乱が起こりそうなときに朝貢に来るが、敏感に異変を感じ取ってのことだろうか。

「それで、倭人がどうしたのだ？」

「倭人は魏の権威を慕って、海を越えてまで朝貢にくるのです」

「まあ、そういうことだな。それで、それがどうだと言うのだ？」

「その権威を、もっと上げるには、どうするかと考えたのです」

「今なら、政をしっかりして、農業と工業の生産性を上げることだな」

「軍を強固にして、他国を攻めるというのはいかがでしょう？」

普段穏健《おんけん》な性格の司馬師にしては、珍しく急進的なことを言う。それは、酒精のせいかもしれない。

「攻めるとは、どこをだ？」

司馬仲達が、やや語気を荒らげて訊《き》くと、さすがに彼らは一瞬口籠《くちご》もった。

「我らは先ほどらい、魏の側から蜀を攻撃するか否かの議論を、ここでしていたのです」

応《こた》えたのは、鍾毓だった。戦いを双六《すごろく》のごとく考えているようだ。

「なんと、わざわざこちらから仕掛けるというのか？」

「はい」

司馬仲達は愕《おどろ》いた。彼らには、和平のありがたさが、まだ判っていないのだろう。

「しかし、やっと戦いがなくなったと民が安堵《あんど》しているところで、なんのために戦いを起こすのだ？」

「それは先ほど申したように、魏の権威を、今よりももっと高めるためです」

そこは、司馬孚が応えた。

『それでは、現在魏の権威は地に墜《お》ちているのか？』

一瞬、司馬仲達はそう怒鳴りかけて止めた。若者らが居心地悪そうにしていた理由が判ったからだ。

無論、彼らが司馬仲達の活躍を認めていないわけでもなかろうが、このような話に入ってもらっていいか、逡巡《しゅんじゅん》する気持もよく判る。

長男の司馬師がいなければ、一緒に議論など畏《おそ》れ多くてできないだろう。

先年、司馬仲達と王淩で、呉と蜀が連合した侵攻を追い払った。だが、『それは、孫登が死んだことと、諸葛瑾や蔣琬の病状悪化のため、双方が兵を引いただけのことだ』と、司馬仲達の戦功を評価しない噂がたてられている。

それを考えれば、この若者らでも、そもそもの話の出所が、曹爽の取り巻きたちだと察せられるだろう。

「蜀は、蔣琬が涪《ふ》で療養中です。また、後任の費禕《ひい》は成都で国内の政に携わって手が一杯でしょう。それゆえに、今こそ攻め入る絶好の機会と言えましょう」

「呉では皇太子の後継問題でてんやわんやです。それに、最近では丞相《じょうしょう》の顧雍《こよう》の容態までも、かなり悪化しているとのこと。多分、秋までも保《も》ちますまい」

「それゆえ、漁夫の利を占めんとばかりに、出兵せよと？」

司馬仲達は、彼らの理屈にも一理はあると認める。

「諸葛瑾に代わる諸葛恪では、魏の背後を突く心配は、極めて薄いと言えましょう。まだ、決断力がなさそうで」

つまり魏としては、蜀の攻撃に集中できるわけだ。

征蜀論を唱えだしたのは、議論好きの李勝《りしょう》らしい。そこへ一枚噛《か》んだのが、夏侯玄《かこうげん》だと聞こえてきた。

この、父親が愛人の死体を墓から掘り出したことで梲《うだつ》の上がらない男は、弱体化した蜀へ攻め込むことで、名声を得ようとしているのだ。

蜀を討つのも良いが、問題は指揮官の周到な調査と対応する力量だ。夏侯玄に根っから力がないとも言えないが、その短絡した浅慮《せんりょ》は嗤《わら》いたかった。

しかし、司馬師らが巻き込まれつつある議論は、きっともうここだけのものではなかろう。おそらく、宮廷の中はおろか、洛陽中で交わされるようになるはずだ。

それは近い将来、曹爽自らが鎧甲《よろいかぶと》に身を固め、蜀の桟道を越えようとする地均《じなら》しのようだ。

「そこもとらは、蜀への侵攻をどう考えている？　この際、儂《わし》に遠慮せず、忌憚《きたん》なく意見を述べてみなされ」

司馬仲達は、長男司馬師の親友や部下に優しい視線を送って訊《たず》ねてみた。すると、陳泰がまず応える。

「この際、一度攻めてみてはと存じます。諸葛亮は五回も北伐と称して魏を攻めましたゆえ、かつての報復を兼ねての国威発揚と考えます」

「なるほど。そこもとは？」

次には、鍾毓に目をやった。

「はい、蜀はいつも漢中に兵を溜《た》めて、隙あらばと魏を狙っておりましたゆえ、一度は厳《きつ》いお灸《きゅう》を据えねばと……」

「ならば、一番お若いそこもとは？」

司馬仲達は、鍾会に訊いてみた。

「みどもは、是非従軍いたしたく。閣下のおともができれば、どこへでも参りますのでよしなに」

こう言われて、司馬仲達も困った。

「鍾会殿。儂が問うておるのは、蜀への攻撃を妥当と思うかどうかだが？」

「はい、みどもに言わせれば、妥当でない時期などございませぬ」

42

「みどもは、何度問われても、賛意を示しかねる」

「では、従軍されぬおつもりか？」

白粉《おしろい》臭い何晏《かあん》が、揚げ足を取り出す。

「主上の臣下なれば、勅命を受ければ、軍を預かる将として、いつどこへなりとも進軍する所存である」

「ならば、なぜ、蜀への攻撃に同調なさらぬのだ？」

丁謐が、ここぞと非難めいた言い方をしてくる。

「意見を訊かれたゆえ、軍事に関する私見を述べたまでだ」

司馬仲達は、決然と彼らの詰問を撥《は》ね返していた。

正始五年（二四四年）になっても、征蜀論は下火にならなかった。そして、ついには皇帝芳の御前での議論にまでなったのだ。皇帝の傍に付いた曹爽は、側近たちに次々と意見を述べさせた。

畢軌《ひつき》にしても李勝《りしよう》にしても、彼らの主張は、屋敷の庭で陳泰《ちんたい》や鍾毓《しよういく》らが言ったことと同じ内容である。蜀の国力が弱まった今こそ、魏軍が侵略して滅ぼし、領土として併合すべしというものだ。

かつて側近たちは、『皇帝の意を受けず、勝手に後見人のような顔をするな』と、司馬仲達から叱責《しつせき》されている。

その轍《てつ》を踏まぬため、今回は全員が侍従としての允許《いんきよ》を取り付け、皇帝の代わりと称して言葉を発していた。

「では、司馬太傅《たいふ》（仲達）殿。先般の日食を、いかなる天意と思われるのだ？」

昨年五月にあった皆既《かいき》日食が引き合いに出された。既に皆の結論は決まっているようだ。

雑事に詳しい桓範は、天意だとして、司馬仲達に対して得意げにそれを解釈させせようとした。

「そこもとらは、天を戴《いただ》く偽皇帝が二人いる（呉の孫権と蜀の劉禅のこと）から、天が怒っていると、笑止千万な理屈を展開しておるな？」

司馬仲達は、桓範が持論で展開する牽強付会《けんきょうふかい》を嗤《わら》った。

「そこもととは、なにか？　みどもは、主上になり代わって、意見を具申しております。せめて、あなたさまと言わっしゃい」

桓範は鼻先であしらわれて、身の丈以上の意見を言う。

「血迷うたか。なり代わろうと、そこもとが桓大司農（範）であることに変わりはない。それも、自ら具申なる言葉を使うているではないか」

具申は、下位の者が上位者に対して考えを述べることである。

「そっ、それは……。ならば、日食の件は、いかなる御解釈か？」

「天帝を隠す魔物がいるように、宮廷は伏魔殿になりつつあるという解釈も、なり立ちますぞ」

「なに、それでは、みどもらが魔物だと……」

桓範はいきり立ったが、曹爽がさすがに腕を軽く上げて宥《なだ》めた。そして司馬仲達に、さらなる意見を目配せして求める。それを受けて、司馬仲達は言葉を継ぐ。

「自然現象を、都合の良いように言い立てるのは止めた方がいいということです」

「なるほど。司馬太傅の意見も、もっともだ。ただ、このままでは、いつまで経っても、堂々巡りの感は否めませぬな」

「全くです」

曹爽が仲裁じみた意見を入れるのは、議論が枝葉末節に及んでは、自分の意図から外れるからだ。彼は議論をもとに戻し、再度おもむろに訊《き》く。

「呉の将軍諸葛瑾《しょかっきん》は三年前、丞相顧雍《こよう》も昨年末世を去った。皇太子登の後継者問題で揉《も》めているところを、蜀を葬《ほうむ》った勢いをもってさらに攻撃すれば、魏の中華統一も夢ではありませぬぞ。なぜ、おんみだけが、こうも頑《かたく》なに反対なさるのかな？」

無論、穏健派は司馬仲達だけではない。だが、皇帝芳の前に出る自重派は、司馬仲達だけにされてしまうのである。

「蜀を討つ大義名分に、異議を挟む気はございませぬ。しかし、いかに兵を動かすおつもりか。その具体策がございませぬ。蜀を討つは、言い易く為《な》し難いことですぞ」

「では、それを披露させよう」

司馬仲達の反論に、曹爽は夏侯玄を呼んで、策戦を申し述べさせた。

「兵は、長安で七、八万人は簡単に集められます。それで、駱谷道《らくこくどう》を一気に押し渡って漢中へ入ります」

「無謀だ。子午道や斜谷道、故道、関山道を一切使わず、一本道などとは。ならば、食糧などの輜重《しちょう》は、いかがして運ぶつもりなのだ?」

「蜀の桟道が五つあることは、みどもも存じております。それに魏軍が攻め上がるとすれば、普通総《すべ》ての道を使うと警戒するはずです。しかし、みどもはその常道を、敢《あ》えて逆手に取ります」

「おお、それは奇抜《きばつ》な」

曹爽の側近たちからは、思わず感嘆の声があがり、夏侯玄は得意満面の態《てい》で話しつづける。

「蜀の警備は五分されます。その裏を掻《か》いて、駱谷道へ魏軍を集中すれば、突破はたやすいことです」

夏侯玄の説明を聞いていて、司馬仲達は耳を塞《ふさ》ぎたくなった。まるで、兵法を習い始めた少年のような理屈だ。蜀の桟道の現状がどうなのか、全く把握していない。

軍兵が二列以上の縦隊で、隊伍《たいご》を組みながらの行進など、さっぱりできない所だと弁《わきま》えていない。それを指摘しても、きっと、一列縦隊で充分こと足りるとするのだろう。

道を幾つも使わないのは、司馬仲達が勝手に洛陽へ戻り、皇太后や皇帝を奉じて立て籠《こ》もらないようにしているからだ。つまり、曹爽の配慮がある。

ならば曹爽も、軍事行動など考えねばよさそうなものだ。しかし彼にとっては、今こそ蜀を叩《たた》き、凱旋《がいせん》将軍として人気を博す千載一遇の機会と思えるのだろう。

「食糧の調達は、いかに？」

この質問も予期していたごとく、夏侯玄は滔々《とうとう》と述べる。

「関中には、穀物の備蓄が充分にあり、氐《てい》族や羌《きょう》族といった遊牧の民がおります。彼らは魏に臣従しておりますゆえ、牛、馬、騾馬《らば》、驢馬《ろば》などの家畜を調達し、穀物と一緒に輜重輸送をさせます。これにて、兵站線《へいたんせん》は確保できます」

なんという大雑把《おおざっぱ》な策戦であろう。これで成功すれば、蜀は国民総てが半病人ということだ。司馬仲達は、しばらく夏侯玄を睨《にら》んだままでいたが、曹爽に向き直る。

「曹大将軍（爽）は、どう思われる？」

「なかなかの策戦だと思うがのう。この際は、司馬太傅（仲達）殿に同道していただければ、蜀軍は名前を聞いただけで及び腰になりましょう」

曹爽の言葉に、側近どもは苦笑する。

「戦いは、それほど甘くございませぬ」

「まあ、なにごとも議論だけでは判りませぬゆえ、とにかく実行いたしましょう」

曹爽は蜀の内情から、絶対に勝てるものと確信している。二月になって曹爽は勅命を奉じ、魏軍は公称十万とする大軍を洛陽から発して、大々的に行進した。

街道沿いの城邑《じょうゆう》に大軍を見せるため、ゆっくりとした行軍で、司馬仲達が指揮を執る場合の半分以下ののろさだった。

こうして、長安に着いてから氐族と羌族を呼び集めた。それも、司馬仲達から見れば、緩慢な行動だった。自分なら、洛陽を出発したときに異民族へ早馬を走らせ、長安到着と同時に彼らと合流していよう。

一事が万事だった。もっと悪いことに四月に入って日食があり、彼らがそれを蜀を食う天意としたことだ。

それゆえ、駱谷道へ行進し始めたとき、司馬仲達は目を瞑《つむ》りたい心境だった。これほどの大軍が、蜀の間者の目に付かぬわけはない。そうすると、夏侯玄の目論見《もくろみ》である蜀軍の五分割など、たとえしていても、一ヵ所に集中させるだろう。

魏軍が桟道へ差しかかったとき、秦嶺山脈は森閑として、大軍を受け入れているかに見えた。だが、司馬仲達には、相手の待ち伏せが見えていた。

幸い、彼は軍の先頭でも最後尾でもない中央だった。これも、曹爽が見張りやすいようにとの配慮だ。

不幸中の幸いは、蜀軍に不意を突かれても、最初に襲われることはない位置取りだったことだ。

魏軍の破綻《はたん》は、思わぬ所から起こった。氐族や羌族が連れていた驢馬《ろば》や騾馬《らば》が、普段とは違う通路に怯《おび》えて進まなくなったのが原因だ。

それを、夏侯玄の部下が無理やり引いたり鞭打《むち》ったりしたため、驢馬と騾馬が集団で暴れだし、手が付けられなくなった。

桟道から足を踏み外して、家畜も兵も落下する。それを、高みから見ていた費禕《ひい》将軍率いる蜀軍が、岩を落としたり矢を射たりして襲撃してきた。

それでも曹爽と夏侯玄は、後へは引けぬと退却を命じない。参軍の校尉楊偉《ようい》が、曹爽に退却を要請した。それでも、策戦を推進した李勝と鄧颺が、進軍を言い張った。

「将軍、校尉でない者が策戦を云々《うんぬん》した場合は、斬るべしが軍法です」

楊偉が剣に手を掛けたとき、曹爽がようやく退却を決意し、駱谷（道）の役と呼ばれる遠征は、呆気《あっけ》なく終結したのだった。

第七章　生ける仲達挙兵政変（二四五〜二五一）年

43

曹爽の思惑はすっかり外れ、蜀の討伐など入り口にも行かぬ間に頓挫《とんざ》した。

「あれは、司馬太傅《たいふ》（仲達）が指揮した軍だった」

側近の何晏、丁謐、李勝らが、そのように吹聴《ふいちょう》しようと努めたが、無駄だった。洛陽の中でも街道沿いでも、今回の蜀討伐軍が、司馬仲達の指揮する隊とは、似ても似つかない進軍だったことは判っている。

それに、凱旋《がいせん》を意識した曹爽は、自らや側近たちを煌《きら》びやかに飾り立て、司馬仲達の編制部隊には地味な装いを押しつけていたので、いやが上にも目立ったのだ。

今さら、曹爽の指揮ではないと言い立てても、正に恥の上塗りとしか映らない。

それならばと、彼らが必死に言い立てたのは、呉の皇太子登に代わる後継者の問題であった。

「当初の読みどおり、孫和が後を嗣《つ》いだが、弟の孫覇との間で、やはり揉《も》めているようだな？」

「なんでも、二人は同じ宮殿で仲良く暮らしていたものを、一方が皇太子になったものので、格差をつけねばならぬと、待遇を変えたところから孫覇が僻《ひが》んだようです」

「よくあることです。その辺のことは、考えに考えても、結局確執を生むものです」

曹爽の側近が与えた話題は、たちまちにして宮廷に蔓延《まんえん》した。それだけなら、魏朝廷にとっては毒にも薬にもならない。しかし、蜀への侵攻で汚点を残した曹爽には、良い隠れ蓑《みの》になった。

「もともと、孫権はやや錯乱ぎみで、物事の判断が危ういことがあろう？」

噂は噂を呼んで、話はどんどん流入してくる。

「そのとおり。だから、孫和の敵対者は、そこに付け入る隙を見つけるのだ」

「ほう、どのように？」

「その孫権が、少し熱を出して寝込んだそうな。それゆえ皇太子和が、宗廟《そうびょう》の祭祀《さいし》を行うのは自然だな？」

「ああ、逆に問えば『他に、適任者がいるのか？』と、いうことになろう」

「ところが、宗廟の近くに妃《きさき》の実家があって、帰りに挨拶《あいさつ》に出向いたとか」

「しかし、それもいわば自然な行動だ」

「ところがそれを知った全公主《ぜんこうしゅ》（孫和の異母姉）が、『皇太子和は、妃の実家張氏と謀反《むほん》の相談をしております』と、讒言《ざんげん》したそうな」

　彼女は、皇太子和の母と、女同士犬猿の仲だったという。

「普通、そんなことは、ちょっと調べれば判るではないか？」

「だから孫権が、普通の精神状態でないのが問題なのだ」

「えっ、信用したのか？」

「そうだ。そして、皇太子和を遠ざけだしたのだと言うぞ」

「短慮《たんりょ》だ。それでは、呉の命取りになりかねんな。魏にとっては、対岸の火事だが」

　呉の話は、断片的に魏へ伝わってくる。その後は、皇太子和と孫覇の二派に分かれて、小競り合いを繰り返しているらしい。孫権は、当初全公主の讒言を信じたため、撤回することができないと言う。

　だから、皇太子和が謀反を計画したことを前提に、総《すべ》てを推し進めようとしているようだ。ことによれば廃嫡して、孫覇の皇太子昇格もありそうな雰囲気だ。

　だが、それを諫言《かんげん》した大物がいた。丞相《じょうしょう》の陸遜《りくそん》である。

「長子相続は国家の要《かなめ》です。登様、慮様亡き今は、和様以外の皇太子を、決してお考えになりませぬように」

　二二二年、蜀の先主（劉備）が軍船で荊州へ攻めて来たとき、夷陵の戦いで焼き討ちの逆襲を成功させた功労者の言うことなら、さすがの孫権も肯《き》かざるをえまい。

だれもが胸を撫《な》で下ろそうとした矢先、孫権は彼を流罪に処した。皇太子和の謀反を信じ込む精神状態は、陸遜を相手にしても変わらぬ頑迷《がんめい》さだった。

「呉が今日あるのは、陸遜の活躍があったればこそなのに、それを罪に落とすとは、孫権の錯乱は本物だな」

「しかも孫権は、流罪の地まで手紙を送って、彼を責め立てたため、陸遜は憤死したと言うぞ」

「これでは、もう諫言する忠義者は、いなくなろうな」

しかも呉国内では、孫覇一派が皇太子の地位に逆転もありうると、希望の火を燃やしている。

「讒言が、今以上に多くなるだろう」

魏国内は、呉の噂で持ち切りになった。その評価は無論冷静で、いわば一種の国益との見方が大勢を占めている。

「そう言えば、蜀の蔣琬《しょうえん》が、ようやく天に召されたとか」

「彼も病状の悪化が伝えられてから、随分時間が経ちますな」

「個人的には気の毒な限りですが、将軍としての後釜《あとがま》は、やはり費禕ですかな?」

「費禕も遣《や》り手ですが、あまり一人に負担をかけ過ぎるから、皆早死にするのです」

「最近は、姜維《きょうい》なる将軍が、費禕に信頼を得ていると言います」

「彼は、諸葛亮が死んだ最後の北伐にも、校尉として従軍しています。魏延も死に、楊儀が失脚した今では、王平《おうへい》や馬岱《ばたい》よりもやはり姜維でしょうな」

蜀の話題まで呼び込んで、宮廷人はもう駱谷（道）の役は忘れそうになっている。こんな状況を喜んだのは、無論曹爽と側近たちだが、東方からさらに別の話題が飛び込んできた。

「毌丘《かんきゅう》幽州刺史（倹）が、高句麗との戦いに勝ったそうです」

吉報が入ってきたとき、司馬仲達は思わず快哉《かいさい》を叫んだ。これで、八年前に遼東を降《くだ》した意味があったのだ。

毌丘倹は、そのとき拡大した領土を橋頭堡《きょうとうほ》にして、今回の三年にもわたる遠征が敢行できたのである。

もし、公孫淵がもう少し頭を使う人物であれば、当時司馬仲達が明帝（曹叡）に説明した最初の策で北へ逃げていたろう。そうすると、今回高句麗王の位宮《いきゅう》と結託して、毌丘倹の魏軍と一戦交えていたことになる。もし、そのような事態であれば、きっと毌丘倹も三年で事態を収拾できていなかったに違いない。

思えば、彼が北方で高句麗の勢力を抑えてくれたからこそ、曹爽の蜀征伐などという茶番劇もできたのだ。もし、毌丘倹が腰抜けであれば、魏は呉や蜀ではなく、高句麗に、大きく侵攻されていたかもしれなかった。

そのような事情を知ってか知らずか、曹爽と側近たちは、皇帝芳に『論語』や『礼記《らいき》』の中級を教えている。そして夜ともなれば、彼を後宮へ入れている。また、自分たちは連日盛大な宴会に明け暮れ、さすがに宮廷で問題視する向きも出てきている。

それは、郭《かく》皇太后（明帝の皇后）らである。彼女が眉間《みけん》に皺《しわ》を寄せるのは、奏上が一切ないからだけではない。最近後宮の宮女が宴会で接待させられたからである。

それも、明帝供養のために残っている元《もと》の夫人たちだ。

「いつまでも、操を立てるばかりが能ではありませんぞ」

「まだ若い身空で、後家を通すのは勿体《もったい》のうございます」

そのような卑猥《ひわい》な言葉を投げかけて、宴席へ侍《はべ》らせたのだ。まるで、質《たち》の悪い遊侠《ゆうきょう》の拐《かど》かしである。またこのままでは、明帝の後宮にいた者だけではなく、皇帝芳の後宮へも触手を伸ばしかねない。

このような現状は、それとなく司馬仲達へも知らされてきた。だが、今は彼らを糾弾することが難しい。彼は事態を見守るしかなく、郭皇太后へは特に返事を出さずにおいた。

だが、後宮所管の女官を連れ出すのは、普通できることではない。司馬仲達は、それを梁幾《りょうき》に調べさせることにした。彼も寄る年波に勝てず、もう蜀を探るより宮中の方がいいと、早速引き受けてくれた。

それから、司馬仲達は弟の司馬孚を呼んで、長男の司馬師も交え永い相談をした。

44

正始八年（二四七年）になって、郭皇太后が、永寧宮《えいねいきゅう》に幽閉された。無論、曹爽の差し金に決まっている。

宮の門前で、彼と曹羲《そうぎ》、曹訓《そうくん》、曹彦《そうげん》ら兄弟が差配できる近衛兵《このえへい》を、護衛と称して、彼女の外出と外部からの宮女の出入りを禁止させているから判る。

おそらく宮女を宴席に呼んだことで、郭皇太后から曹爽へ苦情が出たのだ。後宮とそれに関連する施設は、皇太后の管理下にある。それを、勝手に宮女を連れ出して、宴席に侍らせるなど、以《もっ》ての外《ほか》と詰《なじ》られるのは当然である。

今回の暴挙は、何晏《かあん》、丁謐《ていひつ》、鄧颺《とうよう》らが、郭皇太后と司馬仲達の信頼関係を断ち切るために提案したらしい。その辺は梁幾から、早速報告があった。

もっとも、一連の行動を見ていれば、曹爽が宮廷内で横暴を働いているのは、調べなくとも察しがつく。しかし、公然の秘密と、白日の下に曝《さら》されるのでは、世間の受け止め方がまったく違うのだ。

「だから、ことが公《おおやけ》になる前に、皇太后を閉じ込めたのか？」

「はい、皇太后は、『司馬太傅《たいふ》と、連絡を取らせよ』と仰《おお》せでしたが、『太傅は、病気だ』と、曹爽は応《こた》えておりました」

「ほう、それなら、曹爽の要望に応えてやらねばなるまい」

司馬仲達はそれ以後、宮廷への出仕を控えた。使いを立たせて、『司馬太傅は、中風の症状にて、しばらく屋敷にて養生いたします』と言わせたのだ。

「それは心配なことです。どうぞ、お大事になさってください」

心配そうに使いを労《いたわ》る曹爽だったが、その表情には、必死で笑いを噛《か》み殺しているのが見て取れた。彼自身、瓢箪《ひょうたん》から駒が出たと、愕《おどろ》いてもいたようだ。

司馬仲達は、その後一切屋敷から出なかった。庭に出て草を弄《いじ》ることも、全くなかった。ただときおり、自らの部屋で導引《どういん》の術《じゅつ》を行って、足腰や身体の筋肉が衰えるのだけは防いでいた。

導引の術とは、養生の方法である。現代の中国人が、公園でしている太極拳《たいきょくけん》の型のようなものを連想すればよい。

司馬仲達が宮中へ姿を見せなくなると、曹爽の横暴は一層烈しくなっていった。

洛陽の近くには、湯沐《とうもく》の地とされる場所がある。諸侯が皇帝に面会に行く際、前もって斎戒沐浴《さいかいもくよく》する場所だ。つまり、文字どおり湯浴《ゆあ》みするのである。

曹爽は書類を改竄《かいざん》し、そこをいつの間にか自分と弟の曹義《そうぎ》、曹訓《そうくん》、曹彦《そうげん》らで分けてしまった。そして、一族や側近たちの官位も、さらに上へ進めた。

何晏《かあん》は侍中尚書《じちゅうしょうしょ》に、丁謐《ていひつ》は尚書《しょうしょ》に、畢軌《ひっき》は司隷校尉に、李勝《りしょう》は滎陽太守《けいようたいしゅ》にと出世し、桓範《かんはん》は大司農のまま荘園を加増になり、鄧颺《とうよう》は大将軍長史《ちょうし》へと出世した。

こうなると、曹爽は止める者がいないので、もうしたい放題である。

夜の宴会では、またしても明帝時代後宮にいた夫人たちを宴席へ引き摺《ず》り込んだ。かつては一人二人だった。だが、この頃になると、監督役の郭皇太后がいないため、十人以上が宴席に顔を列《つら》ねた。

そして普通の酒宴では飽きたらず、発情した猿や犬を檻《おり》に入れて広間に据え、交尾するようすを鑑賞したりした。

司馬仲達は、舌打ちしたい状況だ。彼は、梁幾に質問する。

「曹爽といえども、勝手に彼女たちへ、声をかけるわけにはいくまい」

「はい、探りましたところ、宦官《かんがん》の張当《ちょうとう》が仲介していると判りました」

さすがに梁幾の調査は早い。

宦官ならば、後宮やその関連施設への出入りは自由だ。そして彼らは、伝統的に賄《わい》賂《ろ》が効く存在である。

「張当か。あんなやつなら、曹爽が鼻薬を嗅《か》がせれば、一も二もなく意向に迎合するだろうな？」

「気を利かせて、より嬉《うれ》しがらせることまでいたしましょう」

「と、言うと？」

「そのうち、主上の夫人らを引き出すかもしれませぬ」

現役の後宮の美女を、臣下が宴会の余興に使うとなれば、不忠を通り越した前代未聞の越権行為、否、大逆罪である。

「曹爽は、嫦娥散《じょうがさん》を使わずとも、脳味噌《のうみそ》が麻痺《まひ》しているのかもしれない。魏の忠臣なら、主上は蔑《ないがし》ろにできぬはずだ。……できぬ、はずであるな……？」

ここで、司馬仲達の歯切れが少し悪くなり、一瞬宙を睨《にら》むようすになる。

「はい、ところで……」

梁幾は、司馬仲達の眼が焦点を喪《うしな》ったことに不安を感じたのか、少し間を置いてから応えた。

「どうした？」

「はい、涼州（甘粛省と寧夏《ねいか》回族《かいぞく》自治区）で不穏な動きがあります」

梁幾は本分を忘れず、部下の間者に蜀の動向を探らせていたのだ。氐族や羌族が、蜀と結託し始めたという。

「費禕《ひい》が、なにか仕掛けてくるのか？」

「はい、前面に立つのは、おそらく姜維《きょうい》だろうと思われます」

梁幾の報告を受けて数ヵ月後の夏、宮廷から司馬仲達に出仕の督促がきた。将として、出陣するようにとの依頼である。

「病気療養中ゆえ、出仕もお役目もかないませぬ」

やや素っ気なく返事すると、また使いがやってきた。

「ならば、関中で蜀軍に対抗できる将軍を、御推薦ください」

つまり、蜀が北伐を始めたのだ。明帝崩御から二年後の正始二年(二四一年)以来だから、六年振りということになる。永らく中断していたのは、当初の将軍蔣琬《しょうえん》が病気だったからだ。

彼の死で、費禕と姜維の連絡が滞りなく行えるようになったことが大きいだろう。

また、それだけでなく、なんと言っても駱谷《らくこく》の役に対する報復の意味が、今回は込められていよう。

曹爽も、それを充分弁《わきま》えていて、もう夏侯玄などでは、さっぱり役に立たないことが判ったのだ。だから、使える将軍を指名して欲しいのである。

「夏侯覇《かこうは》と郭淮《かくわい》と伝えろ」

司馬仲達は、それだけ言うと屋敷の奥にひっこんだ。

「父上。あの二人で、本当に大丈夫でしょうか？」

司馬師が、さすがに心配そうに、奥までやってきて訊《き》く。

「ああ、夏侯覇は、夏侯家の名誉にかけて奮戦する」

「駱谷の役で、夏侯玄が将にもあるまじき醜態を曝《さら》したことへの、名誉挽回《めいよばんかい》という意味でしょうか？」

「そうだ。それに、やつなら父親（夏侯淵）譲りの、将としての力量がある」

そう言えば、夏侯玄の父親は、死体を掘り出して頬擦りをしていた夏侯尚だ。そこからして、血統の違いがあるのだ。だが、大きな視野で眺めれば、双方とも夏侯氏一族である。

「郭淮は、いかがな将でしょう？」

「彼は七年前、隴西《ろうせい》で反乱を起こした氐族《ていぞく》や羌族《きょうぞく》を鎮圧した実績があるのだ。その土地柄に慣れているから、夏侯覇の副将として適任だ」

今回の反乱で、氐族や羌族が蜀の味方をしているのも、夏侯玄が、牛、馬、驢馬《ろば》、騾馬《らば》などの家畜を、何頭も無理やり供出させた怨《うら》みからだ。しかも駱谷では、それらの大半が桟道から落下したのであった。

司馬仲達の推薦を、曹爽はそのまま呑《の》んでいた。軍事に関しては、総《すべ》て任せた方が賢い。万一失敗しても、責任が転嫁できると、彼なりに学習したようだ。

蜀将姜維《きょうい》は、涼州の氐族や羌族に関中を襲わせ、その鎮圧に向かった夏侯覇を側面から攻撃するつもりだった。しかし、郭淮がそれと見抜いた。氐族や羌族の暴れ方が、本気ではなかったからだ。

遊牧民族の彼らが、一番欲しがるのは穀物である。しかるに今回の彼らは、関中の城邑《じょうゆう》に向かって、ただ騎馬で突進してきて矢を射かけるだけだった。つまり、敵意を示したに留《とど》まっていた。

そこで郭淮は、狄道《てきどう》を進んでいたのを、為翅《いし》に駐屯する夏侯覇の方へ転じた。するとその読みは当たり、夏侯覇の側面を突こうとしていた姜維の、さらに側面を突くことができたのだった。

それでなくとも三万人の兵しかない姜維は、総数五万人を超える魏軍に集中攻撃され、もう退却するしかなかった。

45

「ついにやったか？」

「はい、魏朝廷に対する反逆も、同じでございます」

梁幾が報告したのは、曹爽が皇帝芳の後宮から、現役の宮女を十人も、宴席へ呼んだ一件だった。

「手配したのは、張当だな？」

「はい、以前と同じ手口です。しかし、なぜこのようなことを……？」

梁幾は、曹爽がわざわざ身の破滅を招くような行為をするのが判らないようだ。不思議そうな表情で疑問を呈するが、司馬仲達には想像できた。

軍事面の功績では、司馬仲達の足下にも及ばない曹爽が、自分の権力の強さを確認している歪《いびつ》な心情なのだ。

「より主上に近い権力を持っていると、自分や周囲に見せつけているのだ」

「はあ、そういうことですか……」

梁幾は、今一つ曹爽の屈折した心理が判りにくいようだ。

「ところで、主上は、気づかぬのか？」

「主上が寵愛《ちょうあい》している夫人は、数名に決まっています。それゆえ、彼女たちと寝所へ赴けば、残っている姫妾《きしょう》のことなど、一切気にならないようです」

少年皇帝だった曹芳も十七歳となり、後宮を設けている。大勢を侍《はべ》らせても、特定の姫妾だけを気に入るものだ。また、張当が役者を引き入れて、面白可笑《おか》しい芸をさせるので、姫妾の人数などすっかり忘れているらしい。

説明されれば、そのとおりだろう。宮女にしてみても、もう皇帝の手が付きそうもなければ、賄賂を受け取って楽しく過ごす方を選ぶかも知れない。

しかし表沙汰《おもてざた》になれば、これは不忠や不貞程度ではすまなくなる。

「周囲は、知っておるのか？」

「はい、宮廷人のほとんどは気づいております。もはや、公然の秘密です」

曹爽一族は、近衛兵《このえへい》を掌握している。だから、宮廷でなにをするにも、他からの眼は遮断できる。しかし、状況を考えれば、なにが行われているかは、容易に想像がつくのだ。

そして、その乱行は止む気配がない。そうすれば、いつかは皇帝芳の耳に届くことになろう。そのとき曹爽が、どう言い訳するかだ。

『孤閨《こけい》を寂しく思った宮女が、参加したがったものですから、こちらが気を利かせたのです』

おそらくはこのように、皇帝芳を喰《く》ったような説明をするのだろう。だが、いくら暗愚な皇帝芳にしたところで、いつかはその真意に気づくはずだ。

そうなると、外戚《がいせき》から蔑《ないがし》ろにされていた後漢の少年皇帝が、成長の後に宦官《かんがん》と結託して果たした復讐《ふくしゅう》物語と同じ軌跡を辿《たど》ることになる。

今回は、宦官の張当が曹爽側に立っているので、司馬仲達を頼るかも知れない。

だが、司馬仲達が病気療養中となれば、そこで初めて皇帝芳自ら武器を取るかもしれない。だが、あの性格なら、可能性は薄い。それでも、曹爽から見れば危険性を孕《はら》むことになる。

司馬仲達は、その先を考えた。つまり曹爽が、一切の不安を取り除くための方策である。その手段は、多分一つしかない。

そこで彼は、弟の司馬孚《しふ》と長男の司馬師《しし》を呼んだ。なにごとかと、慌てて二人が駆けつける。

「具合はいかがです？」

「これから、儂《わし》は半年かけて惚《ぼ》ける」

彼はあっさり言って、二人をじっと見つめた。言われた方は、狐に抓《つま》まれたような表情で司馬仲達を見ていた。

「どういうことです？」

「儂は、もう廃人同様だと、世間に噂を広めるのだ」

そこまで言うと、司馬孚も司馬師も意図を理解した。そして、さすがに顔が引き攣《つ》っていた。

それから後、司馬仲達の屋敷には一族の者が何人も訪れた。司馬孚の長男で、亡き司馬朗《ろう》（司馬仲達の兄）の跡を嗣《つ》いでいる司馬望《ぼう》、司馬仲達の次男で独立している司馬昭《しょう》とその長男司馬炎《しばえん》らである。

屋敷へ出入りする一族の人数が、短時間に催しがあるごとく多いので、都人士《とじんし》はなにごとかと訝《いぶか》った。

「病状が、尋常ではないらしいぞ」

「えっ、それでは危篤状態なのか？」

「いや、命には全く別状ないらしいが、記憶がしっかりせず、辻褄《つじつま》のあわぬことを口走るとか」

あの、聡明《そうめい》をもって鳴る司馬太傅《たいふ》が、子供のような老人になった。そんな噂が、瞬く間に都中に拡がった。

「まさかとは思うが、本当かどうか調べる必要があろう」

曹爽は、だれかを実際に見に行かせようとして、簡単に異動を発表する。

「李勝。おぬしを出世させてやる」

「どういうことです？」

「荊州刺史《けいしゅうしし》にしてやるから、司馬仲達へ赴任の挨拶《あいさつ》をしてくるのだ」

見舞いも兼ねて、実際の病状を確かめろということだ。李勝は衣冠を調えて司馬仲達の屋敷を訪れた。

「李勝でございます。荊州赴任の御挨拶に寄せていただきました」

彼は門前で力強く口上を述べ、司馬師に案内されて、司馬仲達の病床まで顔を出した。久しぶりに相対する太傅の顔は、かなり頬が痩《こ》けている印象だ。

「お久しぶりでございます。このたび、力もありませぬが、生まれ故郷の荊州での刺史の大役を仰せつかり、これから任地へまいるため、御迷惑も顧みず、こうして挨拶に罷《まか》り越しました」

司馬仲達は、李勝の言葉をにこにこしながら聞いていた。

「そうか、そうか。李勝殿は、并州《へいしゅう》へ赴任されるか？」

今聞いたばかりの赴任地を間違えられ、李勝はすこしむっとして言い募る。

「いえ、生まれ故郷の荊州でございます」

「そうか、并州は良い所なそうな」

「いえ、みどもが行くのは……」

荊州と言いかけ、李勝は無駄を悟った。司馬仲達が起きあがろうとして、お付きから渡された着物を、何度も取り落としたからである。

「無理をなさらず、床へお就き下さい」

李勝は司馬仲達の姿に、すこし可哀そうな気分になりかけた。もう、武人を統率して五丈原の諸葛亮と対峙《たいじ》した人物とは思えなかった。

着物を諦《あきら》めた司馬仲達は、また違った叫び方を始める。

「あっ、あれ……」

李勝がいるにも拘《かか》わらず、また司馬仲達は言葉にならぬ叫び声をあげ、人差し指で口を指す。

どうやら、喉《のど》が渇いたということだ。

ところが、お付きが水差しを差し出しても受け取れず、それを布団に零《こぼ》すありさまだった。家の者が右往左往して乾いた布を持って走ってくる。

そうして、布団の水を吸い取っている。だが司馬仲達は、お構いなしに次の要求を始める始末だ。

「かっ、粥《かゆ》を……」

言われたとおり、お付きが椀《わん》に入れた粥と箸《はし》を渡した。だが、司馬仲達は粥を口に運べず、またもや布団へ落としていく。これでは介護なしに、日常生活は何一つできそうにない。

傍で醜態の一端を垣間《かいま》見た李勝も、さすがに憐憫《れんびん》の情を催《もよお》し、思わず涙する始末だった。

「李勝殿は本州へ赴任されるのであれば、きっと手柄をお立てになることでしょう。そのときは、我が倅《せがれ》の司馬師や司馬昭らとも、どうぞ懇意にしてやってくだされや。こうして、お願い申しあげます」

司馬仲達は、病床にありながら子供たちの行く末を、李勝に托《たく》している。このような姿は、今までに決してなかったことだ。

李勝は赴任の挨拶もそこそこに、急いで曹爽へ報告に駆けつけた。

「間違いなく、司馬太傅は重病です。もうなにも、まともに考えられぬところまできています」

李勝の報告はそうなった。

46

「本当に重病なのは、決して間違いないことだな？」

曹爽は、宮廷の執務に使う一室で、嬉《うれ》しそうに訊《き》き返す。

「はい、呂律《ろれつ》もはっきりしませぬし、物事の理解も、さっぱりできておりませぬ」

李勝の返事も、どこか弾《はず》んでいた。

「芝居ではなかろうな？」

宮廷に君臨する彼は、最大の政敵が不治の病に踠《もが》いていると聞いて、喜びが込みあげ感極まっている。それゆえ夢ではないかと、再度訊き返したくなるようだ。

「みどもの目前で水や粥を零《こぼ》されました。それも、手や指が巧《うま》く使えないからのようです。介護の者が毎日付きっきりで、一族の若者や女たちに頼んで、交替交代《こうたいごうたい》で面倒を見ているようです」

それを裏付けるように、司馬仲達の屋敷へは、人の出入りが烈しい。それも、若者や女たちが多かった。

「そうか。もう、常人の振る舞いは適《かな》わぬのだな？」

彼が、こうして何度も念を押すのは、後宮の姫妾《きしょう》たちを、宴席に呼んだからだけではない。最近ではさらに大胆に、そのまま自分の屋敷へ連れ帰って妾《めかけ》にしている。

皇太后を幽閉し、司馬仲達が再起不能になれば、もう宮廷外から彼を咎《とが》める者はいない。すると残る問題は、宮廷内の中心人物だけだ。つまり、皇帝芳である。

曹爽の傍若無人は、遠からず彼の知るところとなるだろう。それゆえ彼は、騒ぎになる前に、大事を起こそうとしている。そして、万一の失敗も許されぬことゆえ、石橋を叩《たた》いて渡ろうとしているのである。

「新年になると、主上は高平陵《こうへいりょう》（明帝・曹叡《そうえい》の墓）へ詣《もう》でられる。このときこそ、儂の天下が始まる第一歩だ」

彼は政変を李勝に示唆し、覚悟を決めさせた。李勝とて、曹爽があってこそ荊州刺史の地位につけたのだ。今さら、裏切るわけにはいかない。

彼は司馬仲達の病状を伝えると、そのまま荊州へ旅立った。それは、年の瀬に当たっていた。

曹爽は年が変わった途端、皇帝になろうとしていたのである。実際には、自らが政《まつりごと》を動かしているのであるから、既に実質的な皇帝だ。

しかし、皇帝芳がいる限り、どこまでも臣下という身分に甘んじねばならない。そうすると、自らが普段していることは、やがて皇帝の名の下に反対勢力から弾劾《だんがい》されるのではないか？

そういった恐れが、彼には常に付きまとっていた。それゆえ、帝位を簒奪《さんだつ》しようという野望が、皇帝に叛《そむ》く行為をする度に、頭を擡《もた》げてきていたのである。

「曹義、曹訓、曹彦らを呼べ」

曹爽の命令で、兄弟たちが宮殿へ呼ばれた。曹爽は弟たちを前に、ついに謀《はかりごと》を披露した。

皇帝は曹芳であるから、宮殿に曹一族が集まっても一見不思議ではない。ただ、皇帝だけが蚊帳《かや》の外で、彼を抹殺する謀が為《な》されていたのは皮肉だ。

「儂《わし》は、年が明けたら主上を脅して、皇位を禅譲させるつもりだ」

「えっ、どのように？」

兄弟たちは、さすがに驚きを隠せない。その反応を見ながら、曹爽はつづける。

「主上がいつも年頭に、高平陵に詣でるというところが味噌《みそ》だ」

「明帝に、禅譲を報告していただくのでしょうか？」

「いや、それだけではない。泣いて、自分には荷が勝ちすぎるから、能力のある曹爽に代わってもらいたいと、涙ながらに訴えさせるのだ」

「なるほど」

「無論、それだけではないぞ。玉璽《ぎょくじ》入りの詔を書かせて証拠とする」

「ほう、用意周到というところですな」

「そうだ。それに後日、碑文に刻ませようかとも思っているのだ」

「しかし、そこまでせずとも」

そう言ったのは、曹羲だった。

兄弟の中には曹羲のように、適当な操縦で良いではないかとの考えもある。

「いや、権力というものは、がっちり固めておかねば、だれかが病気したり事故にあって動けなくなった場合、あっという間に逆転するぞ」

曹爽は、李勝から聞いた司馬仲達のようすを語った。

「もし、儂が太傅《たいふ》のようになれば、皆も、主上から罪人として裁かれるかもしれぬ。そのようになる前に、転ばぬ先の杖《つえ》が必要なのだ」

兄弟たちはこの一言で、謀反を起こそうとする曹爽に荷担する気になったのだ。

一方司馬仲達は、梁幾から曹爽一族の動向を聞いていた。ほとんどは、思ったとおりだった。そこで彼は、年末もさし迫った頃、梁幾に張当を捕らえさせた。

「是非、お願いしたい儀がございまして」

梁幾は、年配者独特の柔らかさで張当に接近し、口上を述べてから金銭を渡して油断させた。それを見た途端、張当の態度が変わる。

「さて、どのようなことですかな？」

にこやかに近づく張当を、梁幾は料亭へ誘った。

「息子に、官職の端くれでもいいので、是非ともつかせたいのです。お力添え、いただけますまいか？」

そう言ってたらふく飲ませ、彼が眠ってしまったのを馬車に乗せ、司馬仲達の屋敷へ運んだのである。そこを司馬孚が、目の覚めた張当に、曹爽が後宮の姫妾を連れ出した件について訊《たず》ねた。

「そのようなこと、知りませぬ」

さすがに初めは、しらを切ろうとした。だが、次の脅しが効いたようだ。

「宦官《かんがん》は、男の一物を切り取られておろう。なんなら足の指から手の指まで、出っ張った物は総《すべ》て、順序立てて念入りに、一つ一つ落としてやってもいいのだぞ」

張当は愕《おどろ》いていたが、それは言葉の内容もさることながら、言葉の主を見て蒼褪《あおざ》めたのだ。惚《ぼ》けたはずの、司馬仲達だったからだ。

「太傅殿は……」

「有り体に喋《しゃべ》れば、命は助けてやろう」

司馬仲達は、司馬孚や司馬師のいる前で約束してやった。すると張当は、皇帝芳の後宮から宮女を連れ出したこと、役者を後宮へ入れて演技させたこと、皇帝芳から帝位を簒奪《さんだつ》するための書状を作ったことなど、総てを洗《あら》い浚《ざら》い喋った。

司馬仲達にとって一番大事な話は、皇帝に禅譲させる 謀《はかりごと》よりも、普段曹爽が幾つも管理している虎符《こふ》の在処《ありか》だった。事務手続きに長《た》けた宦官は、それを熟知しているのである。

「命を助けてやるが、しばらく屋敷から出すわけにはいかぬ。物置に縛り付けるが、食事はさせてやろう。ただし、逃げようとすれば、首はないものと思え！」

張当を捕らえた司馬仲達は、新年が明けて曹爽が兄弟たちと皇帝芳の供をするのを、息を潜めて待った。

「皆、揃って洛陽の城門を出ました」

梁幾が報告してくる。

「兵は連れているか？」

「兄弟と、百名程度の曹一族だけです」

考えてみれば、皇帝以下、皆曹姓だ。かつて、桓範が注意したことが甦《よみがえ》る。

「兄弟揃って、城外へ出ることなきよう」

だが曹爽は、政敵がいなくなった今、そんな台詞《せりふ》は忘れている。

それを聞いた司馬仲達は、一族に出動を命じるため梁幾を走らせた。年明けの洛陽の通りを、司馬一族が慌ただしく馬で駆けている。

普段、司馬仲達の世話をするため若者や女たちの出入りは多いが、今日はようすが違う。若者の姿と壮年が多く、しかも皆が皆、物々しく武器を携《たずさ》えていた。

司馬仲達自らは、甲冑《かっちゅう》を着けて宮殿へ馬車で走った。そして、張当から聞いていた場所で総ての虎符を捜すと、近衛兵《このえへい》や南軍北軍の指揮権と武器庫を掌握した。片割れだけでも、少なくとも軍は凍結できた。

彼は、それを司馬孚や司馬師らに渡し、自らは近衛府の虎符を携えて、皇太后が幽閉されている永寧宮へ赴いた。

「開門！」

突然、曹爽以外の者が命令する声が聞こえ、近衛兵らは愕いて覗《のぞ》き窓から相手を確認した。そして、司馬仲達だと判ると、二重に愕いていた。だが、虎符を翳《かざ》している以上、命令を肯《き》かねばならない。

47

門扉が開くと、司馬仲達は急いで郭皇太后に面会を求めた。顔を合わすと、彼女は涙を流さんばかりに喜んでくれた。

「病気と聞き、もうこの世では会えぬものと思っておりました」

「御心配をおかけいたしましたが、今は、曹大将軍（爽）討伐の勅許をいただきたく存じます。一刻を争いますゆえ」

司馬仲達は書面を示し、皇太后の印璽を捺《お》してもらった。そして、挨拶《あいさつ》もそこそこに城門へ行った。そこを固めると、司馬仲達はさらに洛水の浮橋へ出向いた。

浮橋とは、舟を並べて板を渡した橋である。そこからは、曹爽たち一行の影が遠望できた。

曹氏一族にも、城内の異変が知らされたらしい。取り敢《あ》えず洛水右岸で作業していた屯田兵を五、六千人集めたようだが、皇帝芳を中央に据えて立ち往生している。

これは、曹爽が皇帝芳を脅そうとする前に、異変の知らせがもたらされたからだ。

「主上に、申しあげます」

司馬仲達が、よく通る声で喚《よ》ばわった。

「曹大将軍（爽）は権力を私《わたくし》し、一族で官位を独占し、国家の土地を不法に奪い、後宮の姫妾《きしょう》を勝手に宴席へ侍《はべ》らした後に拐《かどわ》かすなど、その所業は以《もっ》ての外《ほか》でございます。みども司馬太傅は、郭皇太后の名において、本日、曹大将軍討伐のため、ここに兵を挙げたしだいです」

この口上に対し、曹爽の方からはなにも反論はなかった。読みあげられたことが、一々もっともなためだろう。また、重病だと思っていた司馬仲達が突然現れたため、面喰《く》らって狼狽《ろうばい》しているのかもしれない。

自分自身が練っていた政変を逆手に取られて、もうなにをして良いのか判らないのだろう。傍にいる皇帝芳は、何が起こっているのかすら、さっぱり判らないようだ。

その日、彼を巡って、洛陽中が大童《おおわらわ》になっていたにもかかわらず、太平なことである。だが、そこが皇帝芳らしさであろう。

「曹爽に知らせたのは、桓範《かんはん》ですな」

浮橋の陣地で、遠望する司馬仲達の傍へ来て、こう言ったのは蔣済《しょうさい》だった。彼が差し出した右腕には、太尉の虎符がある。

「おぬしも、来てくれたのか？」

「そうです。曹爽の一派を、快く思っていない者たちは、他にも大勢いますが、みどもはその代表格です」

頼もしい言葉だった。いくら司馬仲達が奮い立っても、司馬氏以外から参戦してくれる武将がいなくては、なかなか曹爽討伐も盛り上がりに欠ける。

「桓範が向こうへ行けば、いろいろ知恵を授けて面倒なことになるやもしれぬ」

司馬仲達は、やや時間が掛かりそうだと口を歪《ゆが》めたが、蔣済は笑う。

「確かに桓範は、最後の最後まで悪知恵を働かせましょうが、この状態では曹爽が使いこなせますまい」

「それは、どういうことだ?」

「曹爽は、いかに戦うかより、どう保身につなげるかしか考えられませぬ」

蔣済は、桓範の考えを憶測する。

「やつは、主上(曹芳)を奉じたまま、屯田兵を率いて許昌《きょしょう》遷都を提唱しましょう」

「その道は一応、兵を出して塞《ふさ》いだがな」

司馬仲達は、考えられる限り相手の対抗策には先手を打っている。しかし、曹爽は一向に動こうという気配はない。司馬仲達が読みあげた非難の内容に、どう応《こた》えようかと思案しているように見える。

「父上」

司馬師が、なにか提案があるらしい。彼の方を振り返ると、親友の陳泰《ちんたい》が背後にいる。尚書の彼が侍中の許允《きょいん》と一緒に、曹爽に話をするつもりらしい。

「曹大将軍が動かないのは、話し合いにて決着を付けたいからです。ここは、役職を剝奪《はくだつ》するが、身分を保障するといって主上を取り戻すのが先決かと存じます」

「なるほど。ならば、おんみらに任そう。ただし、これを彼に渡せ」

司馬仲達は、郭皇太后の印璽を貰《もら》った告発状を托《たく》した。

どのような話し合いの結果になろうが、司馬仲達は、曹爽を許す気などなかった。

ただここでは、無益な血を流すこともないと思ってはいた。

「諸侯の身分は、そのままだとのことですから、ここは降服なさった方が得策です」

陳泰と許允は、必死に説得した。傍では桓範が、皇帝の身柄を確保して、飽くまでも交戦だと叫んでいた。

しかし曹爽は、軍事衝突は苦手だった。

「身分保障があるのなら、政《まつりごと》から手を引いて一生安楽に暮らせるのだ。この際、それで良いではないか？」

彼は暢気《のんき》にそう言って、陳泰と許允の説得に応じた。

「この能なしめ。おまえなどに知恵を貸しても、結局一族皆殺しになるだけだ」

桓範は、曹爽を詰《なじ》って毒突いていた。こうして、曹一族は武装を解除され、皆屋敷に幽閉状態となった。

ここで司馬仲達は、曹爽が禅譲を迫ろうとした一件を初めて知った振りをし、それを反逆計画と言い直した。つまり、曹一族は大逆罪に落とされたのである。

この処置には、曹爽を説得に当たった陳泰や許允などから、当初の約束は履行すべきだとの異論が燻《くすぶ》った。だが宮廷内では、これまでの曹爽の横暴に対する反発が強く、騙討《だましうち》にも喝采《かっさい》する雰囲気があった。

そうなると、側近たちにも累が及ぶ。

荊州へ赴任中の李勝は引き戻されて、曹爽へ司馬仲達の包囲網を知らせた桓範、それに丁謐、畢軌、鄧颺らも捕らえられた。

ただ一人、何晏だけには別の仕事が与えられる。それは文才のある彼に、側近への告発状の作成をさせたのだった。

何晏は、自分が何進の孫だから一人助けられたと思い、曹爽らの糾弾文を厳しく作成し始めた。そして、彼の白粉《おしろい》臭さもさることながら、廊下で背後を振り返る癖もそのままだった。

「あれは、どういう仕草だ？」

司馬仲達は、目障《めざわ》りな動作を左右に訊《き》いた。すると、聞き苦しい応えがあった。

「自らの影に、見惚《みと》れているそうです」

美男を意識する何晏の、異常な自己愛の強さを知った司馬仲達は、反吐《へど》を催しかけた。それは、決して許せぬ存在だった。

「どうだ。告発文はできたか？」

「はい、いかがでしょう？」

何晏は自信に満ちて、作成した文章を示した。蔡侯紙《さいこうし》へ、筆跡も鮮やかに清書されている。それさえ、自己愛の違った形だと思われた。

『曹爽は越権行為甚《はなは》だしく、皇帝と同じ振る舞いをしようと、玉璽や馬車を勝手に使用し、後宮の夫人までも連れ出した大罪がある。また、曹羲、曹訓、曹彦ら兄弟は、兄の暴虐を助長し、その罪は生涯消えることはない。丁謐は、郭皇太后の幽閉を提案した罪。畢軌は、曹爽の専横を見過ごした罪。李勝は、夏侯玄を推薦して駱谷の役を引き起こした罪。桓範は、曹爽に許昌へ移ってまでの反逆を勧めた罪。鄧颺は女と官位を引き替え、公正さに欠けた罪。そして宦官《かんがん》の張当は、後宮の宮女を曹爽のため、拐《かどわ》かした罪』

何晏の文章を要約すると、曹家から、丁、畢、李、桓、鄧、張の七家を『一族誅《ちゅう》滅《めつ》させよ』というものだった。

ここで一言付け加えるなら、曹爽の父曹真は、曹姓であるが、もともとは秦姓だった。その父秦邵《しんしょう》が、袁術との戦いで曹操を救ったため、功績として曹姓を賜った経緯がある。だから、皇帝（曹芳＝曹操の曾孫《そうそん》）と曹爽の一族は、血統としてはつながっていないのだ。

また、宦官の張当にしても、子を生《な》せない彼に、一族との表現に違和感があろう。だが、当時は宦官でも養子縁組みの制度があり、一族が形成できたのである。

それら総《すべ》てを考慮して、何晏は告発文の断罪の内容を記述したようだ。しかも、もとの同僚を扱《こ》き下《お》ろして仕上がっている。つまり、彼らを滅ぼすという最大の罪を適用して、自らは助かろうとしているのが、ありありと覗《うかが》えた。

だが、司馬仲達は許さない。

「もう一家、足りぬぞ」

何一族も許されることなく、断頭台へ追い立てられた。こうして美男の彼も、白粉臭い首を血塗《ちまみ》れにして転がされた。

48

「夏侯覇が、蜀へ亡命したようです」

思わぬ報告が、突如司馬仲達に届いた。

駱谷の役で醜態を演じた夏侯玄は、疾《と》くに失脚している。だから、今回処刑の対象者からは外しているのだ。いや、司馬仲達としては、そのような考えもなかった。

しかし夏侯覇は、夏侯玄が処刑された李勝と昵懇《じっこん》だったことを考え、いつか側杖《そばづえ》を喰らうと懸念したのかもしれない。だが、違った観測をする宮廷人らがいた。

「夏侯玄の代わりに、郭《かく》将軍(淮《わい》)が征西将軍になりましたな?」

「そうです。正始八年(二四七年)には、蜀の将軍姜維《きょうい》の侵攻を、夏侯将軍(覇)と協力して退けた人物です」

「ところで、今回の政変で、司馬太傅《たいふ》(仲達)は丞相《じょうしょう》に任じられても、表向きは固辞されましたな？」

「はい、謙譲の美徳を示されたお蔭《かげ》で、一族の司馬氏も皆様大変な御出世です。しかし、これでは曹（爽）一族と一緒と言われかねませぬ」

「いや、それはさておき、宮中も軍部も、人事の再編成が行われましたぞ」

「そうでした。それゆえ、我らもこうして宮中に出仕できているのです」

「ところが軍部では、郭淮様が車騎将軍になられました。しかし夏侯覇様は、その部下の地位に甘んじられることに……」

「それで、亡命されましたのか？」

「はい、それに追随するような恰好《かっこう》で、郭淮様の一族ながら、仲の悪い郭循《かくじゅん》なる将軍が、やはり蜀へ逃げられたとか」

「夏侯一族と親交があったと言います」

　夏侯覇については、絶望説と憤懣《ふんまん》説が綯《な》い交《ま》ぜに論《あげつら》われた。だが、司馬氏が高官の要職を占めたことについては、消極的にではあるが反発の声もある。

　ただ、曹爽の横車があまりにも非道《ひど》いものであったため、それを抹殺《まっさつ》した司馬仲達への絶賛が余韻としてある。つまり都人士の眼が、まだ許せると見ているのだ。

　もともと権力を掌握すれば、一族が出世するのは、洋の東西を問わず当然のことである。問題は、横暴の程度ということになろう。司馬一族が権力を握ろうと、要は世の中が治まればいいのだ。

政変が落ち着きだすと、またしても、呉の宮廷事情が人々の口の端に上りだした。

前皇太子の孫登の死から、そろそろ十年近く経つ。跡継ぎは孫和と決まったが、孫覇一派の讒言《ざんげん》を信じていた。

その後、婦娥散中毒でさらに頑迷になった孫権が、孫和を皇太子から外そうとするような素振りを見せた。それを懸念した重臣たちが、何人も嫡子相続を崩さぬように諫言《かんげん》を繰り返した。

しかし孫権は、彼らの述べる真意を肯《き》かず、「不快」の一語で陸遜《りくそん》をはじめ、吾粲《ごさん》、顧譚《こたん》らを誅殺したり流罪に処した。その挙句、皇太子和は幽閉されたのである。

常軌を逸した状況を憂慮した朱拠《しゅきょ》、屈晃《くっこう》が、自らを縛って顔に泥を塗って陳情しても、一切肯かなかった。陳正《ちんせい》と陳象《ちんしょう》らに対しては、上書の内容が無礼だと罵《ののし》った上で一族誅滅に処した。また、朱拠と屈晃を宮殿で百回の棒打ちにしている。

これでは、もう忠臣は出てこない。

呉の赤烏《せきう》十三年（二五〇年）結局、皇太子和は、廃されたうえで故鄣《こしょう》へ流された。返す刀で、孫覇と彼を担いだ楊竺《ようじく》、全寄《ぜんき》、呉安《ごあん》、孫奇《そんき》らも断罪された。つまり、自害を命ぜられたのだ。

このように有能な人材を多く喪《うしな》った大騒ぎの果て、皇太子は末っ子の孫亮《そんりょう》に落ち着いた。嫦娥散による孫権の錯乱も、ここに窮まったのだ。

正に、『大山鳴動して鼠一匹』である。これにて、孫権自身は心が安まったのかも知れない。しかし、散々振り回された末、ただの順送りでの決着かと、呉の人心は欲求不満に陥った。

これらの噂も、魏の宮廷から目を逸《そ》れさせるため、司馬仲達が間者にわざと広めさせたのだ。そして、呉の状況を知らしめたうえで、彼は呉への侵攻を画策した。

まず、武将の文欽《ぶんきん》に投降を装《よそお》わせて、朱異《しゅい》を誘《おび》き寄せようとした。だが、警戒した呉は呂拠と一緒に文欽を迎えようとしたため、双方とも動かなかった。

その後、司馬仲達は王昶《おうちょう》に南郡を、また王基《おうき》には夷陵へ攻撃をかけさせている。いずれも、これまであまり聞かない将軍の名前だった。

これに対して呉が、戴烈《たいれつ》と陸凱《りくがい》の二将軍を繰り出してくると、司馬仲達はあっさりと撤退を命じた。

「王昶と王基とは、聞かぬ将軍の名です」

「新しい力を試すおつもりでは？」

宮廷人がそのような噂をしていると、突如声がかかった。

「御明察《めいさつ》でございます」

彼らが振り返ると、司馬仲達その人が立っていた。

「これは、御無礼をば」

彼らは深く拱手《きょうしゅ》して、その場を退散しようとした。だが、司馬仲達は呼び止める。

「あいや、そこの方々、ついでに少し話を訊《き》きたいが」

そう言われては、立ち止まるしかない。

「孫権の、後継者に対する判断を、どう思われるかな？」

そう訊かれても、どのような意図が隠されているのか判らず応《こた》えにくい。だが、黙っているわけにもいかず、一人がおずおずと応える。

「率直に申しあげて、十年もかかって出す結論とも思えませぬ」

応えた文官は、上目遣いに司馬仲達を見遣《みや》る。果たして、その応えでいいかどうか、気になるようだ。

「いや、儂《わし》もそう思うが、その程度の国へ侵攻するのに、どの程度の力量の将軍を使うのが最良かな？」

そう言われて、問われた宮廷人は質問の真意を理解したようだった。

「初めは王《おう》将軍（淩《りょう》）が適当だろうと存じましたが、呉がそのような状況では、どなたでも充分でしょう」

「それを聞けば王将軍（淩）も、これから先の大事には、きっと奮い立ちましょう」

司馬仲達が自ら、わざわざ宮廷人に言うのは、噂が流れるのを期待してのことだ。

実は先の呉侵攻に際して、司馬仲達は合肥付近で駐屯をつづけている王淩に、出陣を要請していた。だが、逆に奇妙な救援要請がきていた。

「呉軍が、涂水《とすい》を遮断していて動けない。軍を派遣して欲しい」

梁幾が間者を放って、長江の支流涂水を調査したが、呉軍が繰り出しているようすはなかった。そこでさらに調べると、彼が楚《そ》王の曹彪《そうひょう》や兗州《えんしゅう》刺史で甥《おい》の令孤《れいこ》愚《ぐ》らと、盛んに連絡をとっていたと判った。

司馬仲達は司馬孚を呼んだ。弟も、かつては王淩と同じ釜《かま》の飯を食った同僚だ。

「王淩とは、どのような性格の男だ？」

司馬仲達は、率直に訊いてみた。すると、意外な応えが返ってくる。

「彼は、王允の甥だけあって、なかなかの策士です。敵方も油断していると、あっさりしてやられます」

司馬孚は、また違った角度からものを言う。

「戦い上手な将ではありますが、頑《かたく》ななぐらい忠義に篤《あつ》い側面があります」

そう言われて、司馬仲達は怪訝《けげん》に思う。

伯父《おじ》の王允は漢に忠義立てして、呂布に董卓を暗殺させた。ならば王淩も、漢への忠誠心があると言うのだろうか？　その辺を問うと、司馬孚はさらに応える。

「彼は、張将軍（遼）や曹将軍（休）、満閣下（寵）に従って、呉との戦いでここまで来た男です。忠誠心は必ずや、魏にありましょう」

そう聞いて、司馬仲達は嘆息した。魏への忠誠とは、彼にとって飽くまでも皇帝との個人的関係を象徴したものだ。武帝（曹操）、文帝（曹丕）、明帝（曹叡）なら、それなりの人格を感じ取れ、それが忠誠心を育《はぐく》んだともいえた。

しかし、それが曹芳となると、司馬仲達は忠誠を尽くすことに、意味を見いだせなくなってくるのだ。忠義を誓って働けば、後宮にまで役者を招き、国家を堕落させる愚昧《ぐまい》な皇帝を生き存《なが》らえさせるだけだ。

王淩には、そこまで先を見通す力がないのだろう。彼の忠誠は、漠然とした魏帝国に対してらしい。そう思うと、司馬仲達の取る道は決まった。

彼は夏を待たず、甘城《かんじょう》へ向かった。普通半月ばかりかかるところを、十日足らずで進軍してきたため、愕《おどろ》いた王淩が武丘《ぶきゅう》まで迎えにくる。

49

「わざわざ、自らお出ましにならずとも、召喚《しょうかん》くだされば、みどもが出向きましたものを」

王淩は、そのように弁解した。

「涂水のどの辺りを、呉軍は押さえているのだ？」

「いえ、それはみどもの勘違いかもしれませぬ」

「黙れ！　嘘を吐いて軍事行動を拒んだ将軍が、召喚に応じるわけがなかろう」

そういう風に突くと、観念した表情になった。

司馬仲達は王淩を捕らえて、洛陽へ護送した。容疑は政変を謀《はか》ったことだが、その方法は司馬仲達の暗殺から始めるつもりだったらしい。

「謀《はかりごと》をするなら、普段とは、あまりにも懸け離れたことをせず、平生を装《よそお》うことだ。相手が油断してくれぬぞ」

それは司馬仲達が、自ら行った仮病を礼賛しているようにも聞こえる。

「判りました。胆《きも》に銘じましょう」

王淩は、司馬仲達の忠告を素直に聞いていた。それは、志が成らなかった者の、観念する姿にも見えた。

しかし、道中に賈逵《かき》の祠《ほこら》があった。

賈逵は魏郡太守や予州刺史をしていたとき、周辺の堤防や運河の建設を推進した。だから、その功績が庶民の人気を集め、祠が建つほどだった。

王淩は、その祠に向かって叫んだ。

「魏朝廷へ最大の忠誠心を示したのは、この王淩でございますぞ！」

そして、次の宿場項《こう》へ着くと、毒茸《どくきのこ》の煮汁を所望した。司馬仲達は希望を叶《かな》えてやる前に、楚王（曹彪）や令孤愚との関係を聞いたが、ついに言わなかった。

楚王（曹彪）は、武帝（曹操）が孫姫《そんき》に産ませた子である。曹操の実子で、このとき生きていたのは、おそらく彼だけだったろう。

また、曹彪の長寿とは裏腹に、令孤愚はこのとき既に病没していた。そのため、実際に兵を挙げることができなかったのだ。

「男気に免じて、毒をくだされや」

司馬仲達は、頼みを叶えてやった。彼は一気にそれを飲み下して死んだ。

彼が特に白状しなくても、三者が連絡を取りあっていたことは明白だった。

その後、王淩一族、それに楚王（曹彪）までが処刑された。

楚王（曹彪）は曹操の血脈であり、賜姓の曹氏を権威として振り回した曹爽の一派などとは、明らかに格式が違った。魏帝を奉じる国家にあっては、数段上の存在になるはずだ。少なくとも都人士は、そのように認識していた。

それゆえに、今回は幾分か司馬仲達の行き過ぎという批判が燻《くすぶ》った。それが後の反乱につながっていくのだ。

「主上の地位（皇帝）を楚王（曹彪）と挿《す》げ替《か》える陰謀があり、それを討伐して首謀者を処刑しました」

皇帝芳に報告すると、彼は謀反人の名を訊くこともなく、楚王がどのような人物であるかも問わない。

「そうか。大儀であった」

一言犒《ねぎら》った上で、皇帝芳は司馬仲達の孫や甥まで列侯に昇進させる。司馬仲達は、忠義とはかくのごとしかと、苦笑するしかなかった。しかしこの頃になると、彼には忠誠心がすっかり萎《な》えていたのだ。

それは、仮病の最中に芽生えてきていたようだ。臣下の意のままになる皇帝は、無用の長物ではない。単に、邪悪な存在そのものである。

下手に地位に恋々《れんれん》とするから悪用され、他に迷惑を及ぼすのだ。なおも始末が悪いのは、自らが邪魔者たる自覚が一切ないことだ。

「いずれは主上にも、引退を願おう」

司馬仲達は、司馬孚や司馬師を呼んで、はっきりと明言した。

「禅譲という形であれば、つい最近のことなので、『曹爽が謀《くわだ》てたことと同じだ』と非難されませぬかな?」

「心配ないようにする。それに、曹爽が桓範から儂の挙兵を聞いたのは、まだやつの政変を実行する前だったのだ」

「それでは、まだ禅譲は……」

曹爽の口から、言葉としては発せられていなかった。つまり、帝位は動いていなかったのだ。

「それゆえ桓範は、主上に、許昌への遷都を実行させようとしたわけだ」

つまり、司馬仲達を逆賊に仕立て上げようと考えたのだ。

「まあ、遠くは魏の文帝（曹丕）も、後漢の献帝（劉協）から、位を譲るよう強く迫ったのです……」

「そうだ。今さら、形式を云々《うんぬん》する必要もないことだ」

司馬孚はきっぱり言って、やや逡巡《しゅんじゅん》する司馬師の覚悟を引き出してやった。

「さようでございますな。日夜後宮で酒色と観劇に明け暮れるだけの皇帝に、なんの値打ちもないわけですから」

司馬師も、ようやくその気になったようだ。そうなると、時機をどうするかが気になるところだ。

「いや、まだまだでいい」

「と、いうのは？」

「愚昧な皇帝は皇帝で、それなりの使いようがあるのだ。さんざん御乱行をさせて、都人士が『これでは、禅譲もやむをえん』と、思わせる材料にするのだ」

「ならば、今の状態でも充分では？」

司馬師は、一旦《いったん》胆を据えると、早い方が良いと思うようだ。だが、古希《こき》（七十歳）を過ぎた司馬仲達は、時間をもっと大きな尺度で捉《とら》えている。

「いや、それだけでは駄目だ」

さすがに、戦場を駆け廻《まわ》ったことのある司馬孚は、兄の気持が判っている。

「皇帝の暗愚な所業に都人士が痺《しび》れを切らすこと以外、なにが必要ですか？」

「不満分子の摘発だ」

「それは、どういうことです？」

司馬孚の言う意味を、司馬師は理解しがたいらしい。

「たとえば、先の王淩のような存在だ」

「しかし、彼も暗愚な皇帝を換《か》えたい一心で、楚王（曹彪）と……」

司馬師は、言いかけて止めた。言葉にしながら、自分の間違いに気づいたようだ。

「暗愚な皇帝は理由付けだ。本来は、我ら司馬氏に取って代わりたかったのだ。いや、司馬氏に不満があったと言うべきだろう」

「申しわけありません。そうでした。皇帝は、ただの旗印に過ぎませぬ」

つまり、司馬氏に敵対しようという勢力を摘発しながら、地均《じなら》ししていく材料に使うわけだ。それには、まだ五年から十年かかるかもしれない。

「魏が帝国としてここまで脆弱《ぜいじゃく》になったのは、文帝と明帝が基礎固めできぬうちに、早世したからだ」

司馬仲達が、根本的な問題を言う。

「だから、司馬氏はその轍《てつ》を踏まぬためにも、三、四代先まで周辺の事情を伝えておかねばならぬだろう」

司馬仲達がさらに念を押した。

皇帝芳だけでなく、蜀の劉禅《りゅうぜん》の底なしとも言える凡庸さや、孫権の錯乱までもを、他山の石とせねばならない。

「心することだ」

「はい」

司馬仲達の言葉を、二人はよく肯《き》いた。

このような考え方は、司馬一族に明確な伝達があったわけではない。その後の振る舞いから、一家の訓令のごとく伝わっていったのである。

「儂《わし》が……」

司馬仲達は、少し言葉を切った。こころなしか、肩で息をしているように見える。

「……できるのは、ここまでのようだ」

その言葉に、二人がぎくっとして司馬仲達を見据える。思えば、このような遺言めいた話をすること自体、何かを悟ったからなのだ。

「ここまでとは？」

二人は判っていながら、つい訊いた。

「最近、手足の感覚がなくなることがあるのだ。仮病を使ったおりに、茶碗《ちゃわん》や箸《はし》を取り落とした振りをしたが、あれが本当に起こるのだ」

そう言われて、二人は唖然《あぜん》としている。ついに、来るべきときが来た。司馬仲達の命の炎が尽きるのだ。

「一族の者らに、病状だけは伝えておけ。そして、我らに敵対する者の動静を、梁幾に探らせろ。もっとも、やつも儂と同様、もう隠居になりたかろうから、部下を使うのだ。そして悪い芽は、早めに摘んで間引きするに限る」

司馬仲達は、注意事項を言うと軽く目を瞑《つむ》った。もう、以前の元気なときのように、一気には喋《しゃべ》れないのだろう。

「それから、儂が寝込んだら、幽鬼に魘《うな》されていると吹聴《ふいちょう》しろ」

「えっ、それはなぜです？」

「今思えば、多くの一族を誅滅《ちゅうめつ》した。曹、何、丁、畢、李、桓、鄧、張の八家。それに、最近の楚王や王淩もしかりだ。だから怨《うら》まれておろう。だが、その怨みは儂一人が背負う。それゆえ、後の司馬一族は、儂の罪を踏み越えて、漢や魏以上の、新しい皇帝を生み出さねばならぬのだ」

そこまで言うと、司馬仲達は静かに目を瞑《つむ》った。司馬孚と司馬師は家の者を呼び、司馬仲達の床を取った。それから、彼は睡《ねむ》りつづけた。

数日後、目覚めたが、傍にいる長男の司馬師を見てぽつりと言う。

「滅多なことは言わぬものだ。本当に、あいつらに取り憑《つ》かれてしもうた」

そうして半身起きあがると、粥《かゆ》を口にしようと箸を取った。だが、取り落としてしまう。

「滅多なこともせぬものだ。仮病が、本物になってしもうた」

そう言うと、七日七晩睡りつづけた。

「禅譲を迫るなど、まだ早い」

ときおり、そんな囈言《うわごと》が聞こえた。

後記　死せる諸葛《しょかつ》、生ける仲達《ちゅうたつ》を走らす

ときおり聞く格言（諺《ことわざ》）である。

諸葛亮《りょう》（孔明《こうめい》）の知恵や人格を随分と頌《たた》えて持ち上げ、司馬懿《しばい》（仲達）を臆病《おくびょう》な無能者に仕立てている。ちなみに、苗字《みょうじ》の『諸葛』と字《あざな》（通称）の『仲達』を組み合わせているのも、両者への評価であろうが、葛と達の脚韻でもある。

右と違った解釈は、事実仲達が有能な余り考え過ぎて、死んだ諸葛を過大評価し、術でもない術中に嵌《はま》ったというものだ。これは、逸話を再考したときに、仲達への好意的解釈として出る意見である。

しかし、本当にその程度の考察で良いのだろうか？　当然ながら、今回この物語のコンセプトはそこにある。

「攻める側が、端《はな》から五丈原で籠城《ろうじょう》するなど、常識的にはありえない策戦である。それゆえ筆者は、仲達がそれすら当初から読み切っていたと見ている。

実際にあの頃の蜀は、劉備が崩御して、関羽や張飛をはじめとした五虎将《ごこしょう》も姿を消している。オピニオンリーダーとしてだけでなく、全軍を指揮するにも、なにをする

にも諸葛亮ただ一人という状態だった。

それは彼を誉《ほ》めるのか、他の頼りなさを嘆くべきか？　両方とも言えるが、あっさり断言すれば、後継者として蜀を切り盛りした蔣琬《しょうえん》や、特に費禕《ひい》には失礼だろう。彼の事務処理能力は、常人の数倍あったらしい。

にもかかわらず、諸葛亮ばかりがクローズアップされるのは、さらに上をいったからだ。それと、もう一つ考えられるのは、彼が蜀を乗っ取らなかったことにある。

いわゆる儒《じゅ》教的精神で忠義を貫いたのが、人々の好感を買ったのだ。

同様に受遺を全うした人物に、前漢の霍光《かくこう》と金日磾《きんじってい》がいる。彼らは武帝（劉徹）の遺言により、昭帝を守《も》り立てた。だが、好敵手（上官桀《じょうかんけつ》や桑弘羊《そうこうよう》では、やや線が細い）に恵まれず、華々しい戦い（戻《れい》太子事件と呼ばれる、徳川天一坊《とくがわてんいちぼう》事件の雛形《ひながた》は面白い）もなく、取り上げられることは少ない。

一方の仲達ならば満開の花のごとき存在で、五丈原を檜《ひのき》舞台とした諸葛亮の相手にとって、決して不足はなかったろう。

重ねて言えば、仲達も魏を簒奪《さんだつ》することはなかった。だが、彼の頭の中では、忠義にも程があるとの心境が、徐《おもむろ》にではあっても育っていたと推察できる。

曹操が建てた魏は、文帝（曹丕）、明帝（曹叡）と賢帝はつづいたが、基礎を固めぬうちに早死《はやじに》した。蜀の北伐も一段落すると、三国時代は終盤に差しかかってくる。

時潮《じちょう》の流れは皮肉にも、魏の曹芳《そうほう》と曹髦《そうぼう》、呉の孫皓《そんこう》、蜀の劉禅《りゅうぜん》と、それぞれの皇帝が、揃いも揃って凡庸《ぼんよう》以下の暗君となる。いや、それだからこそ、時代の幕が閉じられるのだ。その新しい晋時代を用意するのが、生ける仲達である。彼は深謀遠慮にかけて、決して諸葛亮に引けを取る人物ではない。それは、死せる諸葛以後の彼の人生を見れば、明瞭《めいりょう》な軌跡があると判る。

彼の薨去《こうきょ》後、蜀を滅ぼす（二六三年）までは十二年、晋の成立（二六五年）まで十四年、呉を併呑《へいどん》して統一する（二八〇年）までは、まだ二八年余りを要する。だが、彼の壮年としての半生を堪能《たんのう》していただければ、筆者として望外の幸せである。

この書物の文庫化に当たり、さまざまな人のサポートを受けた。角川書店の山根隆徳氏。また、イメージの濃い絵を描いていただいたイラストレーターの影山徹氏。美しい装幀《そうてい》に仕上げていただいた角川書店装丁室の大武尚貴氏には、この場を借りて心より御礼申しあげる次第である。

二〇一二年小寒　花見川にて

著　者

解説

末國善己

日本人と三国志の結び付きは深い。元の末から明の初期に成立した『三国志演義』は、一六八九年から一六九二年にかけて湖南文山（天龍寺の僧・義轍、月堂兄弟の筆名）が『通俗三国志』として翻訳、これは満州語訳に続く世界で二番目の翻訳とされている。『通俗三国志』は、一八三六年から一八四一年にかけて、池田東籬亭《とうりてい》が校訂した本文に、葛飾北斎の弟子・葛飾戴斗《たいと》が挿絵《さしえ》を付けた『絵本通俗三国志』として刊行され、ベストセラーになっている。

「玄徳は言葉たたかい藁が出る」「今日もまた留守でござると諸葛亮」「春秋を夏冬ともに関羽読み」「翼徳も知らずに張飛酒が好き」など、江戸の川柳に三国志を題材にした作品が多いことからも、その人気が見て取れるはずだ。

明治以降も三国志の人気は衰えることはなく、日本人の知る三国志のスタンダードを作ったとされる吉川英治『三国志』を筆頭に、柴田錬三郎『柴錬三国志』、陳舜臣『秘本三国志』、北方謙三『三国志』、宮城谷昌光『三国志』、酒見賢一『泣き虫弱虫諸葛孔明』など、錚々《そうそう》たる作家が独自の解釈で三国の興亡を描いている。

そのため三国志は、エンターテインメントの世界にとどまらず、日本の文化にも深く根を下ろしている。生きるか死ぬかの瀬戸際を意味する「危急存亡の秋《とき》」、上に立つ人間が、礼を尽くして交渉する「三顧の礼」、親密な関係を表す「水魚の交わり」、敵を欺くために自分を犠牲にする「苦肉の策」、規律を守るために愛する者であっても厳しく処分する「泣いて馬謖《ばしょく》を斬る」、絶好のチャンス「千載一遇の好機」、最も優れた「白眉《はくび》」など、三国志に由来する故事成語も少なくないのだ。

こうした故事成語の一つに、「死せる諸葛、生ける仲達を走らす」がある。蜀の諸葛亮と魏の司馬仲達が五丈原で対峙《たいじ》していた時に、諸葛亮が病没した。仲達は、兵を引き始めた蜀軍の追撃を命じるが、諸葛亮は遺言で自分の木像を作らせており、その木像を見た魏軍は諸葛亮が生きていると思い込み、撤退した。このエピソードから、〝偉大な人物は、死んでも強い影響を残す〟といった意味で使われている。

故事成語にもなった五丈原での印象があまりに強いためか、仲達は、長く諸葛亮の引き立て役に甘んじてきた感がある。これに対し本書『仲達』は、司馬懿（仲達）の視点で三国時代の末期を描き、その知られざる偉業をクローズアップしている。著者は二〇〇七年に、曹操を主人公にした『三國志　曹操伝』を発表しており、その関心が曹操の没後に魏の舵取《かじと》りをした仲達へ向かったのは、必然だったといえるだろう。

日本では、知識人の必読書となっていた詩文集『文選《もんぜん》』に、諸葛亮の「出師《すいし》の表《ひょう》」が収録されたこともあって、三国志が普及する以前から、諸葛亮の人気は高かったようだ。知識人、庶民を問わず広まった三国志も、蜀を善玉に、魏を悪玉にした『三国志演義』をベースにしていたため、魏の曹操、曹丕、曹叡、曹芳の四代に仕えた仲達もダーティーなイメージが強く、さらに仲達が道筋を作り、その遺志を受け継いだ孫の司馬炎が魏を倒して晋を建国したこともあって、〝簒奪者《さんだつしゃ》〟と呼ばれることも多い。ただ、三国志の人物を題材にした頼山陽の漢詩「詠三国人物十二絶句」は、「劉備玄徳」「曹操」「周瑜」らと並んで、「司馬仲達」を取り上げている。その意味で本書は、細々と続いていた仲達再評価の系譜に属する作品なのである。

物語は、一代で魏を興した英雄・曹操が没するところから始まる。曹操は、曹丕を後継者に選んでいたが、父に詩才を愛されていた曹植の評価が高まっていた。曹丕の意を受けた仲達は、曹操の傀儡《かいらい》だった劉協（献帝）に禅譲を迫り、曹丕を魏の初代皇帝に押し上げ、お家騒動の芽を摘む。『三国志演義』では、目的のためなら手段を選ばない非情な男とされている曹操だが、実際は戦乱がもたらした社会矛盾に悩み、悲惨な民衆に我が身を重ねる「建安の文学」と呼ばれる運動を擁護、代表作「却東西門行」も従軍する兵士の悲しみをテーマにしている。曹操の死後に起こった曹丕と曹植の対立は、曹操が文化国家を築き上げていた事実を浮かび上がらせていくので、『三国志演義』の曹操しか知らない人は、驚きも大きいように思える。

だが本書の真骨頂は、戦略物資としての麻薬（作中にはっきり書かれている訳ではないが、鬼虞美人草が原料との記述などから類推すると阿片《あへん》と思われる）に着目し、諸葛亮が三国に麻薬を流していたことを前提に、歴史を読み替えたところにある。

阿片の歴史は古く、紀元前三四〇〇年頃のメソポタミアでは、阿片製造用に罌粟《けし》が栽培されており、紀元前一五〇〇年代のエジプトのパピルスにも、薬としての使用法が書かれていたようである。阿片はアラビア商人によってヨーロッパ、アフリカ北部、インド、中国へと伝えられ、曹操の御典医になった華佗が開発した麻酔薬・麻沸散には阿片が含まれていたといわれている。

十二世紀のヨーロッパでは、イスラム教の秘密結社が麻薬（特に大麻）を使って若者を洗脳し、狂信的な暗殺者に仕立てているとの伝説が信じられていたし（そのため、暗殺者を意味する英語“Assassin”は、大麻“Hashish”が語源である）、十九世紀のイギリスは、植民地のインドで作った阿片を中国へ密輸し、貿易赤字を補塡《ほてん》すると同時に、阿片中毒者を増やして国力を削《そ》いでいった。現代でも麻薬を資金源にしているテロ組織は多いとされており、麻薬が歴史を動かした例は枚挙にいとまがない。

本書では、劉備の重臣・龐統を暗殺したのは徐庶であり、その仇討《あだう》ちのため蜀へ連行された徐庶は、諸葛亮に命を救われたことで蜀に協力。後に誘拐とも、駆け落ちともいわれる形で合流した妻の鄒娜と共に、華佗から教わった麻薬の製造法と医療技術を使って、魏を滅ぼすために暗躍したとされている。これは三国時代に麻薬が麻酔薬として使われていた史実や、麻薬が世界史に与えた影響などを踏まえて作られた設定なので、この本に書かれていることが史実なのでは、と思わせるほどのリアリティがある。

三国志を読んでいると、諸葛亮が、蜀に臣従を誓いながら何度も叛乱《はんらん》を企てた南蛮の王・孟獲を、捕縛するだけで処刑しなかったのはなぜか？　魏より人口が少ない蜀が、何度も北伐が出来たのはなぜか？　諸葛亮が内政、軍事の両面にわたる膨大な仕事をたった一人でこなせたのはなぜか？　晩年の孫権が、佞臣《ねいしん》の呂壱を重用したり、子の孫和と孫覇が皇太子の座をめぐって争ったのに解決を先延ばしにし、陸遜を始め多くの家臣が処刑、自刃、追放に追い込まれたり（いわゆる二宮事件《にきゅうじけん》）と、愚行が目立つようになったのはなぜか？　といった不可解な謎に直面することがある。

著者は麻薬を補助線として使うことで、これらの謎に鮮やかな解答を与えていくので、歴史ミステリーとしても秀逸である。卓越したロジックを実感してもらうために一つだけネタバレを承知で紹介すると、諸葛亮が孟獲に寛大だったのは、孟獲の領地こそ鬼虞美人草の栽培地であり、諸葛亮は麻薬の安定供給のために孟獲の叛乱にあえて目をつぶったというのである。孟獲の領地が、現在も世界的な阿片の供給地とされる「黄金の三角地帯」（タイ、ミャンマー、ラオス北部の山岳地帯）と重なっていることを考えれば、この説が非常に説得力のあることが分かるだろう。このほかの謎が、どのような解釈になっているかは、実際に本書を読んで確認していただきたい。

現代でも、麻薬を資金源とするテログループや、小国の軍隊に匹敵する軍事力を有する麻薬カルテルとの戦いは、超大国のアメリカが手を焼くほど難しい。仲達も、いち早く諸葛亮が麻薬を使って魏を蝕《むしば》む戦略を立てているとの情報を摑《つか》むが、正規軍と違って、様々なルートで入り込み、静かに国土を侵していく〝見えない敵〟との戦いに苦戦を強いられる。仲達は、北伐や五丈原で諸葛亮と直接対決し、その時は、二人の名将が知力の限りを尽くして戦う迫力の合戦シーンも用意されているが、それ以上に、平時に繰り広げられる謀略戦の凄《すさ》まじさに圧倒されるように思える。

物語が仲達の視点で語られるので、諸葛亮の動向は、密偵がもたらす情報、もしくは風聞としてしか読者に伝えられない。それだけに、断片的な情報から敵の戦略を推理しなければならない仲達の苦心が手に取るように分かり、全編がサスペンスに満ちている。三国末期の歴史が仲達を軸に再構築されていく構成も面白く、『三国志』や『三国志演義』のマニアも先の展開が読めないのではないだろうか。

諸葛亮は、五丈原の戦いで「生ける仲達」を翻弄《ほんろう》したとされてきた。ところが著者は、諸葛亮の死後、魏に相次いで敗北したことに加え、二代皇帝・劉禅の悪政もあって疲弊した蜀と、遺言によって魏と司馬一族を支え続けた仲達を対比することで、真に「生ける」人間を動かしたのは、どちらだったのかを問い掛けている。

　著者は、諸葛亮を愚将とはしていないものの、自分の手柄を宣伝するのが巧《うま》く、勝つためには汚い手段も使う人物としている。一方で仲達は、『孫子』の「善く戦ふものの勝つや、智名なく勇功なし」、つまり「戦いが巧いとは、勝っても、知謀や勇気が人目につかぬこと」を用いて部下の梁幾を諭す質実剛健な軍師としている。

　いつの時代も、華やかなパフォーマンスを好んだり、スピーチが巧かったりする政治家は、有権者の支持を集める。だが、華々しく政界に登場した人物が、どのような成果を残したかは、あまり検証されていない。実際は、テレビで能弁に政策を語る政治家よりも、口下手ながら地道な活動をしている政治家の方が、より国政に貢献していることもあるのではないか。仲達と諸葛亮という対照的な軍師を描いた本書は、メディアが発達し、政治宣伝の手法がより巧妙になっている時代を生きる読者に、見せかけに騙《だま》されず、本質を見抜くことの重要さも教えてくれるのである。

本書は二〇〇九年一月、小社より刊行された単行本を文庫化したものです。

仲達《ちゅうたつ》

塚本青史《つかもとせいし》

平成24年 1月25日　初版発行
令和7年 6月10日　10版発行

発行者●山下直久

発行●株式会社KADOKAWA
〒102-8177　東京都千代田区富士見2-13-3
電話　0570-002-301（ナビダイヤル）

角川文庫 17232

印刷所●株式会社KADOKAWA
製本所●株式会社KADOKAWA

表紙画●和田三造

●お問い合わせ
https://www.kadokawa.co.jp/（「お問い合わせ」へお進みください）
※内容によっては、お答えできない場合があります。
※サポートは日本国内のみとさせていただきます。
※Japanese text only

ISBN978-4-04-100130-1　C0193

角川文庫発刊に際して

角川源義

第二次世界大戦の敗北は、軍事力の敗北であった以上に、私たちの若い文化力の敗退であった。私たちの文化が戦争に対して如何に無力であり、単なるあだ花に過ぎなかったかを、私たちは身を以て体験し痛感した。西洋近代文化の摂取にとって、明治以後八十年の歳月は決して短かすぎたとは言えない。にもかかわらず、近代文化の伝統を確立し、自由な批判と柔軟な良識に富む文化層として自らを形成することに私たちは失敗して来た。そしてこれは、各層への文化の普及滲透を任務とする出版人の責任でもあった。

一九四五年以来、私たちは再び振出しに戻り、第一歩から踏み出すことを余儀なくされた。これは大きな不幸ではあるが、反面、これまでの混沌・未熟・歪曲の中にあった我が国の文化に秩序と確たる基礎を齎らすためには絶好の機会でもある。角川書店は、このような祖国の文化的危機にあたり、微力をも顧みず再建の礎石たるべき抱負と決意とをもって出発したが、ここに創立以来の念願を果すべく角川文庫を発刊する。これまで刊行されたあらゆる全集叢書文庫類の長所と短所とを検討し、古今東西の不朽の典籍を、良心的編集のもとに、廉価に、そして書架にふさわしい美本として、多くのひとびとに提供しようとする。しかし私たちは徒らに百科全書的な知識のジレッタントを作ることを目的とせず、あくまで祖国の文化に秩序と再建への道を示し、この文庫を角川書店の栄ある事業として、今後永久に継続発展せしめ、学芸と教養との殿堂として大成せんことを期したい。多くの読書子の愛情ある忠言と支持とによって、この希望と抱負とを完遂せしめられんことを願う。

一九四九年五月三日

角川文庫ベストセラー

山田風太郎ベストコレクション
太陽黒点　山田風太郎

〝誰カガ罰セラレネバナラヌ〟——ある死刑囚が残した言葉が波紋となり、静かな狂気を育んでゆく。戦争が生んだ突飛な殺意と完璧な殺人。戦争を経験した山田風太郎だからこそ書けた奇跡の傑作ミステリ！

古代からの伝言
日本建国　八木荘司

東アジアに足跡を残した初々しい日本外交の姿を卑弥呼と司馬仲達を中心に描き、正史「日本書紀」が伝える神武天皇の建国神話へとつなぐ。臨場感溢れる筆致で迫った画期的労作。「日本建国」「大和の青春」収録。

古代からの伝言
民族の雄飛　八木荘司

東アジアの覇権をかけて激突する強国・高句麗と古代日本。「好太王碑」が伝える戦いの全貌を明らかにし、巨大古墳で有名な応神・仁徳天皇の時代を描く。正史「日本書紀」の世界を再現する人気シリーズ！

遥かなる大和（上）（下）　八木荘司

改革を推進する聖徳太子の期待を背負い、遣隋使に加わった留学生・高向玄理と南淵請安は隋都で大使・小野妹子から密命を受ける。高句麗侵略前夜、失踪した通事の行方を追い、2人は帝国の疲弊した現実を見る。

青雲の大和（上）（下）　八木荘司

中大兄皇子を戴き、かつての学友・蘇我入鹿討伐を決意した中臣鎌足の深謀。大化改新を東アジアの視点からとらえ、新国家建設の大業に乗り出した者たちの苦闘。波瀾万丈の古代史エンタテインメント小説。